A

BIOGRAPHY

一部穿越三百年的
性別流動史詩

【經典新譯．百年珍貴影像復刻版】

歐蘭多

ORLANDO

VIRGINIA WOOLF

維吉尼亞．吳爾芙——著

師大翻譯所教授 李根芳——譯

《歐蘭多》1928年初版封面圖片

推薦序

《歐蘭多》：吳爾芙最為越界犯規的一次實驗[1]

◎蒂妲・史雲頓（Tilda Swinton）

劉盈成[2]譯

有天早上，維吉尼亞・吳爾芙安坐下來，要開寫一部很要緊的小說。她先是雙手抱頭，一陣灰心喪志，接著寫道：「以筆醮墨，然後在乾淨的稿紙上，彷彿機器般自動寫下了這幾個字：歐蘭多傳。一寫下這些，我整個人欣喜痴狂，腦子裡思緒紛呈，飛快寫到了十二點。」

一年又兩天之後，她寫下了你此刻捧讀的這本書的最後幾個字，註明日期：「一九二八年十月十一日」，然後擱筆。

1 編註：本篇是史雲頓為坎農格特出版社（Canongate）所出版的新版《歐蘭多》撰寫的序文。史雲頓年少時初讀《歐蘭多》，奉之為實用的人生指導。十五年後，她在大銀幕上飾演了性別游走的主角。三十五年後，吳爾芙大膽創新的《歐蘭多》新版問世，這位女伶梳理了自己對這本小說背後的迷情亂緒，寫下了這篇文字。她說：「我相信，這本書是在寫我自己的人生。」（二〇一二年一月九日）

2 清華大學哲學所碩士、中文所博士。目前在母校兼課，教「學院報告寫作」。第一本譯作是十九世紀用字典雅、文句繁複纏繞的《阿蘭布拉宮的故事》。又涉足台南地方，撰文介紹公墓裡的墓主，回顧四百年來不為人知的女子與小人。

一個作家的遊戲之作

維吉尼亞・吳爾芙是個善於繼志述事的女兒，不只繼承了父親博學而傑出的傳記寫作，早年也憑藉他的藏書，為自己打造了整個筆墨生涯的基礎。她日後所撰寫的羅傑・福萊（Roger Fry）傳記，對於這筆資產肯定是一份頗為秀異的回饋。[3]不過此時此刻，她是個想像力豐沛的小說家，想要自由、「狂野」地寫作，而《歐蘭多》正好給她一個裂解原子的機會。那是一部恣縱悠謬的傳記，其靈感來自一名真實人物，但本質上又是一時的奇思妙想，以及徒勞的追逐。她稱這本書是自己的「作家假期」。

給薇塔：文學史上最長的情書

借用薇塔・薩克維爾－維斯特（Vita Sackville-West）的兒子奈及爾・尼可森（Nigel Nicholson）的形容，這封「文學史上最長的情書」就是寫給薇塔的。薇塔當然是此書的靈感泉源。吳爾芙在《歐蘭多》動筆的那天，寫信問她：

3 譯註：羅傑・福萊（1866-1934），二十世紀知名藝術評論家，把法國的後印象主義（Postimpressionist）運動介紹到了英美地區。《羅傑・福萊傳》（1940）是吳爾芙唯一的真人傳記。

「試想歐蘭多搖身一變成了薇塔……，某種寫實的微光，有些時候會附上我身邊的人們，像是牡蠣殼的光澤。……您可願意？請說出是或否吧。身為主角，您的卓爾不凡主要來自高貴的出身（不過，四百年的顯貴又是什麼模樣，歷久不變的嗎？），而顯貴的出身，又頗便於華彩燦爛而連篇累牘的描寫。還有，我承認自己應該要鬆開、再重新編捻你身上某些奇異而不協調的絲絲縷縷。……而且我突然靈光一現，想到可以怎麼做而一夕之間扭轉傳記體裁。因此如果蒙您惠允，我願意試一試，看看會發生什麼結果。」

薇塔是吳爾芙全心著迷的對象。她超過了出於誠摯私交及貼心設想的特有言行，為吳爾芙提供了一種高度的身心諧和，讓她感到間接的受用：那既是一份母性的寬恩厚愛，來自吳爾芙自己所深愛又痛失的母親；又有自由解放的官能生活，那是吳爾芙本身想要追求的，卻受阻無成；還有她所渴望的，那一份單純不矯飾的貴族氣。她在一九三六年這麼寫道：「我想要擁有冠冕。但必須是淵源古老的冠冕，要附帶著土地，以及鄉間的宅邸；還要教養出單純坦率、奇特的小癖，以及怡然自得。」

這部雅緻的虛構描繪，捻合了大量不協調的絲縷，為我們呈現了歐蘭多公子：他的本來面貌是個年少多情的貴族子弟。這位花花公子美貌、機敏、勇於犯難、寂寞、活潑調皮、好奇多問，又喜愛獵犬。他的宅第廣大有如一座小鎮，他的家族分枝除了本地，也延伸到了他邦異地。這個浪漫之人的懷中，四百年來總攜帶著他／她那篇長詩〈橡樹〉（*The Oak Tree*）的故事彩繪手稿。《歐蘭多》動筆那年，薇塔的長篇詩作〈大地〉（*The Land*）獲得了地位崇高的霍松登大獎（Hawthornden Prize），聲名大噪。在令人窒息的維多利亞時代，歐蘭多內心有一股尋找伴侶的衝動。她投身跳進野沼的石南叢裡，切切實實地宣告自己是大自然的新娘，不屬於任何其他人。

傳承，亦是影響的焦慮

吳爾芙告訴我們，她筆下這位千金奇女／子就是薇塔，但她卻讓自己隱身在一團混沌之中，彷佛羞於揭露全盤的面貌。歐蘭多的祖先、他們的庭苑及田產、財寶及往昔的舊慣，在在束縛著一介後生晚輩的作風。這一如吳爾芙的風格，也是緊緊受制於她得自父親《全國傳記辭典》（*Dictionary of National Biography*）的榮耀之中。對這本書而言，「如何擺脫祖宗先輩」（Forefathers and How to Survive Them）就是本書再好不過的潛台詞。

「資產相承」這主題長期吸引著吳爾芙的關注。她說自己「繼承了許許多多的人，有些人是眾所周知的，有些人則沒沒無名」。又說，她成長的那座房宅住著三戶人家，湊成了一個家庭組合（她的父母親總共帶來四個小孩而結為連理，然後又生了另外四個）。她經常信手拈來自己幼年時期的各種氛圍，好像人們玩弄口袋裡的彈珠一樣。在肯辛頓的宅子裡，她的父母身邊盡是熱衷交際、寫信、登門拜訪、談吐伶俐的十九世紀晚期風尚；而旅居康沃爾郡（Cornwall）的聖艾夫斯（St. Ives）[4]時，歡欣洋溢的家庭情景則是一座神聖的寶礦，豐富了她最為柔情厚意的書寫。身處這兩個世界之中，吳爾芙展露了慧根，那是一種深入肌髓、幾乎是綜集兩方而成的觀察力：「躺在一片葡萄藤之中、從黃色的半透明膠片之中透視出去的那種感覺」。而歐蘭多也生有這一份敏感，每一世紀的季節交替都特別牽繫著他的生命。哀哭慟泣之後，接下來的七天他便抑鬱寡歡。二十四、五歲之前，吳爾芙已經歷了一連串的親人離世之痛，並且在精神崩潰發作之初就進了照護機構，後來終生反覆地發作。永生不死對於某些人似乎特別遙不可及，而透過他們的思覺三稜鏡來觀看這一齣悠謬奇想，卻是一種錐心之痛。

融接雙重曝光的肖像，滿載無憂無慮的放縱

吳爾芙曾提過回憶錄的侷限，「它們拋卻了歷經世事的那個人」，所以她讓《歐蘭多》融合了回憶錄與傳記。傳記是她父親的書齋裡很受尊崇的一門訓練，而她也很急於在一夕之間翻轉過來。

4 譯註：英國西南角的海濱城鎮。

我們可以說歐蘭多是吳爾芙的化身下凡，而身上穿的是薇塔的外衣。

從吳爾芙與薇塔的通信之中，可以追溯是什麼靈感來源而寫出歐蘭多的詩友尼克・格林（Nick Greene）那種滑稽可笑的疑心病，以及他念念不忘於金錢、還有當時人們對他的背後中傷。因為，薇塔也取笑吳爾芙有類似的性情。同樣的，吳爾芙在戲謔摹仿西碧・蔻麗菲斯（Sybil Colefax, 1874-1950）[5]女士巴結名流人士，我們也可以看出，是那傑出的主婦讓那位藝術家不堪其擾（「她會高聲道：『噢，我多麼想成為作家啊！』然後我會回答：『噢，西碧，我也但願能變成妳這樣了不起的主婦呢！』」）

> 「如果不想讓日子平白流逝，寫作就是必須的。說實在，還有什麼辦法可以一網捕獲瞬時之間的彩蝶？時光一去就遭人遺忘，心境不再了，生命本身也流逝了。而作家高於芸芸眾生之處就在這裡：他忙忙迭迭在捕捉著內心的流轉推移。」

薇塔・薩克維爾－維斯特這位知名作家、知名的主婦如是說。

我很喜愛這段引文，讓我想起吳爾芙小時候跟著父親捕捉蛾子，那裡面有種腳踏實地、形體飽

5 譯註：英國知名室內設計師、社會名流。

滿的架勢，透露著這兩位作家的人生態度：他們向來是這麼肌豐骨立，身強體健而韌命。他們以網子捕取難以捉摸的事物，然後牢牢釘住它們。

吳爾芙經常談到光陰的流逝，但否認時間會消失無蹤，卻好像是她身為作家的作品裡一以貫之的一面。她重新點燃所有的往事，她一切的回憶，都藉由魔法般的生花妙筆而重獲新生。有些彩蝶在瓶子裡活了下來，確立了牠們的永恆不朽。在《歐蘭多》之前，吳爾芙已經寫了三部小說，全都是在回顧——重生——那些深密切膚的體驗。這番復新重生，也接受那不可避免的面貌轉換、多面並呈、包納綜合與發展演進。這特別使得吳爾芙不只被推尊為正規的現代作家，更是性靈深刻的作家。這本書，這位苗條而離經脫軌的昵侍小寵，或許呢，就是她所從事最為越界犯規的一次實驗。融接了雙重曝光的肖像，以她父系所傳承的語言當作一種護身符，它滿載著希望與無憂無慮的放縱，不只奔向一片光明的未來式，而是壯麗榮耀、又值得信賴的當下現在式。

說到這裡，現在我必須聲明，我自己與歐蘭多的關係是一種親緣性的糾結，既複雜又交織纏繞著。

一部奪魂致幻的人類經驗指南

我以前的學校靠近七橡樹（Sevenoaks），走一小段路可以到諾爾莊園（Knole）。我有一個同窗好友，就是薩克維爾－魏斯特家的人。

就像歐蘭多（也像薇塔）一樣，我成長於一幢古老的宅邸，看起來就像樓梯上畫作裡的人：他們大多是穿戴襞襟、留著大鬍子，身披天鵝絨的男子。我們都面對著幾件小家飾，正正經經擺好姿勢，眾人串連成一株高大的世系樹狀圖，就像是許許多多遺落在樹枝上的派對氣球。我也曾經寫詩，跟歐蘭多一樣。在青少年時期的遐思綺想裡，我讀了這本書，而且相信那是一部奪魂致幻、人書交游的傳記，寫著我自己的人生與未來。

對我來說，這本幻景萬千的小東西一直是一部實用的手冊。它是人類經驗的旅遊指南，也是益友之中的最高智者。至少它是我的首選：是一位想像中的朋友所送來的瓶中訊息。

經典的廣度，人生的滋味

三十五年後的此刻，我重讀此書，而且愕然發現它像魔鏡一樣發生了變化。我過去原本以為這本書是在談寫作、成為作家，如今我視之為在談閱讀，教人在束縛之中各就各位。我一度以為這本書在講述永恆的青春，而現在，我認為它是在訴說成長、學習度過人生。

有長達五年的時間，我有幸跟隨莎莉・波特（Sally Potter）一起工作，打磨她改編自此書的同名電影[6]，並且飾演了歐蘭多一角。

二十年後，歐蘭多仍然是我在俄羅斯最為人熟知的名字，全世界的大街小巷都不假思索地叫我歐蘭多。我的閣樓上有個盒子，擺著歐蘭多在電影裡穿的兩套戲服。總有一天，我知道兒子會找到它，並且拿來試穿。總有一天（我想很快吧），我那寫詩的女兒（也就是我兒子的雙胞胎姊妹），也會拿起吳爾芙這本書，看看是否適合自己。

曾經有那麼一段時期，可以說長達許多年吧（畢竟時間的燈籠褲都有牢固的鬆緊帶），《歐蘭多》還真不像是稗言瑣語之作，它或許是任何作家寫給青少年的讀物裡份量最扎實的一部。它讓人如實篤信，這一切剎時之間都幻化成真了：男孩與女孩，血統與血的脈動，英國與其他每個地方，避世獨處與人際交往，文學與生活，靈活與緩慢，活人與逝者，現在與過去，猶如一套光之魔法。

如今我懂了：無論人生長短，任何一刻——只要我們那連綿不斷的困惑焦躁一時出了閃失，使得清明的靈光乍然一現，讓我們得知整個人生最重要的還是順其自然、呼吸吐納，並且昂首挺胸、死而後已——那麼《歐蘭多》這樣的書，你便該置於枕下，以為憑依。

（本文作者為英國知名演員）

6 編註：同名電影為一九九二年上映的《美麗佳人歐蘭朵》（*Orlando*）。

導讀

雌雄莫辨的心靈，開啟多元價值的可能

◎李根芳

無論我們從哪個角度來閱讀吳爾芙的《歐蘭多》（*Orlando: A Biography*），這部作品都稱得上是本奇書。一方面它是一部傳記，以英國歷史為背景，個人自我成長歷程和國家大歷史互相唱和，映照出自我與家國的繁華起落；另一方面又大量穿插著虛構與幻想，把性別轉變及縱橫數百年長生不老的神話傳說，交織成一場跨越時空與性別的華麗冒險。故事的主人翁歐蘭多生於十六世紀的英格蘭，祖先是為英國立下不少汗馬功勞的顯赫家族。十六歲的他受到伊莉莎白女王的鍾愛，被召入宮中備受恩寵，後來他愛上俄羅斯公主莎夏，卻遭她欺騙遺棄。他過了一段放蕩的生活之後，將全副心力專注於文學創作。此時一名來自羅馬尼亞的貴族對他窮追不捨，因此他請求出使土耳其，表現相當傑出。但在當地一場戰亂中，他陷入昏睡，突然醒來後，三十歲的他搖身一變成為女性。這時她放下一切榮華富貴，融入吉普賽人的生活，到處流浪。然而，她對文學創作始終不能忘情，對大自然的熱愛更是與吉普賽人的信仰有所衝突，於是她決定回到英國。此時已經是十八世紀，英國宮廷對貴族女性的約束限制與前大不相同，她不時得喬裝成男性，才得以獨自外出，享受行動的自由。她雖歷經數百年的歷史，但卻永遠維持二、三十歲的容顏，到了二十世紀，此時三十六歲的她甚至結婚生子，並且出版了詩作，得到文學獎的肯定。

小說主軸是吳爾芙以情人兼至交薇塔．塞克維爾－維斯特為主角所創作的傳記。作品完成後，她題獻給薇塔，並在作品裡附上多幀薇塔及其祖先的照片，薇塔之子奈及爾．尼可森稱這部綿延三百多年歷史的傳記是文學史上最長、最迷人的情書。吳爾芙用慧黠嘲諷的筆調，寫下歐蘭多縱橫數世紀的英國歷史，經歷男身、女身的生平故事。她參考了塞克維爾－維斯特家族史，把薇塔祖先的豐功偉業也寫入了這本傳記，因此在前幾章，吳爾芙除了描述薇塔十幾歲的生活，也把她的男性先祖的事蹟一併記下。薇塔本人的世界非常多采多姿，她是作家、貴族、旅行者、女同性戀者、母親、外交官的妻子等等，所以為她作傳，以描繪一個人的多重身分認同，真是再恰當不過。既然是傳記，免不了涉及歷史、記憶、個人與群體等大命題，如誰的生命值得記錄？如何書寫才能捕捉真相？吳爾芙作為一個深刻的作家，當然也會思考這些問題，加上為女性作傳，在過去畢竟少見，因此本書就顯得別具意義。

英國學者瑞秋．鮑比（Rachel Bowlby）便指出這部作品是吳爾芙的炫技／玄機（showing "off"）之作，一方面展現其博學多聞，嫻熟於英國史及傳記書寫的背景，另一方面則是跳脫她慣有的意識流及特具詩意、略帶哀愁憂鬱的沉重風格，以諷刺戲謔筆法大開讀者與文學家的玩笑。雖說是以傳記形式面世，但她又對這種文類極盡調侃之能事，也對史實與虛擬之間的界限不斷嘲弄戲仿。若再加上她父視是以編撰英國兼具正史及經典地位的《全國傳記辭典》而著稱，那麼她對這個文類及歷史、傳記作家的嘲諷，顯然還具有強烈的挑戰父權的意味。

這部作品是漫漫情話，傾訴了吳爾芙對薇塔的滿腔愛意，但也是嚴謹的批評之作，針砭傳記寫作的謬誤和史學家、學者的故作正經。正如吳爾芙日記裡寫道，《歐蘭多》是隨興而作，「我要樂趣、我要奇思幻想、我要（這可是認真的）賦予事物戲謔的價值。這樣的情緒縈繞著我。我想寫個故事，在同個脈絡裡，既可談劍橋大學紐恩女子學院，又可談女性運動。」《歐蘭多》絕對是部有趣新奇的傳記，帶領著讀者跟隨主人翁一同穿越三百餘年的時空，經歷忽男忽女的變身冒險。

那麼，在這部作品出版迄今近一百年的今天，女性運動經歷了數波革命，性別平權也在近世獲得更大的支持，性別與性取向等議題歷經大鳴大放，無論是女性地位或是性別身分認同，都可看到長足的進步。在小說中，歐蘭多奮力爭取的財產繼承權和女性經濟獨立等議題，如今在各地大都有了改善。普遍說來，舊有的性別框架已被打破，男女兩性二元對立已由LGBTQ[7]取代，成為新的性別身分認同，歐蘭多的華麗變身在這個多元價值的時代，能帶給我們什麼啟發呢？

論者指出「雌雄莫辨」（androgyny）這個概念在吳爾芙的作品裡地位不容小覷，例如，在《自

---

7 編註：LGBT是女同性戀者（Lesbian）、男同性戀者（Gay）、雙性戀者（Bisexual）與跨性別者（Transgender）的英文首字母縮寫。另外，也有在詞語後方加上字母「Q」，代表酷兒（Queer）和／或對其性別認同感到疑惑的人（Questioning），即是「LGBTQ」。

己的房間》裡，她用各式隱喻帶出其重要性，在《歐蘭多》裡，她則是用詼諧戲耍、幾近無厘頭的方式來展現。例如，歐蘭多剛嫁給薛爾梅汀時，他們有聊不完的瑣碎話題：

> 「你確定你不是個男人嗎？」他會焦慮地問道，然後她會像回聲一樣應道，「你確定你不是個女人嗎？」然後他們就會毫不遲疑地互相證明。他們對對方如此善解人意感到驚訝，他們也很吃驚地發現原來女人像男人一樣地包容且直率，男人像女人一樣奇特而細膩，然後他們又立刻來證明彼此的性別。

無論是在心理上或外表上，吳爾芙都刻意地突顯這種男女不分、雌雄莫辨。若以英文「androgyny」的字根來看，此字源於希臘文，分別是由「andros」（男性）和「gyne」（女性）所組成，它的意思並非在生理上同時具有雄性和雌性的特徵，也並非指雙性戀或同性戀，對吳爾芙而言，它意味著更完整的個體，從浪漫主義詩人柯立治所主張的「雌雄莫辨的心智」（androgynous mind）得到啟發，她認為這是創作的理想與最高指標。唯有如此的心靈，才能創造出偉大的作品。在吳爾芙眼中，莎士比亞、雪萊等人便是具有這種「雌雄莫辨的心智」，因此成就了最優秀動人的文學創作。

其實，「雌雄莫辨」的神話源自於柏拉圖《會飲篇》（*Symposium*）的描述，柏拉圖藉由亞里斯多芬之口敘說人類一開始和現在不同，性別分野也和當今迥異。過去所有人都是雌雄莫辨、同時兼具兩性特質，身形就像是一顆圓球，但是人類野心過大，自以為與天神平等，宙斯一怒之下將人切成兩半，於是有了男女之別。人類從此便必須尋找另一半，以成就圓滿完整的自我。對於追求浪漫真愛的少男少女來說，這真是一則美麗的寓言。但是，對於後世的哲學家和文學家而言，他／她們想追問的是，心靈如何能夠兼具兩性特質，如何超越現世的、父權體制的箝制與壓迫。對於吳爾芙來說，她如此看重「雌雄莫辨的心靈」，並不是像一九七〇、一九八〇年代某些女性主義者所宣稱的，想藉此閃躲令她痛苦憤慨、而又無所遁逃的女性特質。事實上，她是想透過這樣一個概念以跳脫陽剛／陰柔二元對立的僵硬束縛，這不僅展現在主角性別變身的刻畫描述，也展現在吳爾芙的敘事風格上。「雌雄莫辨的心靈」可以同時在上百萬個不同的位置上跳躍思考，突顯各種異質性，但同時又能維繫保持連貫和諧，而不至於分裂混亂。這一點在最後一章特別有所發揮。

當然，細心的讀者會發現，不僅書中主人翁歐蘭多具體而微地展現出「雌雄莫辨」或是「既男又女」，事實上，吳爾芙在描繪其他幾個主要人物：莎夏、哈莉雅特公主／哈利大公、薛爾梅汀，也都強調了他們具有這種「雌雄莫辨」或是「既男又女」的特質。如果歐蘭多經歷的是實質上生理的變身：

> 他的外型結合了男人的力量和女人的優雅。……歐蘭多在一面長鏡前從頭到腳端詳著自己，

絲毫沒有流露出任何不安……歐蘭多已經變成女人——這是不容否認的事實。可是在其他所有方方面面，歐蘭多還是完全跟以前一模一樣。性別的改變雖然改變了他們的未來，但完全沒有改變他們的身分。

很顯然的，他／她在心理上並未有太大的改變，往往只是因為外在的社會條件對性別角色有不同的要求，使得歐蘭多不得不配合時空背景而稍作偽裝掩飾，以調整因應外界的變化，但這並未對他／她的自我認同造成什麼衝擊，他／她的人格特質仍始終如一。這也說明了性別角色的二元對立規範在很大的層面上其實是社會因素所造成，而非天生內在所本有。

小說中提到扮裝的部分也十分有趣，當歐蘭多搭船從土耳其回到英國，她換下寬鬆而無分男女的吉普賽人服裝，穿上十八世紀英國淑女的衣服時，她才理解到「惜肉如金」的意義，不能隨便裸露，否則可能害船上的水手差點沒命；女人要花非常多的時間梳妝打扮，這並非她們天性如此，而是被規訓成必須「順從、貞潔、散發香氣、精心打扮。她們必須經過最繁瑣的訓練，才能顯得優雅高貴」。

這些精闢的觀察分析，恰恰與一九九〇年代以降的「性別展演」理論有所呼應。當代酷兒研究學者將性別展演的過程比喻為選擇衣服，穿上什麼樣的衣服在某種程度上決定了我們是誰，但別誤以為我們可以每天隨自己高興愛穿什麼就穿什麼、愛扮演誰／什麼性別就扮誰／什麼性別，各式各樣的衣服所代表的意義受到社會、政治、經濟等種種因素所決定，而性別操演強調的重點即在於，性別是透過不斷的重複實踐而展現的，我們的選擇在很大的程度上受到外在法則規範所約束，但這些法則並不是鐵板一塊，透過不斷地顛覆質疑、戲仿嘲諷，某些框架鬆綁了、某些界限消失了，新的定義興起、新的概念成形。於是，這樣的討論開啟了多元價值的可能，甚至促成各國法律的修訂，原本遭打壓的少數群體得以發聲，權益也得以獲得保障。

普遍說來，就多元價值與性別平權而言，在二十一世紀的今天，我們確實比吳爾芙的時代享有更大的空間的保障。不過吳爾芙所屬的「布倫斯伯里文化圈」在性／性向（sexuality）方面的實踐與觀念，即使到了現在也算是相當前衛的。以《歐蘭多》主人翁的現實原型薇塔來說，她是吳爾芙的情人，也是公開的雙性戀者，嫁給了貴族哈洛德·尼可森，而他同樣是雙性戀者，婚後仍有不少同性情人。吳爾芙自己則是嫁給了連納德·吳爾芙。她的姊姊凡妮莎嫁給了克萊夫·貝爾，後來又與情人唐肯·格蘭特、他的情人大衛·嘉納德三個人共同生活在一起。更別提經濟學家凱恩斯、畫家傅萊、作家曼殊菲爾、史崔齊等人，他們的性別身分並不固著，情欲流動之頻繁廣泛比起現在也是有過之而無不及。他們所屬的時代未必較為開放自由，但是這個文化圈因為身為中上階級而享有某種特權，加上他們都是藝術家、創作者，因此得以過著這種波希米亞式的生活。隨著一九九〇年代性別平權運動的風起雲湧，才將這原本屬於私領域的、「衣櫃的」性別身分與性事化為公領域的議題，掀起更多的討論與帶動更高的能見度。

雖然吳爾芙對女性地位及性別議題提出許多深刻的思考，可以說是女性主義的先驅，她的各類作品啟發了後世讀者，無論是從理論、實踐或創作方面，都提供了源源不絕的靈感和刺激，但是女性主義者和一般讀者並不是一直都能認清或肯定吳爾芙的貢獻，在一九七〇年代英美的第二波女性主義運動中，不少女性主義者甚至攻訐她是虛偽的中產階級，悖棄真正的女性主義價值。以文學研究而言，當時研究她的學者也相對地乏善可陳。但這個情況在過去二、三十年有了劇烈的改變，研究她的專書、期刊、以她為名的學術研討會如雨後春筍般紛紛冒出，她的影響力與接受度也從文字力量與文學成就，拓展到她的肖像及她對時尚的觀察，媒體與商業書市借用吳爾芙的形象做為女性作家的代表，大量發行印有她肖像的各式商品，她儼然成為了知性品味的代名詞。而她所看重的雌雄莫辨特質也成為流行時尚最夯的展現。

最後，讓我們回到《歐蘭多》出版的那一年，就在同一年，另一部描述女同志欲望與情感的小說《寂寞之井》，雖然同樣也具有強烈的傳記色彩，風格卻和《歐蘭多》天差地別，寫實的筆觸陰鬱沉重，充滿了掙扎與苦痛，並且最後遭到被禁的命運。而《歐蘭多》則是部相當受歡迎的作品，甫出版六個月，就狂賣八千冊。比起吳爾芙其他作品來，這可是本大獲好評的暢銷書。身為讀者，無論作品是寫實或奇幻，是沉重或戲謔，性別、性向、自我與時間永遠是迷人的主題，值得我們細細玩味品嘗。

誠如英國作家珍內特．溫特森（Jeanette Winterson）所述，「我們活在一個加速的世界，不要說是四百年，就連四百分鐘都很困難。然而，吳爾芙靈眼明察，如果我們知道如何使用擷取時間，時間總是在那兒的。閱讀便是一種使用擷取時間的方式。閱讀要花時間，但時間不會因此而失去，而是被找到。」

希望所有人在二十一世紀及無盡的未來，永遠能享受閱讀的樂趣，永遠能透過閱讀穿梭時空，體驗雌雄莫辨的心靈與滿足。

（本文作者為師大翻譯研究所教授）

目錄

ORLANDO

前言

撰寫這本書要感謝許多朋友的幫助。其中一些早就死了，而且名氣大得我簡直不敢提起他們，然而能讀能寫的人勢必得感謝狄福（Defoe）、湯瑪斯・布朗爵士（Sir Thomas Browne）、史登（Sterne）、沃爾特・史考特爵士（Sir Walter Scott）、麥考利勳爵（Lord Macaulay）、愛蜜莉・勃朗特（Emily Brontë）、德昆西（De Quincey）、沃爾特・帕特（Walter Pater），這裡只是先提出我馬上想到的幾位。其他的則仍然在世，雖然名氣也是響叮噹的，只是因為還活著，所以就沒有那麼令人生畏。我特別要感謝桑吉先生（Mr C. P. Sanger），要不是因為他對不動產法的知識，這本書根本無法完成。多虧了席德尼－透納先生（Mr Sydney-Turner）的學問見聞廣博獨到，使我不至於犯下不可原諒的錯誤。我有莫大的榮幸獲得亞瑟・威利先生（Mr Arthur Waley）在中文方面提供寶貴的知識，以及洛伯考瓦女士（Madame Lopokova，凱因斯夫人）校正我的俄文，這使我受用不盡。我在繪畫這門藝術上若有任何了解，都得感謝羅傑・傅萊先生（Roger Fry）無與倫比的理解力與想像力所帶給我的啟發。在另一方面，我希望，外甥朱利安・貝爾先生（Julian Bell）獨特犀利、幾近嚴苛的批評，令我獲益匪淺。史諾登小姐（Miss M. K. Snowdon）在哈洛門（Harrowgate）與契特罕（Cheltenham）檔案資料裡孜孜不倦地研究儘管艱辛萬分，卻是白忙一場。其他朋友也提供了我極大的幫助，在此無法一一細數。我僅向以下朋友致意：安格斯・戴維森先生（Mr Angus Davidson）、卡特萊特夫人（Mrs Cartwright）、珍妮特・凱斯小姐（Miss Janet Case）、柏納斯勳爵（Lord Berners，他對伊莉莎白時期音樂的了解極為難能可貴）、法蘭西斯・柏瑞爾先生（Mr Francis Birrell）、我的兄長艾德里恩・史蒂芬博士（Dr Adrian Stephen）、先生・柏瑞爾先生（Mr Francis Birrell）、盧卡斯先生（Mr F. L. Lucas）、戴斯蒙・麥卡錫夫婦（Mr and Mrs Desmond Maccarthy）、最鼓舞人心的批評家、我的姊夫克萊夫・貝爾先生（Mr Clive Bell）、萊蘭茲先生（Mr G. H. Rylands）、柯爾法克斯夫人（Lady Colefax）、納莉・巴克索爾小姐（Miss Nellie Boxall）、凱因斯先生（Mr J. M. Keynes）、修・沃普爾先生（Mr Hugh Walpole）、薇兒莉特・狄金森小姐（Miss Violet Dickinson）、愛德華・薩克維爾－維斯柏瑞爾先生（Hon. Edward Sackville West）、聖約翰・哈欽森夫婦（Mr and Mrs St John Hutchinson）、鄧肯・葛蘭特先生（Mr Duncan Grant）、史蒂芬・湯姆林夫婦（Mr and Mrs Stephen Tomlin）、奧圖林・莫瑞爾先生與夫人（Mr and Lady Ottolin Morrell）、我的婆婆席德尼・吳爾芙夫人（Mrs Sydney Woolf）、奧斯伯特・席特威爾先生（Mr Osbert Sitwell）、賈克・拉維拉夫人（Madame Jacques Raverat）、柯瑞・貝爾上校（Colonel Cory Bell）、薇樂莉・泰勒小姐（Miss Valerie Taylor）、薛波德先生（Mr J. T. Sheppard）、艾略特夫婦（Mr and Mrs T. S. Eliot）、伊索兒・山茲小姐（Miss Ethel Sands）、南・哈德遜小姐（Miss Nan Hudson）、我的外甥昆丁・貝爾先生（Mr Quentin Bell，一位資深重

要的小說合作夥伴）、雷蒙・莫提默爾先生（Mr Raymond Mortimer）、吉拉德・魏勒斯里夫人（Lady Gerald Wellesley）、萊頓・史塔奇先生（Mr Lytton Strachey）、瑟席爾子爵夫人（Viscountess Cecil）、荷普・莫里斯小姐（Miss Hope Mirrlees）、佛斯特先生（Mr E. M. Forster）、哈洛德・尼可森先生（Hon. Harold Nicolson）、我的姊姊凡妮莎・貝爾（Vanessa Bell）——但這名單似乎有過長之虞，而且也已經過份的光芒耀眼。雖然這名單讓我想起不少歡樂記憶，但也恐怕讓讀者對此期望太高，讀了之後不免失望。因此，我決定在最後感謝大英博物館和公共檔案署基本的禮貌客套，我的外甥女安潔莉卡・貝爾小姐（Miss Angelica Bell）提供了非她不可的服務[8]；感謝外子始終如一的耐心協助我進行研究，本書若有一丁點稱得上詳實準確之處，都得感謝他深厚的歷史知識。最後，我要感謝在美國的一位紳士，可嘆我竟然弄丟了他的名字和地址，他非常寬宏大量而毫不必要地改正我先前作品裡的標點符號、植物學、昆蟲學、地理學，以及年表，我希望，他不需要在這本書上大費周章了。

8 編註：見本書第五十五頁，吳爾芙九歲的外甥女安潔莉卡在母親凡妮莎・貝爾巧手裝扮下，化身為令歐蘭朵神魂顛倒的俄羅斯公主莎夏的照片。

幼時的歐蘭多

第一章

他——我們毋須懷疑他的性別，不過這個時代的流行服飾的確讓這一點模糊難辨——正對著屋椽垂下來擺盪的一顆摩爾人頭顱揮刀橫砍。那顏色有如舊足球，形狀其實也差不多，只不過兩頰凹陷，一兩撮粗糙乾掉的毛髮有如椰子殼的鬚皮。歐蘭多的父親（也有可能是祖父）在非洲野蠻之邦的月光之下，將這頭顱從一個猛然竄出來的魁偉異教徒肩膀上砍下來。現在，在這殺死他的英國勳爵的豪門宅第裡的閣樓上，他的頭顱隨著從不停止的微風，輕柔地、不停歇地搖晃著。

歐蘭多的列祖列宗曾經在水仙花遍地的戰場、多石崎嶇的戰場、滿布蜿蜒河流的戰場上馳騁，從許多肩膀上砍下顏色各異的頭顱，然後把這些頭顱帶回來掛在屋椽上。歐蘭多未來也會這麼做，他發誓。不過他現在才十六歲，還太年輕而不能跟著父執輩在非洲或法國馳騁，他總是偷偷避開母親和花園裡的孔雀，來到他的閣樓房間，在那兒爆衝猛撲，對著空氣揮舞利刃。有時候他削斷了繩索，頭顱掉到地上，他得再繫回去，懷抱著某種騎士精神，他刻意把頭顱掛在幾乎搆不到的地方，這麼一來，他的敵人就得意洋洋地咧開乾癟發黑的嘴對他笑。這顆頭顱來來回回擺盪，因為這宅邸座落在莊園的最高處，占地如此遼闊，因此彷彿攔住了風，不論冬天或夏天，總是這兒吹吹、那兒吹吹，繪有獵人的綠色掛毯永遠在飄動。他的先祖們一直是名門將相，頭頂著小王冠從北方雨霧中南下。房間裡的一道道陰影，地板上縱橫交織的黃色光潭，不正是太陽穿過了窗上鑲嵌玻璃的巨大家徽所構成的嗎？現在歐蘭多正站在紋章裡的黃豹身軀中央，把手放在窗台上，想要推開窗戶，他的手立刻就被染上紅色、藍色、黃色，像是蝴蝶翅膀一樣。所以，那些喜歡象徵符號、樂於詮釋解碼的人，此時就會發現，雖然他那線條優美的雙腿、俊秀的體格、勻稱的肩膀，全都透著家徽紋章的各色光線，可是當他推開窗時，他的臉龐卻是整個被陽光照亮。再沒有比他更真誠而又悶悶不樂的面容了。生下他這張臉的母親不知有多開心，能夠記錄這樣一個人生平的傳記作家更是不知有多幸福！她永遠不須煩惱，他也不需要任何詩人或小說家的助力。歐蘭多將會成就一樁又一樁的功業，獲得一項接一項的榮耀，晉升一個又一個的高位，他的祕書會亦步亦趨，直到他達到心中企及的目標巔峰才罷休。仔細瞧瞧，他的外表正是為了這樣了不起的大事業而生。紅潤的雙頰有著桃色的絨毛，脣上的細毛只比雙頰絨毛顏色稍稍濃密了些。他的嘴不大，微微上揚著，蓋住他杏仁般精緻潔白的牙齒。他的鼻梁挺直如短劍，頭髮是深色的，小巧的耳朵緊貼著兩側。哎呀，細數了這年輕俊俏的五官，可絕不能就此打住而不去說說他的額頭和眼睛。哎呀，這幾樣差不多是每個人生下來都有的。我們若是直接注視著站在窗前的歐蘭多，就不得不承認他的眼睛像是出水的紫羅蘭似的，水汪汪地彷彿要滿溢出來，顯得眼睛更大了。額頭像是大理石圓頂，架在兩個像空白獎章般的太陽穴上。只消直視他的眼睛和前額，我們就目眩神迷、讚不絕口。只消直視他的眼睛和前額，我們就得承認，縱有千般不是，任何一個優秀的傳記作者一定也會予以迴避隱匿。他見到的景象讓他心煩，比方說看到他母親，一位身著綠衣、極為美麗的淑女，走到屋外餵孔雀，她的侍女翠琪特跟在後面；他見到的景象令他開心——那些鳥兒和那些樹木，有些景象讓他愛上死亡——傍晚的天空、歸巢的烏鴉，這一切景象，加上花園的聲音，敲鍾噹噹、伐木丁丁，統統沿著迴旋的階梯進入他的腦中（這兒空間可大著呢），掀起了強烈情感與激動情緒所造成的騷亂與困惑，這可是所有優秀的傳記作家都厭惡的。不過且讓我繼續說下去，歐蘭多慢慢把頭縮進來，坐在桌前，然後，帶著一種每天時間一到就會去做某件事的半意識狀態，拿出標題為《伊瑟伯特：五幕悲劇》的筆記本，再把沾有汙漬的舊鵝毛筆浸到墨水裡。

他很快就寫滿了十幾頁的詩句。顯然他的文思泉湧，但是內容卻很抽象。他的劇中人物是墮落、罪行、苦難，還有聞所未聞的領土上的國王和王后；匪夷所思的陰謀令他們驚懼不已；高貴情操使他們義憤填膺。沒有一句話是他自己會說出來的，不過每句話都寫得流暢優美，想想他的年紀——他還不到十七歲呢——十六世紀還有好幾個年頭才結束，這些表現可真是了不起。不過，他最後還是停下來了。他本來正在描寫大自然，就像是所有年輕詩人永遠在做的事一樣，為了要精確描述他所看到的綠色（此處他比絕大多數的詩人來得更為大膽），他仔細看著事物本身，這恰巧是他窗下的月桂樹叢。在這之後，他當然就寫不下去了。大自然裡的綠色是一回事，在文學裡又是另一回事。自然和文學似乎先天互斥，要把兩者結合在一起，就會讓彼此四分五裂。歐蘭多眼前所看到的綠色破壞了他原來的韻腳，打斷了他的節奏。而且，自然有自己的戲法。一看出去是花叢裡的蜜蜂、打呵欠的狗、太陽正要下山，一想著「我還能看幾回落日」等等的（這些思緒已經太老套而不值得記下），就會擱下筆、穿上外套，大步走出房間，像往常一樣，一腳踢到上了漆的櫃子。因為歐蘭多有點笨手笨腳的。

他小心翼翼，就怕遇到人。園丁史達柏斯正從小路走過來。他躲在樹後面等他走過去。再從花園圍牆邊的一道小門出去。繞過馬廄、狗屋、釀酒房、木工坊、洗衣間，還有做蠟燭、殺牛、打馬蹄鐵、縫製皮背心的地方（因為這宅邸就是各行各業工匠熱鬧工作的城鎮），來到了羊齒小徑，沿著這條路上坡可以來到花園而不被人發現。也許人的個性特質也有親疏之分，相近的特質彼此吸引。傳記作家在此想要請大家注意一件事，歐蘭多的笨手笨腳和愛好孤獨是相輔相成的。他老被櫃子絆到，自然想去一處孤獨的地方，有開闊的視野，覺得自己永永遠遠孤單一人。

經過長長一段靜默之後，他終於呼出長長的一口氣，在這部傳記裡第一次開了口，「我自己一個人。」他剛才快步走過蕨類小徑、山楂樹叢，驚動了鹿隻和鳥兒，來到山丘上一棵橡樹旁。這裡非常高，英格蘭的十九個郡盡收眼底，天氣晴朗時可以看到三十或四十個郡。有時候你可以看到英倫海峽，浪濤一波波湧起。還可以看見河流，和在河流上面滑行的遊船，大帆船出海遠颺，無敵艦隊發出低沉的砲聲，縷縷濃煙升起，還有海岸邊的堡壘要塞，草原上的城堡，還有這裡一座瞭望塔，那裡一個堡壘；還有一些像是歐蘭多父親所擁有的這種規模巨大的莊園，彷彿是個座落在山谷裡城牆圍繞的城鎮。往東看是倫敦的尖塔和城市炊煙，在天際盡頭，如果風向吹得恰到好處，史諾頓山嶙峋山巔和鋸齒般的峰巒就會在雲層間浮現。此刻歐蘭多細數、凝望、辨識。這是他父親的房子，那是他伯父的房子。那邊樹林裡的三座高大的塔樓是姑媽的。那片石南叢生的荒地是他們的，還有森林、雉雞和鹿群、狐狸、獾和蝴蝶。

他深深嘆了一口氣，猛撲向（他的動作帶著一股激情，因此得用這個詞來形容）那棵橡樹底下的大地。在這夏日的瞬息片刻，他喜歡去感受大地脊柱在身體下面的感覺。他把橡樹硬朗的根當作是土地的脊梁。或者，意象一個個接踵而來，彷彿是他所騎的馬兒的脊背，又或者是一艘顛簸不已的船隻甲板。其實，它可以是任何一件東西，只要是硬的就成，因為他浮動的心必須要有所依附才行。那顆心在不斷拉扯，那顆心，在每天傍晚差不多這個時候，他一走到戶外，似乎就充滿了趣味與愛意。他把心緊繫著這棵橡樹，只要他一躺在那兒，內心和身體的悸動就會慢慢靜止下來。小小的樹葉懸著，鹿群停住了，蒼白的夏日雲朵佇留不動。他的四肢攤在地面上愈來愈沉。他動也不動地躺著，鹿群愈來愈靠近，禿鼻鴉在他周圍盤旋，燕子俯衝下來轉了個圈，蜻蜓匆匆飛掠而過，似乎夏日黃昏裡所有繁殖和愛情活動在他身體四周交織成一片網。

大約過了一小時——太陽很快地下沉，白雲已經變成紅色，山丘是紫紅色的，森林是紫色的，山谷則是一片黑色——一聲號角響起。歐蘭多跳起來，那刺耳的聲音來自山谷，從山谷下的一個黑點傳來。那是一個緊密精巧、井然有序的黑點；是一個迷宮；一個城鎮，但有牆環繞；它來自山谷裡他自己的大宅邸中心，那裡原本是黑暗的，但就在他瞧著的當兒，那一聲號角聲反覆吹響、其他刺耳聲音迴蕩不已之際，那地方不再一片幽暗，反而變得燈火通明。有些是小小的、匆忙移動的燈火，彷彿是僕人們聽到召喚，在走廊上急急應命；有些則是高高的、光明燦爛的照明，彷彿是在空蕩蕩的宴會廳裡照耀著，準備迎接尚未抵達的客人；還有一些則是忽高忽低、忽沉忽搖，彷彿是提在一隊隊前去侍候的人的手裡，鞠躬、跪拜、起身、接待、守衛，莊嚴隆重地護送才步下馬車的高貴公主進屋。許多馬車在前院裡拐彎轉圈。馬兒揚起牠們的羽飾，原來是女王駕到。

歐蘭多不再張望，急衝下山，從邊門進去，狂奔上迴旋的階梯，來到了自己的房間。他把長襪丟在一邊，再把短上衣丟在另一邊。他低下頭洗了把臉，再把手也搓洗一下，修一修指甲。照那牢靠的時鐘看來，他不到十分鐘，僅僅憑著不到六吋的鏡子和一對殘燭微光，就已經套上深紅短褲、花邊領飾、緞面背心，還有上面綴有像雙瓣大理花的薔薇花飾鞋。他準備好了，臉上紅撲撲的，他很興奮。但是他實在是遲到太久了。

此刻他從熟悉的捷徑穿過數不清的房間和樓梯，要走到宴會大廳，得穿過這個占地五英畝宅邸來到另一側。才走到一半，在僕人住的後房裡，他停了下來。史杜克利太太的起居室房門開著——當然，她不在房內，一定是配戴著所有鑰匙去服侍女主人了。不過在那兒，在僕人餐桌前，坐著一個衣衫襤褸的胖男人。他的環形縐領很髒，衣服是棕色的粗織呢絨做的。桌上擺著一個大啤酒杯，他面前擺著紙、手上握著筆，但是他沒在寫東西。他看起來好像在轉著什麼念頭，翻來覆去、左右斟酌，直到成形了或是夠力道為止。他的眼睛像是某種特殊紋路的綠石，圓圓突突的、恍惚朦朧，定定地望著什麼。他沒有看見歐蘭多。雖然歐蘭多趕著時間，卻還是停下腳步。他是詩人嗎？他在寫詩嗎？歐蘭多想問他，「可以告訴我世界上的萬事萬物嗎？」——因為他對詩人和詩抱持著最狂野、最荒謬而浮誇的想像——但是怎麼跟一個根本沒看見你的人說話呢？他眼中見到的是吃人怪獸、半人半羊的森林之神，或是海洋深處吧。於是歐蘭多就站在那兒盯著他看，只見那人轉著筆，一會兒這一會兒那；凝視著沉思著；然後，很快地寫了五、六行，抬頭看了一看。歐蘭多覺得很不好意思，立刻衝到宴會廳，恰好趕上屈膝下跪禮，心思慌亂地低下頭，向偉大的女王獻上一盆玫瑰水供她淨手。

他實在太害羞了，所以只見到女王戴著戒指的手浸在水裡，但是這也就夠了。這是隻令人難忘的手；手指纖細修長，總是彎著，好像一直握著圓球或是權杖；一隻神經質、執拗、病懨懨的手；也是一隻發號施令的手；一隻只要一抬起來就會讓一顆人頭落地的手；他猜想，這隻手是附著在一個衰老的身軀上，那味道聞起來像是用樟腦保護收藏毛皮衣裳的櫃子；這樣的身軀仍然以各色各樣的錦緞寶石華麗裝扮；雖然可能因為坐骨神經痛飽受折磨但姿勢仍然十分挺直端正；即便有成千的恐懼，卻從未有半分的退縮；女王的眼睛是淺黃色的。那些大大的戒指在水裡閃爍發亮，他感覺到這一切，接著有什麼東西壓著他的頭髮——或許這說明了為什麼他什麼也沒看見可能反而對歷史學家更有幫助。而實際上，正因為他腦中充滿了各種強烈對照的事物——這個夜晚和亮晃晃的燭光、寒酸的詩人和偉大的女王、寂靜的田野和發出鏗鏘響聲的僕役——所以他什麼也看不見；或者只看到一隻手。

在同樣這個畫面裡，女王本人也只看到一個頭而已。如果可以從一隻手推想到整個身軀，了解到偉大女王的所有特質——她的執拗、勇氣、脆弱和恐懼；那麼，坐在高高在上的寶座裡，眼睛總是睜得大大的女王，如果西敏寺的蠟像有憑有據的話，她的眼睛應該總是睜大的，那麼當然可以從一個頭得到豐富的訊息。那長而捲曲的深色頭髮，如此恭敬低垂的頭顱，在她面前如此純真無邪，暗示著他有一雙年輕貴族昂然站立時最美的腿、紫羅蘭般的雙眼、黃金似的心、赤膽忠心和男子氣魄的魅力——這位老婦人愈是鍾愛的特質，卻距離她愈是遙遠。她日益衰老，比起實際年齡還來得更老態龍鍾。她的耳邊總是響著隆隆砲聲，她老是看見閃著寒光的毒液和那把長長的匕首。她坐在桌邊，傾聽著；她聽到英吉利海峽的槍砲聲；她很害怕——這是個咒語嗎？還是傳聞？在這夜晚的黑暗背景下，天真單純就顯得更加珍貴。歷史傳承是這麼說的，正是在這天夜裡，當歐蘭多好夢正酣，女王在那張羊皮紙上簽印蓋章，那座規模宏偉的修道院宅邸，原本屬於大主教、後來歸屬國王，現在正式贈送給歐蘭多的父親。

歐蘭多一夜沉睡，對此一無所知。也根本不知道女王吻了他。女人心思百轉千迴，或許正因為他的渾然無知，加上她的嘴唇碰到他時他驚動了一下，使她對這位年輕表弟（他們有親戚關係）念念不忘，記憶歷久彌新。無論如何，在這不到兩年的寧靜鄉村生活中，歐蘭多才寫下不到二十齣悲劇、十二個歷史故事、二十首十四行詩，此時信差傳來旨意，女王召他進白廳隨侍。

「上前來！」女王看著他穿過長廊走向她，說著，「上前來，我純真的孩子！」（他有種寧靜氣質，總是給人純潔天真的感覺，然而，實際上這個形容已經不能再套用在他身上了。）

「來！」她說道。她挺直地坐在壁爐旁邊。她讓歐蘭多走到離她一呎遠的地方，上上下下打量著。她是用現在她在他身上看到的真實，來印證那天晚上她的種種猜測嗎？她猜得對不對呢？眼睛、嘴巴、鼻子、胸膛、臀部、手掌——她仔仔細細看了一回；看著看著，她的嘴角很明顯地抽動著，待她看見他的腿時，就忍不住大聲笑了出來。他的外表活脫脫就是個標準的貴族模樣。但是內心呢？她如老鷹般的黃色眼睛炯炯地注視著他，彷彿要看透他的靈魂。這個年輕人承受著她的目光，只是臉上泛出如薔薇般淡淡的紅暈，使他看起來更有吸引力。堅強、優雅、浪漫、痴傻、詩文、青春——她像讀一頁文章一樣把他讀得通透。她馬上從手指上拔下一枚戒指（關節有點腫大了），套在他的手上，任命他為財務大臣兼內務大臣。接著在他身上掛上官職項鍊；命令他屈膝，把鑲有寶石的嘉德勳章繫在大腿前側最細的地方。從此以後，女王對他恩寵有加。當御駕出行，他騎馬隨侍在側。她派他執行令人感傷的重責大任，通知不幸的蘇格蘭女王接受處決。當他即將出航參加波蘭戰爭時，她把他召回。她怎麼忍心讓他那柔嫩的皮肉撕裂、那鬈髮覆蓋的頭顱滾落沙塵？她把他留在身邊。當她的勝利到達巔峰，倫敦塔的砲聲隆隆，空中的濃煙密布令人忍不住打起噴嚏，人民的歡呼聲從窗下傳來，她把他拉到侍女為她鋪設的軟墊上（她是如此地孱弱衰老），讓他的頭埋在她那驚人的重重疊疊服飾之中（她已經一個月沒換衣服了），他想著，那味道聞起來完全就像是他少年時的記憶，像是家裡他母親收藏毛皮衣物的衣櫃氣味。他站起身來，被擁抱得幾乎快窒息了。她低聲說，「這是我的勝利！」——這時焰火衝上天際，把她的臉頰染得緋紅。

這位老女人愛著他。而身為女王，看見一個真男人時她是了然於心的。據說，雖然不是以尋常的方式，她還是為他籌畫了輝煌騰達的事業。冊封他土地，賞賜他美宅。他是她老年時的子嗣，殘障時的肢體，衰敗時可以倚靠的橡樹。她以沙啞的嗓音說出這些承諾，和古怪的、盛氣凌人的甜言蜜語（他們此刻在瑞奇蒙宮），她直挺挺端坐在爐火邊，全身穿著僵硬的錦羅綢緞，但是不管柴火堆得多高，她永遠不覺得溫暖。

同時，漫長的冬季到來了。御苑裡每棵樹都結滿了霜。河水緩緩流淌著。一天，地上大雪覆蓋，鑲板的房間光線昏暗，影影幢幢，御苑裡的牡鹿鳴叫著，她從鏡子裡看見——為了防範密探，她身旁總是擺著鏡子，為了防範刺客，她的房門總是開著，一個男孩，那是歐蘭多嗎？——親吻著一個女孩，那個無恥的小賤人究竟是誰？她抓起鍍金寶劍，恨恨地朝鏡子砍去。鏡子破了；僕人們跑過來；把她扶抱起來，重新安頓在椅子上；可是從此以後她就病倒了，隨著生命來到盡頭，她常常抱怨著男人的背叛。

或許這是歐蘭多的錯；可是，話說回來，我們能怪他嗎？那是伊莉莎白一世的時代；他們的道德觀念和我們不一樣，詩人不一樣，氣候不一樣，甚至連蔬菜也不一樣。每件事都不同。就拿天氣來說，我們得相信，夏天和冬天的冷熱和現在完全是兩碼子事。燦爛多情的白天和夜晚截然不同，就像陸地和水域是分得清清楚楚的。那時的夕陽更紅豔；那時的黎明更白亮。我們這種朦朧模糊的曙光和幽暗迷茫的薄霧，他們完全一無所知。雨要麼傾盆而下，要麼滴水全無；陽光要麼明亮耀眼，要麼一片漆黑。如果按照當時人的習慣，把這種現象用精神領域來比喻，我們會發現詩人美妙地歌詠玫瑰如何凋零、花瓣如何謝落。他們吟唱著韶光飛逝，光陰不待人；長夜漫漫讓人安眠。至於利用溫室或花房等人為方式來延長或維持那些石竹和玫瑰，這可不是他們的作風。我們這個比較平緩而不確定的時代裡，令人萎靡的百轉千迴和模稜兩可，也不是他們能了解的。強力暴烈就是一切。花開花謝。太陽升起落下。情人愛了又走了。詩人在韻腳裡說的，年輕人以行動來實踐。女孩是玫瑰，她們的季節像花朵一樣短暫。在夜晚到來前就得被摘下；因為白晝太短，而白晝就是一切。因此，假若歐蘭多跟著氣候、跟著詩人、跟著時代的引領而行事，他想在窗邊的椅子上摘下他的花兒，即使地上有雪，女王在走廊上隨時警覺監視，我們也很難去責怪他。他年輕，他血氣方剛，他只是做了一件天性想做的事。至於那個女孩，我們和伊莉莎白女王一樣，不知道她究竟是誰。她可能是桃莉絲、克洛麗思、狄莉亞，或是戴安娜，因為他照著名字一一押韻寫了詩。他一視同仁，她也許是宮廷裡的哪位夫人，或是侍女。因為歐蘭多品味廣泛；他不只喜歡庭園裡的花朵，野花甚至雜草也讓他深深著迷。

這裡，的確，身為傳記作家，我們要不客氣地揭露他的一個古怪性格。這或許和他某位女性祖輩穿過工作服、提過牛奶桶的出身有關。肯特郡或薩塞克斯郡的泥土，和諾曼第精緻上流血液混合為一，他認為褐色土壤和藍色貴族血液的融合是件好事。可以確定的是，他總是喜歡和身份低下的人為伍，尤其是那些有才智的人，機智經常讓他們保持卑下低調，彷彿他們之間產生了某種血統上的同聲相應。在他人生這個季節，他的腦子裡裝滿了韻律，總是得想到某個別出心裁的比喻才肯上床睡覺。因此，比起宮廷裡的高貴淑女來，客棧老闆女兒的臉頰看起來總是更加嬌嫩，獵場看守人的姪女更加機智慧黠。於是到了晚上，他頻頻造訪倫敦東區沃平老階區的小酒館，裹著灰色斗篷，以藏住頸上的星章和膝上的嘉德徽章。在那兒，他面前擺著一大杯啤酒，在沙石路面的小巷弄和草地滾球場之間，在這類地方簡單的房舍建築之間，他聆聽著水手們在南美洲大陸的艱辛、恐怖殘忍的故事，有些人是怎麼失去了腳趾頭，有些人又是怎麼沒了鼻子——畢竟口頭說的故事絕不像寫下來的那麼完整或生動曲折。他特別喜歡聽他們一首接一首地唱著亞速爾群島的歌曲，他們從那裡帶回來的鸚鵡會輕啄著他們的耳環，或是用堅硬貪婪的鳥喙輕扣他們手上的紅寶石，而且罵起髒話來就像他們的主人一樣粗野。那些女人和那些鳥兒一樣，說話大膽，行為奔放。她們坐在他的大腿上，手臂纏著他的脖子，猜他的粗呢斗篷下一定藏著不尋常的東西，為了要找到事物真相，她們和歐蘭多一樣猴急。

反正多的是機會。那條河流早晚都忙得很，駁船、渡船和別的形形色色的船隻穿梭不息。每天都有漂亮的帆船出海遠航，駛往西印度群島；不時又會有髒黑破舊的船，載著來歷不明、毛髮濃密的男人，他們吃力地準備靠岸下錨。如果有男孩或女孩在日落之後仍在水邊蹓躂晃蕩，不會有什麼人多加理會；如果閒言閒語說有人看到他們在裝滿珠寶的麻袋間相擁熟睡，也不會有什麼人皺起眉頭。這確實就是歐蘭多、蘇琪和坎伯蘭伯爵所經歷的刺激冒險。這天天氣很熱；他們的情欲高漲；結果就在紅寶石之間睡著了。那天深夜，伯爵獨自提著燈籠來看他的戰利品，畢竟他的財產大部分都投注在西班牙航海大冒險上。他把燈籠照在一個木桶上，結果一看就往後退了幾步，爆了粗口。只見兩個幽靈纏繞著躺在木桶邊睡覺。伯爵天生迷信，而且做惡太多良心不安，他把這對男女——當時他們兩人裹在紅斗篷裡，蘇琪的酥胸幾乎和歐蘭多詩歌裡永恆的白雪一樣白——當作是一對溺死水手的鬼魂，從墳墓裡鑽出來譴責他。他急忙在胸前畫十字，發誓悔過。現在光彩路上那排救濟院的房子，就是他一時驚慌失措的具體結果。這個教區裡十二個貧窮老婦人今天可以在這兒喝著茶，在今晚有個屋頂可以遮蔽，並為他禱告祈福。所以在那艘寶船上有這麼一段露水姻緣——至於這故事有什麼寓意，我們就不說了。

然而，歐蘭多很快就厭倦了。他不但厭倦了這種不舒服的生活方式、周圍蜿蜒難辨的街道，也厭倦了人們的粗野舉止。我們可別忘了，犯罪和貧困對伊莉莎白時期的人來說，並不像對我們一樣那麼有吸引力。他們不像我們現代人一樣以書本知識為恥；也不像我們那樣，相信生為屠夫之子是個福氣，無法讀書識字是個美德；他們也不會幻想「生活」與「現實」莫名其妙地和無知殘酷連在一起；事實上，他們完全沒有任何與這兩個詞對等的概念。歐蘭多之所以混跡於其間，並不是為了尋找「生活」，他離開他們，也不是為了追求「現實」。可是當他聽了十幾次傑克怎麼沒了鼻子，蘇琪如何失去童貞（我們必須承認，他們確實把故事說得很動聽），一再重複讓他有些厭煩了，因為鼻子怎麼被切掉、童貞如何失去其實總是千篇一律——至少對他而言是如此——但是藝術和科學則各自有其千變萬化，令他深感好奇。於是，他把這些美好的記憶永留心中，他不再頻繁出沒露天酒肆和玩撞柱球戲的巷弄，他把灰色斗篷高掛在衣櫥裡，露出在頸項上發亮的星章和膝蓋上閃爍的嘉德勳章，再次現身於詹姆斯國王的宮廷之中。他年輕，他有錢，他長得帥。再沒有人能比他更受歡迎。

不消說有許多淑女都躍躍欲試，對他表示青睞。至少有三位的芳名經常被提起，與他論及婚嫁——克洛琳達、法薇拉、尤弗若瑟妮——在他的十四行詩裡，他是這麼稱呼她們的。

接下來讓她們一一登場。克洛琳達的確是個甜蜜溫柔的淑女——事實上，歐蘭多的確迷戀了她六個半月；但是她的睫毛是白色的，而且見不得血。一隻烤兔子端上她父親的餐桌，就讓她暈了過去。她深受牧師的影響，把自己的內衣省下來以便送給窮人。她一心想要讓歐蘭多改過自新、擺脫罪惡，這讓歐蘭多很是反感。於是他就退婚了，並且在得知她得了天花不久便死去的消息，也不特別覺得遺憾。

接下來是法薇拉，一個截然不同的典型。她是薩默塞特郡窮鄉紳的女兒。靠著鍥而不捨的堅持和擅於察言觀色，在宮廷中平步青雲：她出色的騎術、秀氣的腳弓、優雅的舞姿，贏得了眾人仰慕。可是，有一次，她很衝動地在歐蘭多窗下把一隻西班牙獵犬打得半死，只因為牠咬破了她的一隻絲襪（應該為她說句公道話，法薇拉的絲襪沒幾雙，她大部分的襪子都是粗毛線織的）。熱愛動物的歐蘭多這下注意到她的齒列不整，兩顆門牙往內傾，他說這是一個女人性情乖戾殘忍的明證，當晚就宣布永遠解除婚約。

第三個是尤弗若瑟妮，這是目前為止他所有感情最認真的一個。她出生在愛爾蘭德斯蒙德家族，她的家族史和歐蘭多家族一樣古老悠久。她的膚色白皙、臉色紅潤，只是有點冷漠。她的義大利語說得很流利，雖然下排牙齒不是那麼白，但上排牙齒倒是相當完美。她的膝上總是抱著一隻小獵犬或是西班牙獵犬，還從她自己的盤子裡拿白麵包餵牠們。她會在小鍵琴的伴奏下高歌，歌聲甜美；她非常重視自己的外貌，所以在中午以前從來無法梳妝完備。總而言之，她應該會是像歐蘭多這種貴族的完美妻子，而且他們的婚事已經進展到雙方律師正忙著討論婚約的協定、妻子的繼承權、結婚時財產授與協議書、家宅物業、出租房地產等文件，以及一個巨大財富和另外一個結合之前必須處理的所有事宜，此時卻突然爆發嚴峻的大冰雪，這場大冰雪成為英國氣象史有名的事件。

歷史學家告訴我們，那是英倫三島有史以來遭遇過的最嚴重的大冰雪。鳥兒在半空中結凍，像石頭一樣掉落地面。在諾里治鄉下，一名身體強壯的年輕婦人正要過街到對面，突然間在街角遭到一陣猛烈冰風襲擊，路人看見她當場化成粉末，被大風颳到屋頂。被凍死的牛羊不計其數，屍體也都結凍了，和裹屍布緊黏在一起分不開。路上常常可以見到一群豬凍死在路上，一動也不動。田野上到處見到牧羊人、農夫、馬群和趕鳥的小男孩，他們在動作瞬間就活生生給凍住了，有一個人手掩著鼻子，有一個人瓶子正靠著嘴邊，第三個人舉起一塊石頭，正要扔向一群烏鴉，那些烏鴉像是標本一樣，停在距離他不到一碼遠的樹籬上。這場大冰雪實在是太嚴重了，以致有時候造成了某種石化現象。人們普遍認為，在德比郡某些地方石頭之所以驟然遽增，並不是火山爆發造成的，因為本來就沒有發生過，而是一些不幸的徒步旅人被凍僵了，他們在所站的地方當場變成石頭。教會對此束手無策，雖然有些地主把這些遺體當作聖跡，但多數人不是把他們當作地標、讓羊搔癢的柱石，就是根據石頭的形狀，拿來當作牲畜的飲水槽，直到今天，這些功用在大多數地方都還是備受讚賞。

然而，正當鄉下經濟陷於困頓，農民生活極度匱乏之際，倫敦卻享受著最輝煌燦爛的嘉年華會。新上任的國王把王宮設在格林威治，他想把握機會，利用加冕典禮來收買人心。他下令把冰封二十呎深的六、七哩河流打掃乾淨，然後布置成花園或遊樂場，有亭閣、迷宮、小徑、酒肆等等，一切費用由他承擔。至於他自己和朝臣，則是在皇宮的城門對面保留了一塊空地，和公共區域只用一條絲繩隔開，這裡頓時成為當時英格蘭最菁英薈萃的中心。大政治家們留著鬍子、戴著縐領，就在皇家寶塔的深紅色遮棚下處理國家大事。軍人們就在鴕鳥羽飾覆蓋的條紋亭閣裡，籌畫著如何征服摩爾人、攻陷土耳其。海軍上將手裡拿著酒杯，在狹窄的通道上來回踱步，一面掃視遠處的地平線，一面說著西北航道和西班牙無敵艦隊的故事。情侶們在鋪著黑貂皮的長沙發床上談情說愛，王后和侍女出來散步時，冰凍的玫瑰花像雨般紛紛落下。彩色氣球一動也不動停在半空中，到處都生起了燃燒雪松和橡木的巨大篝火，因為篝火裡撒了許多鹽，所以那些熊熊火焰呈現出綠色、橘色和紫色的火光。然而，無論那些篝火燒得多旺，都無法融化那雖然透明卻堅硬如鋼的冰層。冰層十分通透，人們甚至可以看到冰面下幾呎深的地方，這裡一隻鼠海豚，那裡一隻比目魚。成群的鰻魚一動不動地躺在那兒，看起來像是昏迷了。牠們的狀態究竟是死了呢，還是暫停生機，等到天氣回暖，牠們就會甦醒過來，就連哲學家都感到困惑不解。在倫敦橋附近，河水凍結有二十噚深，一艘毀壞的小賣船躺在河底清楚可見，這船是去年秋天超載蘋果而沉沒的。這賣貨船上的老婦人原本是要載運水果到薩里那頭的市場去賣，她穿著格子呢上衣和大篷裙坐在那裡，腿上堆滿了蘋果，看起來完全像是她正在招呼客人，然而她發紫的嘴唇洩露了真相。這是詹姆斯國王特別喜歡看的，他會帶著一班朝臣一起仔細觀賞。總之，在白天沒有什麼比這個更繽紛歡樂的景象了。但是要到晚上才是嘉年華會狂歡的最高潮。冰霜依然未曾解凍，夜晚一片寂靜。月亮和星星在天空中閃爍著鑽石般的冷光，朝臣們伴隨著長笛和小號的悠揚音樂翩然起舞。

說真的，歐蘭多不是那種舞步輕盈、擅長跳庫蘭特舞和拉伏爾塔舞的好手，他笨手笨腳，又有點心不在焉。比起那些奇異繁複的外國舞步，他更喜歡自己從小跳得簡單的本國舞。事實上，一月七日晚上六點鐘，他剛好跳完了一曲四對方舞或小步舞，才把腳併攏的時候，看到一個身影從俄羅斯大使館的帳篷走出來，這個身影不知是男是女，因為長罩衫和俄羅斯風長褲的打扮讓人分不清性別，他頓時對此人極度的好奇。先不管這人的姓名和性別是啥，大約中等身高，看起來很修長，全身是牡蠣色天鵝絨裝扮，上面有某種罕見的綠色毛皮鑲邊裝飾。但是這些細節全部都被這人所散發出來的無與倫比的魅力所掩蓋了。最極端、最浮誇的意象和隱喻在歐蘭多的腦海裡糾結翻騰。在短短三秒裡，他覺得她是西瓜、鳳梨、橄欖樹、綠寶石、雪地裡的一頭狐狸——他不知道是不是曾經聽過她說話，嘗過她、看過她，或者這三種經驗同時發生過（雖然在敘事當中一刻也不能停下，但還是容我們在此很快地提醒讀者，此時他所有想到的意象都是最單純的、符合他的感官直覺的，而且大部分是他小時候喜歡的東西。雖說他的感受極其單純，但同時也極其強烈。若要在此暫停敘事，細說這些事物的緣由是不可能的）……西瓜、綠寶石、雪地裡的一頭狐狸——他就這麼胡言亂語，他就這麼目不轉睛。當這個男孩，哎呀，一定是個男孩——沒有女人可以溜冰溜得這麼靈活敏捷，幾乎是踮著腳尖從他面前經過。因為這個人和他是同性，所以任何擁抱都是不可能的，歐蘭多為此簡直懊惱地要扯自己的頭髮了。但是這個溜冰的人靠近他了。雙腿、雙手、體態，都像是個男孩，但是男孩不可能有那樣的嘴，不可能有那樣的胸，不可能有那樣的眼，那雙眼睛像是剛從海底被捕撈上來的魚眼一樣晶亮。最後，那人停了一會兒，以最優雅的姿態向國王行了個屈膝禮，此時國王正扶著某個宮廷侍臣的手臂拖著腳滑冰。這個溜冰者完全停住不動了。歐蘭多和這個人相距咫尺，她是個女人。歐蘭多定睛細看，渾身顫抖，而且忽熱忽冷，想要投身夏天的空氣裡，想要踩碎腳底的橡實，想要雙手環抱山毛櫸和橡樹。但結果是，他只是抿住雙唇，蓋住他小小潔白的牙齒，稍稍張開一點，彷彿要咬住什麼，然後又閉上，好像他已經咬到了。尤弗若瑟妮小姐這時正挽著他的手臂。

他後來知道了這個陌生人的名字，瑪洛夏・史坦尼洛夫斯卡・達格瑪・娜塔夏・伊莉亞娜・羅曼諾維奇公主。她是搭乘莫斯科大使的列車來的，大使可能是她叔叔，或是她父親，他們前來參加國王的加冕典禮。關於莫斯科人，大家所知甚少。他們長著大鬍子，戴著皮毛帽，幾乎總是一言不發地坐著；喝著黑黑的飲料，不時再吐到冰上。他們都不會說英語，有些人稍微說一點法語，但是那時英國宮廷裡不大說法語。

歐蘭多和公主因為一件意外才得以結識。在一座專供貴族顯要的大遮篷裡，他們在大餐桌面對面坐著。公主的左右兩側分別坐著兩位年輕貴族，一位是法蘭西斯・維爾勳爵，另一位是莫雷伯爵。看見她很快讓這兩個人陷入窘境，其實還滿好笑的。雖然他們兩人都算得上是優秀的年輕人，但是他們的法語程度可能比不上尚未出生的嬰兒。晚宴剛開始的時候，公主轉向伯爵，她的優雅令他心頭小鹿亂撞，她用法文說，「我想，我去年夏天在波蘭遇到一位和你長得很像的紳士。」或是「英格蘭宮廷淑女的美貌真令人著迷，我從未見過比貴國王后更優雅的女士，也沒有見過髮型比她更漂亮的了。」法蘭西斯勳爵和莫雷伯爵都尷尬得不得了。一個人只顧著幫她遞辣根醬，另一個人則是吹口哨叫他的狗過來向他討大骨頭。看在眼裡的公主，終於忍不住笑出來，隔著野豬頭和填餡孔雀，歐蘭多和她四目相接，也笑了起來。他笑著，但笑容卻因為一陣疑惑而僵住了。到現在為止，他愛過什麼樣的人？他愛過什麼？他激動地問自己。一個老女人，渾身皮包骨，他答道。臉蛋紅統統的妓女，數目多得數不清。一個成天抱怨的修女，一個強悍世故、言辭刻薄的女投機者，一個用蕾絲和虛禮堆砌的庸人。過去的愛對他來說，只不過是鋸屑和煤渣。他曾經擁有過的歡樂都太平淡乏味了。他很驚訝自己怎麼可能經歷了這一切而沒有打呵欠。眼前他看著她時，他濃稠的血液融化了，他血管裡的冰化為美酒。他聽到水流鳥鳴，春天衝破了嚴酷的冬景，他的男子氣概覺醒了；他抓起劍，挑戰比波蘭人或摩爾人更勇猛的敵手；他潛入深水之中，他看見綻放在岩縫中的危險之花；他伸出手——事實上，他正急切地背出他最熱情洋溢的一首十四行詩，此時公主對他說：

「能不能麻煩您把鹽遞給我？」

他滿臉通紅。

「樂意之至，女士。」他用最純正的法語回答。因為，感謝老天，他的法語說得像是母語一樣流利。他是跟著母親的侍女學的。但是，如果他從來沒學過法語，從來沒有回應那個聲音，沒有追隨那雙眼睛的光芒，也許對他比較好……

公主接著說，坐在她旁邊這些舉止像馬夫的土包子是誰呀？她問道，他們倒在她盤子裡看起來很噁心的東西是什麼？在英格蘭，狗和人坐在同一張桌子吃飯嗎？坐在桌子那頭，那個頭髮像五月節花柱，看起來很好笑的人真的是王后嗎？國王老是這樣流著口水嗎？那些花花公子裡，那一個是喬治・維葉？雖然這些問題一開始讓歐蘭多有些不自在，但是用這種俏皮詼諧的方式說出來，讓他忍不住笑了。他從周圍的人一臉茫然的表情看出沒有人聽懂她在說什麼，他就無拘無束地一一回答，和她一樣，說著一口標準法語。

於是這兩人就發展出親密關係，很快地成為宮中流言蜚語的焦點。沒過多久，人們就發現歐蘭多對這位莫斯科人的殷勤已經超出禮貌的範圍，他和她幾乎形影不離。雖然旁人聽不懂他們說什麼，但是看得出來他們相談甚歡，常常惹得彼此臉紅大笑，就算最遲鈍的人也猜得到他們的話題。不但如此，歐蘭多的變化更是驚人。從來沒有人見過他這麼充滿活力，一夜之間，他就擺脫了原本孩子氣的笨拙，他原本是個成天繃著臉的年輕人，只要一走進仕女梳妝間就會把桌上一半的擺飾打翻，如今變成風度翩翩、殷勤有禮的貴族青年。看他扶著那個莫斯科人（別人都這麼稱呼她）上雪橇，或是伸手邀她共舞，或是一把接住她故意掉下來的花點手帕，還是對這位至高無上的女士所提出來的任何要求，他都毫不遲疑地使命必達，那景象令老頭兒無神的眼睛發亮，讓年輕人的脈搏跳得更快。然而，這件事上仍有一片烏雲罩頂。老年人聳了聳肩，年輕人掩嘴竊笑。所有人都知道歐蘭多和別人訂有婚約，瑪格麗特・歐布萊恩・歐戴爾・歐萊利・泰康尼爾小姐（這就是歐蘭多十四行詩裡那位尤弗若瑟妮小姐的真正芳名）左手食指上戴著歐蘭多送的光彩奪目的藍寶石戒指。她才是那個最有資格得到他無與倫比關注的對象。但是就算她把衣櫃裡所有的手帕（她倒是有幾十條之多）丟在冰上，歐蘭多也絕對不會停下來替她撿拾。她也許等上二十分鐘，他也不會扶她上雪橇，到頭來還得靠自己的黑摩爾侍從幫忙才成。她溜冰的時候，動作可是笨拙得很，沒有人會在身旁鼓勵她。而且，如果她滑倒了，跌得還相當重，也沒有人會扶她站起來幫她拍去裙子上的雪。雖然她天性冷淡，不太會對人生氣，而且比絕大多數人更不願意相信，就憑一個外國人竟能夠把她從歐蘭多的愛情裡驅逐出去。但最終瑪格麗特小姐本人也不得不開始懷疑，有什麼事情正在醞釀著，攪亂她內心的平靜。

的確，隨著日子一天天過去，歐蘭多愈來愈不掩飾自己的情感。一吃完晚宴沒多久，他就會找各種藉口先行告退，或是在溜冰時，大家正在組四對跳方舞時趁機開溜。接下來大家就發現，那個莫斯科人也不見蹤影。但是最讓王室生氣、刺激到它最脆弱的地方，也就是它的虛榮心，莫過於人們經常看到他們從河面上隔開貴族與平民區的絲繩下鑽過去，消失在熙熙攘攘的平民百姓之中。因為公主會突然跺腳大喊，「帶我走，我討厭你們這些英國粗人。」她這話指的是英國王室。她再也受不了了。她說，王室裡到處都是愛打探別人隱私的老太婆，總是死盯著別人看，還有老踩到別人腳趾、自以為是的年輕人。他們很臭。他們的狗在她雙腿間跑來跑去。在這裡好像被關進籠子裡。在俄羅斯，他們的河流有十哩寬，可以同時容納六匹馬並肩馳騁一整天也遇不到半個人。而且，她想去看看倫敦塔、倫敦塔的衛兵、聖殿門上的死刑犯人頭和城裡的珠寶店。於是，歐蘭多就帶她到城裡，帶她看了倫敦塔衛兵和叛徒的首級，還在皇家交易所裡給她買了所有她喜歡的東西。可是這還不夠。兩人都愈來愈希望能夠整天私下膩在一起，沒有旁人對著他們指指點點。所以，他們就不朝倫敦的路走了。他們往反方向去，不一會兒就遠離人群，置身在泰晤士河結凍的河面上。這裡只有海鳥和某個老農婦，她正在敲著冰，想要取點水或是撿些樹枝枯葉來生火，卻徒勞無功，除此之外，一個人也沒有。窮人緊緊守著他們的小屋，至於有錢人，花得起錢的，就湧入城裡取暖玩樂去了。

所以，歐蘭多和莎夏，他就這麼暱稱她，因為這是他小時候飼養的一隻白色俄羅斯狐狸的名字——這隻動物柔軟似雪，但牙齒卻像鋼鐵一樣鋒利，有一回狠狠地咬了歐蘭多，於是父親就把牠給殺了——這河完全屬於他們倆了。溜冰和愛情讓他們全身發熱，他們縱身躺在某個幽靜河灣，河岸邊長滿了黃柳樹，歐蘭多裹著一件大大的皮毛外套，將公主擁入懷中。他知道，生平第一次，他喃喃地說，什麼是愛情的喜悅。接著，在狂喜過後，他倆陶陶然躺在冰上稍事休息，他一一細數過去的愛情史，還說比起她來，她們就像是木頭、麻布和煤渣。她笑他的情感如此強烈，然後在他的懷裡轉身，為了愛，再次的緊緊抱住他。然後他們會驚訝他們的溫度竟然沒能讓冰雪融化，又同情那個可憐的老婦沒有這些天然的方法來融雪，還得用冰冷的鋼斧去砍鑿。然後，身上裹著黑貂皮，他們會談天說地，聊到他們看過的風景和旅行的經驗；摩爾人和異教徒；這個男人的鬍子和那個女人的皮膚；爬到餐桌上吃她手上食物的老鼠；家裡大廳總是晃動的掛毯；一張臉；一根羽毛。沒有什麼話題太瑣碎，也沒有什麼話題太龐大。

然後，歐蘭多會突然陷入一陣憂鬱；也許是因為見到那個老婦人一跛一跛走在冰上；或者也不為什麼；他會臉朝下猛地撲倒在冰上，望著冰凍的河水，想到死亡。因為一位哲學家說得沒錯，幸福和憂傷之間只有刀刃那麼薄的距離。而且他還說，兩者是雙胞胎，緊緊相連。所以從中得出結論：情感到了極處就與瘋狂無異。因此規勸我們在真正的教會（依他的看法指的是再洗禮教派）得到庇護，這是在這大海上載浮載沉的人唯一的避風港、停泊口、定錨地。

「萬物終歸一死，」歐蘭多會這麼說，挺直地坐著，臉上一片陰鬱的神色。（因為這正是他此刻的心思，在生死兩個極端激烈交替，中間毫無停頓緩衝，所以本傳記作者不能停下來，必須進行得飛快，才能跟上那些未經思考、激烈愚蠢的行為，和突如其來的華麗詞藻，不容否認的是，這正是歐蘭多在他生命這個階段所沉迷的。）

「萬物終歸一死，」歐蘭多會這麼說，挺直地坐在冰上。但是莎夏流的畢竟不是英國的血液，她來自俄羅斯，那兒的日落時間比較長，黎明也不會來得那麼突兀，那裡的人話常常只說一半，因為不確定怎麼收尾最好——莎夏望著他，也許有幾分挖苦的意味，因為在她看來他一定像個孩子，她什麼也沒說。不過最後他們愈坐愈冷，她可不喜歡這一點，所以就把他拉起來，她說著話，說得那麼迷人、那麼慧黠、那麼睿智（不過可惜的是，她說的總是法語，而法語一經翻譯就失去原有的韻味了），讓他忘了冰凍的河水或降臨的夜晚或老婦人或是其他什麼東西，只想告訴她——他的腦海裡翻騰攪動著上千個比喻，但它們就像是那些曾為他帶來靈感的女人一樣老套無趣——她像什麼呢，白雪、奶油、大理石、櫻桃、雪花石膏、金線？全都不對。她像狐狸，或是橄欖樹；像是從高處俯瞰的海浪；像綠寶石；像是太陽照在雲彩尚未散去的綠色山丘；他在英格蘭見過或知道的東西，沒有一樣像她。就算搜羅所有言語，也沒有隻字片語能形容。他需要另一種風景，另一種語言。用英語來描述莎夏太過直接、太過坦率、太過甜蜜。因為在莎夏說過的話裡，不管多麼開放、多麼性感，總是有些躲躲藏藏；在她說過的話裡，不管多麼大膽，總是有些掩飾隱瞞。因此綠色的火焰似乎藏在綠寶石裡，太陽似乎也被囚禁在山丘上。清澈只是表面外顯；內在其實是飄忽不定的火焰。火明，火滅；她從不像英國女人一樣閃現出穩定的光芒——然而，他在這時想起了瑪格麗特小姐和她的裙子，歐蘭多的心情激動地欣喜若狂，他把莎夏推倒在冰上，快一點、快一點，他發誓要追上那火焰，俯衝取得寶石，諸如此類等等，片語隻字隨著他的褲襠喘息間迸發，帶著詩人的激情，他的詩多半是在痛苦中催生的。

但是莎夏什麼話也沒說。歐蘭多叨叨絮絮完一切，說他覺得她是狐狸、橄欖樹，或是綠色山頂，然後跟她說了他整個家族史；他們怎麼成為全英國最古老的家族之一；他們如何跟隨羅馬皇帝從羅馬到這兒來，而且他們如何享有特權，坐在有流蘇垂飾的轎子裡行經柯爾索（這是羅馬最主要的街道），這樣的特權是只有皇家血統的人才能享有的（他有一種自豪而容易取信於人的態度，所以不會讓人討厭），他會停下來問她，那她的家族起源是那裡？她父親是做什麼的？她有兄弟嗎？為什麼她一個人和叔叔來到這兒？接著，不知怎的，雖然她很快答了話，但是兩人之間就突然一陣尷尬。他一開始以為是因為她的地位沒有她希望的高；或是她為自己同胞的野蠻生活而感到羞愧，因為他聽說莫斯科的女人有鬍鬚，男人腰部以下只圍著毛皮；而且不論男女身上都塗抹動物油脂以禦寒，他們用手撕肉吃，他們住的小屋就算讓英國貴族拿來養牛，英國人可能都還會考慮再三；所以他忍住，不再追問。但是幾經思量後，他歸結她的沉默一定另有原因；她的下巴完全沒有任何毛髮；她身上穿戴的是天鵝絨和珍珠，她的舉止顯然也不像牛棚長大的女人。

那麼，她到底有什麼事瞞著他？他情感的巨大力量所潛藏的不信任就像是紀念碑底下的流沙，驟然滑移讓整個梁柱為之震動。這痛苦會突然襲擊他，然後他就會勃然大怒，搞得莎夏不知如何才能安撫他。或許她並不想安撫他；或許他的暴怒讓她高興，所以故意激怒他——俄國人的個性就是那麼古怪彆扭。

言歸正傳——這天他們溜冰溜得比平常遠，到了河流停泊船隻、河水凍結的地方，其中一艘是俄國大使團的船，主桅上飄著雙頭黑鷹旗，還垂著好幾碼長的彩色冰柱。莎夏有些衣服留在船上，他們想船上應該沒有人，就登上甲板去找。歐蘭多想起自己過去一些旅程，因此猜想要是有些善良百姓在他們之前上了船尋求棲身之地，他也不會太過驚訝，果不其然，沒走多遠，他們就發現一個漂亮年輕人從一綑繩索後頭正忙著的活兒冒出來，他說，應該是吧，因為他說俄文，他是船員，他可以幫公主找她要的東西。然後他點了一根蠟燭，和她一起走到船艙底層不見了。

時間流逝，歐蘭多沉浸在自己的夢裡，只想到生命的種種歡樂；想到他的珠寶——她的獨特珍貴；想到各種方法使她能永永遠遠、不可改變地屬於他。當然有障礙和困難要克服。她一心一意要住在俄國，那裡有冰凍的河流和野馬，她說，和想要割開彼此喉嚨的男人。沒錯，到處是松樹和白雪的景致，還有淫逸和殺戮的習性，這些一點兒都不吸引他。他也不急著終止那些消遣和植樹的愉

俄羅斯公主幼時的照片

快鄉間生活方式；放棄他的職位；毀了他的事業；不去獵兔子而是獵馴鹿；不喝葡萄酒而是伏特加；還有在袖子裡藏一把小刀——為了什麼目的，他就不得而知了。儘管如此，為了她，這一切以及更多其他的事他都願意做。至於他和瑪格麗特的婚禮，雖然已經安排好要在下週的今天舉行，但是這件事實在是太荒謬了，他幾乎連想都不想。她的親戚會痛罵他拋棄了高貴的淑女；他的朋友會斥責他竟為了一個哥薩克女人和白雪荒地而毀了大好前程——這和莎夏比起來，甚至連一根稻草的重量都不如。他們現在只等一個沒有月亮的夜晚，就會一起逃走。他們會搭船到俄羅斯。他想著；他在甲板上走來走去盤算著。

直到他面向西邊，看到太陽像柳橙般掛在聖保羅教堂的十字架上，他回過神來。這太陽像血一般紅，迅速下沉。這時候應該是傍晚了。莎夏已經去了一個多小時。即便對她再怎麼深具信心，此時不祥的預感立刻籠罩著他，於是他衝進他們走下船艙的地方；在一片漆黑裡，他在箱子與桶子之間跌跌撞撞，藉著角落裡的微光，看見他們坐在那裡。在一瞬間，他產生了幻覺；看到莎夏坐在這個水手的大腿上；看到她俯身迎向他；看到他們兩人抱在一起，他的怒火如紅色的雲般擋住了光線。他氣得大吼，整艘船都發出回音。莎夏連忙擋在兩人中間，要不然那個水手還來不及拔出彎刀就會被掐死。接著歐蘭多一陣暈眩想吐，他們讓他平躺在地上，給他喝了一點白蘭地，他才清醒過來。當他恢復了神智，坐在甲板的麻布袋堆上，兩眼昏花，莎夏在他身旁輕柔地走來走來，像是一隻剛剛咬了他的狐狸，一會兒哄著他，一會兒罵他，讓他懷疑自己剛才看到的究竟是不是事實。燭光是不是忽明忽暗？影子是不是動來動去？箱子很重，她說；那個人在幫她搬箱子。歐蘭多有一刻相信她——誰能保證他的怒氣沒有為他最害怕的事加油添醋？——下一刻又因為她的欺騙而更加生氣。接著莎夏臉色發白；她在甲板上用力跺腳，說她當天晚上就走，而且說如果她，身為羅曼諾維奇貴族，曾躺在一個尋常水手的懷裡，那麼就讓她所信仰的神祇來毀滅她。的確，歐蘭多看著他們兩人（他好不容易才勉強自己辦到），他為自己的想像力竟然卑劣到幻想出這麼纖柔的她會倒在那毛茸茸野獸的手爪之中，因而氣憤不已。這人是個龐然大物，只穿襪不穿鞋也有六呎四吋高，耳朵上戴著普通的金屬絲耳環；看起來像是一頭拉貨車的馬匹，飛累的鷦鷯或知更鳥可能會在牠的背上停下來休息。於是他讓步了，相信她；請求她原諒。然而，就當他們再度恩愛地一起走下船時，莎夏卻扶著梯子停了一會兒，對著這個寬頰褐膚的怪物喊了一大串俄羅斯語，是問候、說笑、還是講情話，歐蘭多一個字也聽不懂。可是她說話的語氣裡（也許是俄羅斯子音的問題），有些東西讓他想起幾天前的一個晚上，他偷偷地靠近她時，發現她在角落裡啃著從地板上撿起來的一段蠟燭。沒錯，那是粉紅色的，是鍍了金的；那是從國王的餐桌上掉下來的；但是那是用動物油脂做的，她卻拿來啃咬。當他扶著她回到冰凍河面時，他不由得想著，她的性格裡是不是有些粗鄙的、沒氣質的、某種農民的土氣？然後他又想像著，雖然她現在苗條得像根蘆葦，她到了四十歲可能會臃腫不堪，雖然她現在歡快得像雲雀，那時她可能會遲緩萎靡。不過隨著他們溜著冰前往倫敦時，他心裡這些疑慮又再度消融殆盡，他覺得自己的鼻子好像被一條人魚鉤住，不得不在水裡游來盪去，但畢竟也是他自己同意的。

這是個美得驚人的傍晚。隨著太陽西沉，倫敦所有的圓頂、尖塔、角樓和尖頂，在激烈鮮豔的紅色落日雲彩下，黑漆漆地高聳矗立。這裡是查令雷紋十字架；那裡聖保羅大教堂的圓頂；倫敦塔建築的大廣場；再過去，像一叢掉光樹葉、只剩上樹頂的是聖殿門尖塔上掛的是死人頭顱。此刻西敏寺的窗子燈火通明，彷彿是天國的多彩盾牌（這是歐蘭多的想像）；現在整個西邊像是一扇金色窗戶，天使永遠不停地列隊在階梯上上下下（這還是歐蘭多的想像）。他們似乎一直在深不可測的空中溜冰，冰變得這麼的藍；像玻璃這麼的滑，他們愈溜愈快奔向城裡，白色鷗鳥在身旁盤旋，當牠們揮翅在空中翱翔時，就像是他們的冰鞋在冰上滑行一樣。

彷彿是為了讓他放心，莎夏比平常更溫柔、更討人喜歡。她很少說到自己以前的生活，但是現在她聊到在俄羅斯的冬天，聽著狼群在大草原上嚎叫，她還特地學狼叫三次，證明給他看。於是他就告訴她在家鄉雪地裡的雄鹿，如何溜進大廳取暖，有個老人用桶子裝了粥餵牠們吃。接著她就稱讚他對動物這麼好、如此殷勤有禮、他的腿多麼好看。她的讚美令他飄飄然，想到他剛才還惡意地想像她坐在一個尋常水手的大腿上、到四十歲時變得又胖又懶，不禁十分慚愧，他說他找不到隻字片語來形容她；但是又馬上想到她就像是春天綠草和潺潺流水，然後把她抓得更緊，帶著她旋轉，旋到湖中央，所以鷗鳥和鵜鶘也跟著旋轉，好不容易停下來，上氣不接下氣，她喘吁吁地說，他像是點著百萬根蠟燭的聖誕樹（就像俄羅斯的聖誕樹一樣），掛著黃球，燦爛輝煌，足以照亮整條街；（所以大概可以這麼翻譯）因為他的兩頰發亮，他的深色鬈髮，他那黑紅夾雜的斗篷，整個人看起來彷彿是身體裡有盞燈在亮晃晃地燒著。

所有的顏色，除了歐蘭多兩頰的紅色，很快地消褪了。夜晚來臨。日落的橘色光芒消失了，繼之而來的是火炬、篝火、信號燈火焰，和照亮河流的其他裝置，發出了驚人白光，最奇特的蛻變發生了。各式各樣的教堂和貴族宮室正面都是用白色石頭建造的，此刻卻顯出條條塊塊的斑駁光影，彷彿飄浮在半空中。尤其是聖保羅大教堂，除了一個鍍金十字架外，什麼都看不見了。西敏寺則像是一片葉子的灰色葉脈。一切都顯得細瘦枯槁、扭曲變形。他們靠近嘉年華會時，聽到一聲低沉的樂音，像是敲打調音叉的聲音，愈來愈響，最後變成震耳喧囂。不時傳來煙火直入空中後人們的吼叫。他們漸漸能夠辨識出小小的人影脫離廣大的人群，像河面上的蚊蚋一樣轉來轉去。在這明亮的圓圈上方和四周，冬天濃重漆黑的夜晚像個黑暗大碗一樣覆蓋下來。接著，在這一片暗黑裡，開始不時地升起花朵般的煙火，如新月、大蛇、皇冠，人們殷切期盼著，嘴巴也張開了。一下子樹林和遠山綠得像是在夏日一樣，下一刻又回到冬天，一片漆黑。

這時歐蘭多和公主來到了皇家圍場附近，他們發現一大群平民擋住去路，這群人壯著膽子緊鄰著絲繩。這對情侶討厭私下獨處被破壞，也討厭那些銳利眼神的監視，於是就在繩子這一側徘徊，和百姓們摩肩接踵，學徒、裁縫、潑婦、馬販、騙子、挨餓的學者、包著頭巾的侍女、賣柳橙的女孩、馬夫、沒喝醉的市民、下流的酒保，還有一群總是在人群外圍間出沒、衣衫襤褸的髒小孩，在人們腳邊喧囂鼓噪——倫敦街頭所有的下等人確實都聚集在此了，笑鬧著、推擠著，有人在這兒擲骰子，有人在那兒算命、推推撞撞、擠捏搔癢；這裡熱鬧喧嘩，那裡沉悶死寂；有些人嘴巴張得有一碼那麼寬，有些人則像是馬背上的烏鴉一樣隨便——每個人都依照自己的荷包或地位所許可的盡情打扮，這邊穿的是毛皮和上等黑呢，那邊全身破破爛爛，腳底裹著洗碗布免得直接踩在冰上。人群中擠得最厲害的大概是一個棚子或舞台對面，這舞臺有點像演潘趣和茱迪木偶戲的戲台，正上演著某個節目。有個黑人揮舞著雙臂大聲叫喊。有個穿白衣的女人躺在一張床上。雖然布景看起來很粗糙，演員在幾層階梯上跑上跑下，有時候還不小心絆倒，觀眾就會跺腳、吹口哨，或是他們覺得戲很無聊，就會把柳橙皮丟到冰上，狗就會撲過去。儘管如此，那些台詞驚人而曲折的韻律就像音樂一樣打動了歐蘭多。速度飛快、大膽敏捷的言詞，令他回想起在沃平區啤酒館水手的歌曲，即使是沒有意義的言語也像是美酒一般。只是不時會聽到隻字片語從冰上滑過來，彷彿是發自他的內心深處。摩爾人的狂亂似乎成了他自己的狂亂，當摩爾人悶死床上的女人時，其實是他親手殺了莎夏。

戲終於演完了。一切都變暗了。淚水從臉上流下來，抬頭仰望天空，除了一片漆黑，什麼都沒有。毀滅和死亡，他想著，掩蓋了一切。人的生命在墳墓裡終結，蛆蟲把我們吞噬得一乾二淨。

我想現在應該有巨大的

日蝕和月蝕，而驚吼的地球
會打呵欠——

就在他說這番話時，一顆黯淡的星從他的記憶裡升起。夜很黑，到處漆黑一片。然而他們等待的正是這樣一個夜晚；他們計畫正是要在這樣的夜晚遠走高飛。他記得清清楚楚。時候到了。心頭一陣激動，他把莎夏拉進懷中，在她耳邊用法文悄悄說著「我的生命之光」。這是他們的信號。今晚午夜他們要在黑衣修士區的一家客棧會合。馬匹已經準備好了。他們出逃的一切都安排就緒。於是他倆暫時告別，她回到她的帳篷，他回他的。距離約定的時間還有一個小時。

早在午夜之前歐蘭多就在等了。這夜如此黑，除非一個人走到面前，否則你根本看不見他。這樣最好，不過，今晚也是最安靜沉寂的，馬蹄聲、小孩哭聲，即使是半哩外都聽得到。有許多次，在小院子裡踱步的歐蘭多聽見，一匹老馬在鵝卵石路上平穩地的腳步聲，或是有個女人裙子的窸窸窣窣，他就緊張得心都揪住了。結果只是一個晚歸的商人，或是這一帶某個不正經的女人。他們只是路過，之後街道比先前更安靜。接著，在城裡的窮人家所住的狹小擁擠的房子裡，樓下亮著的燈移到樓上的臥室，然後一盞一盞的熄滅了。在這些郊區，街燈最多也不過寥寥幾盞，加上守夜人疏忽，天根本還沒亮，燈早就熄了。此時夜晚似乎比之前更加深沉。歐蘭多檢查了手提燈火的燭芯，把馬鞍帶綁好，為手槍上了子彈。這些事情至少又做了十幾次，直到再也找不出要注意的事情為止。雖然還有二十分鐘才到午夜，他卻沒辦法走進客棧的前廳，老闆娘還在那兒為幾個水手斟上便宜白酒和廉價紅酒。那些水手就會輪流大聲唱起小調，說著德萊克、霍金斯、格倫維爾的故事，直到從椅子上跌下來，摔倒在打磨過的地板上。黑暗對他焦躁不安的心還比較有同情心。他聆聽每個腳步聲，揣度每個聲響。每一聲酒醉的吼叫，躺在稻草堆裡或什麼別的悲慘的地方的哪個可憐蟲的哀號，都會深深刺痛他的心，彷彿是這個冒險的不祥預兆。然而，他不擔心莎夏。她的勇氣使這次冒險根本不算什麼。她會獨自前來，披著斗篷、穿上長褲和長靴，打扮像個男人。她的腳步很輕，即使在這樣的寂靜裡也幾乎聽不見。

所以他在黑暗之中等待著。忽然間他的臉被打了一下，柔軟而有力，打在他的臉頰上。強烈的期待使他緊張地跳起來，手按在劍上。接著他的額頭和臉又挨了十幾下。乾旱的霜雪天氣持續了很久，所以他過了一分鐘才意識到是雨滴落下來。打他的原來是雨滴。起初，雨慢慢地、不慌不忙地、一滴一滴地落下。不一會兒就從六滴變成六十滴，然後是六百滴，接著就滂沱而降。好像是堅硬強固的天空一股腦兒地傾盆倒下。不到五分鐘，歐蘭多已全身溼透。

他急忙把馬匹趕到篷子下，自己躲到門楣下避雨，從這裡他還能看見院子。空氣更加凝重了，大雨帶來濃重水汽和轟轟雨聲，不管是人或動物的腳步聲統統聽不到了。那些道路，因為許多大洞而坑坑窪窪的，大概都淹水、沒辦法通行了。但這對他們的私奔會造成什麼影響，他幾乎想都不想。他所有的知覺全都集中在那條鵝卵石小路——它在燈籠的照耀下閃爍著——等待莎夏的到來。

有時候，在黑暗中，他似乎看見莎夏全身被雨包圍了。可是，那個幻影隨即就消失。突然間，一個可怕不祥的聲音，這聲音充滿了恐怖驚慌，讓歐蘭多靈魂的每個汗毛都因為痛苦而豎起來，聖保羅大教堂的鐘敲出午夜的第一聲鐘響。接著堅定而無情地敲了四下。抱持著戀人的迷信，歐蘭多相信她會在第六聲鐘響時出現。但是第六聲鐘響也遠去了。接著是第七下、第八下。對他那惴惴不安的心而言，這些鐘聲似乎先是預報、接著宣告死亡和災難。第十二聲鐘響敲過後，他知道他的厄運已定。用他理智的那一面去找理由已無濟於事；她也許是遲到了；她也許是被攔住了；她也許是走錯路。歐蘭多熱情敏感的那一面知道真相。其他的鐘也敲響了，此起彼落。全世界彷彿都在鳴鐘，宣告她的欺騙和他淪為笑柄的消息。往日在他心中作祟的種種疑慮，如今毫不掩藏地爆發了。他給一窩蛇咬了，一條比一條更毒。在滂沱大雨中他站在門口一動也不動。時間一分一秒過去，他的膝蓋漸漸沒力了。傾盆大雨持續降下。雨聲隆隆，猶如巨砲轟轟作響。彷彿可以聽到橡樹斷裂倒下的聲音，還有狂野的號叫和可怕的非人的悲鳴。但是歐蘭多還是動也不動，直到聖保羅大教堂的鐘敲了兩下，他才用可怕的嘲諷語氣、咬牙切齒地大吼一聲「我生命的一天」！他把燈籠摔到地上，躍上馬背，漫無目的地狂奔而去。

一定有某種盲目的本能，因為他已經無法理智思考了，驅使他沿著河岸朝大海的方向走。隨著黎明破曉，天異常突然就亮了，天空變成淡黃色，雨幾乎停了，他發現自己在沃平區不遠處的泰晤士河河畔。此刻他看見了最不尋常的景象。三個多月以來，這兒結起了厚厚的冰層，堅固永恆得像石頭一樣，整座歡樂的城市矗立在河面上，現在卻是翻騰奔流的黃色河水。一夜之間河流獲得了自由。好像有一道硫磺泉（許多哲學家都傾向這個觀點）從地底下的火山地帶噴湧而出，由於力量猛烈，把冰層沖得粉碎，巨大笨重的冰塊也被惡狠狠地沖走。光是看著河水就讓人頭暈目眩。到處一片嘈雜混亂。河裡布滿了冰山。有些寬闊得有如草地滾球場，有些高聳如一棟房子；有些不比一頂男帽來得大，不過卻歪七扭八、奇形怪狀。一下子沖過來一隊冰塊大軍，把擋在前面的所有東西都撞沉。現在，河水像是扭曲不成形的大蛇，翻滾迴旋，彷彿是在碎冰之間猛衝攪動，把那些碎冰從這一岸甩到那一岸，不時可以聽見碎冰在碼頭和柱子撞碎的巨響。但是，最令人驚心動魄、膽顫心驚的是，看到那些晚上被困住的人，此刻在扭曲顛巔的冰塊島上來回走動，心中極度煎熬。不論是跳進洪流，或是待在冰上，他們都死定了。有時會有一群可憐人一起落水，有時是跪著的，還有人正在給孩子餵奶。有個老人似乎拿著一本宗教聖典高聲朗讀。有些時候，一個孤零零的可憐人獨自在他的狹窄房間裡大步走，他的命運恐怕是最悲慘的。當這些人被沖到海面時，你可以聽到他們徒勞地哭喊求救，瘋狂許諾要洗心革面、重新做人，懺悔罪行，發誓如果上帝聽到他們的禱告，他們要捐建聖壇和奉獻財富。有些人被嚇傻了，動也不動地死盯著前方。有一群年輕人，從他們的制服看起來大概是水手或郵差，逞英雄似的，高聲唱著最下流的酒館歌曲，結果撞上一棵樹，嘴邊掛著對上帝的褻瀆沉到水裡。一位年老的貴族（從他那身皮袍和掛著的金鏈看得出來）在離歐蘭多不遠的地方沉了下去，一邊還喊著要向愛爾蘭叛軍報仇，他用最後一口氣喊著，這場災難就是他們陰謀策劃的。許多人臨死之際胸前還緊緊抓著銀壺或其他什麼寶物；至少有二十個倒楣鬼因為貪心而被淹死，只為了捨不得讓一個金杯在眼前沖走，或是看見某件皮袍在他們眼前消失，而從河岸縱身跳入洪流之中。家具、貴重物品、各式各樣的家當，全都隨著冰山被沖走。奇怪的景象還包括一隻貓在餵小貓吃奶；一桌供二十人享用的豐盛大餐；一對在床上的男女；還有數量多得驚人的廚房用具。

驚駭萬分之下，歐蘭多有好一段時間不知如何是好，只能看著這場可怕的洪水競賽在他眼前奔流而過。終於，似乎是回過神來，他夾了夾馬刺，朝著海的方向沿著河岸飛馳。繞過一個河彎，他來到河的對岸，兩天前，特使的船隻似乎動也不動地凍結在這裡。急急忙忙地，他一一點數船隻；法國、西班牙、奧地利、土耳其。所有船隻仍然漂浮著，不過法國船掙脫了原來的繫泊處，土耳其船的船側有個大裂口，船身已經進水了。然而俄羅斯船卻毫無蹤影。有那麼一刻，歐蘭多以為船一定是沉了；可是，他蹬著馬蹬伸直了身體，手擋住光線，用他鷹眼般的視力，勉強看到海平面上一艘船的形狀。主桅上兩隻黑鷹飛舞著。俄羅斯特使的船隻正駛向大海。

他從馬背上一躍而下。在狂怒之中，他彷彿要和洪水對決似的。他站在及膝的水裡，把所有對女人的侮辱咒罵，統統宣洩在這個虛偽不忠的女人身上。無情無義、輕浮善變、反覆無常；他罵她是惡魔、淫婦、騙子。打著漩渦的河水收下他的話，把一個破鍋子和一小根麥桿拋到他腳邊。

第二章

本傳記作者現在面臨到一個難題，與其搪塞敷衍過去，還不如老實承認得好。到目前為止，要訴說歐蘭多的一生事蹟，無論是私人紀錄或歷史文獻，大概都還能滿足作者的首要任務，那就是追隨真相不可抹滅的痕跡，努力不懈地往前，毋須左顧右盼，不受花朵誘惑，不管樹蔭遮涼，有條有理地持續進行，直到猝然掉入墳墓，在我們頭頂上的墓碑寫著「結束」，就算大功告成。但是現在我們遇到一段插曲，擋住了我們的去路，所以無法坐視不管。然而，這插曲隱晦神祕，又沒有文獻可供查證，所以也無從解釋。要提出解釋也許得要皇皇巨冊，甚至在它的重大意義上發展出整個宗教體系。不過我們單純的任務就是陳述已知的事實，由讀者自行揣摩其意。

那個災難頻仍的冬天見證了嚴寒、洪水，成千上萬人喪命，歐蘭多的前程也徹底斷送了——因為他被逐出宮廷，他讓當時最有權勢的貴族世家蒙羞，愛爾蘭的德斯蒙德家族確實有理由震怒，國王原本與愛爾蘭的問題就夠多了，不需要歐蘭多再來火上加油。之後的那個夏天歐蘭多隱退到鄉間的大宅邸，過著完全離群索居的生活。某個六月的早晨（十八日星期六），他沒有在平常的時間起身，男僕去叫他時，發現他睡得很熟，叫也叫不醒。他彷彿陷入昏迷，也察覺不出他的呼吸，即使幾隻狗在窗下狂吠，在房裡不斷敲鑼打鼓、敲打骨板，把有刺的荊豆枝放在他的枕頭下，在他的腳底塗上芥末膏，他還是昏迷不醒，不吃不喝，連續七天沒有半點生命跡象。到了第七天，他在平常起床的時間醒來（精確地說，差一刻鐘八點），把一群像貓一樣亂叫的婦人和村子裡的算命術士統統趕出房間，這自然是理所當然，但奇怪的是，他對於自己昏迷的事渾然不知。他穿好衣服，請僕人備馬，和以前一覺醒來的情況沒什麼兩樣。不過，人們懷疑，他的腦袋裡什麼地方一定起了某種變化。雖然他看起來十分理性，似乎比從前更加嚴肅安詳，但是他對過去發生的事情似乎並不完全記得。人們在提到那次大寒或溜冰或嘉年華會時，他會仔細聽，可是除了用手拂過額頭，彷彿是抹去雲朵，完全看不出來他曾經經歷過這些事情。如果別人跟他討論過去六個月所發生的事，他看起來並不是悲傷，而是困惑，彷彿是因為久遠的記憶混亂不清，或是他試著回想別人跟他說過的故事，才讓他苦惱。人們發現如果有人提到俄羅斯，或者公主，或者船隻，他就會陷入一種心神不寧的抑鬱情緒之中，然後站起身來望向窗外，或是把其中一隻狗叫過來，或是拿出小刀雕刻一塊雪松木。可是當時的醫生並不比現在的高明多少，他們開的處方無非是休息加運動、挨餓加營養、社交加獨處，終日臥床和午餐、晚餐之間騎馬四十哩，再加上一般的鎮靜劑和興奮劑，或者隨他們高興，起床後喝加了蠑螈唾液的牛奶甜點，睡前喝幾口孔雀膽汁做點變化，然後就不管他了，他們的結論就是他睡了一星期。

但是如果只是睡覺，那麼我們不禁要問，這種睡眠的本質是什麼呢？是一種治療的手段嗎——在昏睡之中，最令人煩惱的記憶、很可能使人終生一蹶不振的事件，由黑色的翅膀一抹而去，即使是最醜陋最不堪的，也鑲鍍上璀璨光芒？死亡的手指會不時地出現在生命的動亂之中，以免把我們搞得四分五裂？我們是不是天生就得每天服用微小劑量的死亡，否則沒法應付活著這件大事？那麼這究竟是什麼奇怪的力量，未經我們的許可，竟然穿透我們最祕密的路徑，改變我們最珍貴的東西？歐蘭多是不是因為極度的痛苦而虛脫，所以死了一個星期，然後又活了過來？如果真是這樣，死亡的本質是什麼？生命的本質又是什麼？既然等了大半個鐘頭，想要得到這些問題的答案，卻什麼也等不到，我們還是繼續說故事吧。

如今歐蘭多過著完全孤獨的生活，他在宮廷裡丟了顏面，部分原因是他悲傷過了頭，但是他一點也不想替自己辯解，也鮮少邀請別人來家裡做客（雖然他有很多朋友願意來訪），似乎獨自住在祖先傳給他的大宅邸裡正好符合他的個性。孤獨是他的選擇。他怎麼打發時間，沒有人知道。僕人們，他把他們全留了下來，主要的工作不過是撣撣空房間的灰塵，把床單拉平，雖然這些床從來沒有人去睡，到了晚上，他們吃蛋糕和麥酒，看著一盞燈經過迴廊，穿過宴會廳，走上樓梯，走進臥室，他們就知道主人又獨自在屋裡晃盪了。沒有人敢跟著他，因為這座屋裡有各式各樣的鬼，而且房子大得讓人很容易迷路，要不是從某個隱祕的階梯摔跤，就是開了門，然後一陣風吹來把門永遠關上，這類意外並不是不常見，從經常發現模樣痛苦萬分的人和動物的骸骨，就可以證明一切。之後，這盞燈火就完全消失了。管家格林斯迪奇太太就會對牧師杜波先生說，她但願爵士大人不曾發生過什麼不好的事。杜波先生會說，肯定的，爵士大人去了南邊半哩外的台球桌宮的教堂，在祖先的墳前跪著。杜波先生說，恐怕因為他是罪人，良心不安。格林斯迪奇太太可不同意，她反脣相譏，說我們大部分人不都一樣。然後史杜克利太太和費爾德太太和老奶媽卡本特就會大聲地讚揚大人，然後馬夫和管家都發誓說，眼看著這麼一個貴族大可以去獵狐狸或追捕鹿隻，卻偏偏無精打采地在屋子裡走來走去，實在是萬般可惜。甚至那些管洗衣和餐具的女僕，那些叫茱迪還是伊迪絲的，她們正在那兒分派大杯子和糕點，也會冒出聲來證明大人的殷勤體貼，世上再沒有比他更仁慈的紳士了，也沒有人更隨意地就會賞人一小塊銀子，讓人去買一個緞帶蝴蝶結或是花兒插在頭髮上。甚至連那個黑摩爾人，他們為了把她變成基督教女人，還把她取名為葛蕾絲・羅賓遜，她也明白是怎麼一回事，用她唯一能用的方式，那就是露出所有的牙齒咧開嘴笑，表示同意大人是個英俊瀟灑、和善可親的紳士。總而言之，所有侍候他的男女僕人都非常敬重他，並且咒罵那個害他到這種地步的外國公主（他們對她的稱呼可要比這個難聽得多）。

也許是出於膽怯，或是貪杯熱麥酒，杜波先生想像爵士大人在墳墓之間一定很安全，所以不需要去找他，搞不好杜波先生說得沒錯。現在歐蘭多對於死亡和腐朽的想法有種奇怪的喜悅，當他獨自一人手持蠟燭漫步長廊和跳舞大廳，看著一幅又一幅的肖像，彷彿是在尋找其中的相似之處，卻又遍尋不著；然後他會到教堂裡的家族專用席，一坐就是好幾個小時，看著那些旗幟飄動，月影搖曳，只有一隻蝙蝠或骷髏天蛾和他作伴。這樣他還嫌不夠，甚至非要到埋葬祖先的地下墓室不可，一個棺材疊著一個棺材，十代祖先全都在這兒了。因為很少人來到這個地方，老鼠也就不客氣地為所欲為。他走過時，一會兒被一根大腿骨勾住斗篷，一會兒又踩碎剛好滾到他腳下的某個老馬理斯爵士的頭骨。這裡是個可怕的墓室，建在整棟房子地基很深的地方，好像這個家族的第一代祖先，希望藉此證明一切的顯赫都是建立在腐朽之上，他可是跟隨著後來成為英王威廉一世的征服者威廉從法國來的；血肉之軀底下無非是白骨；在上面唱歌跳舞，最後還是會躺在地下；鮮紅的天鵝絨終將化為塵土；戒指上的紅寶石會失去（此時歐蘭多放低燈籠，俯身撿拾一個滾落到角落的黃金指環，寶石已經不見了），曾經閃爍光芒的眼睛再也不復晶亮。歐蘭多會說，「這些王公貴族什麼也沒留下。」他可能稍微誇大了他們的位階，倒也情有可原，「只剩下一根指頭，」他拾起一根手骨放在手裡，把指節彎來彎去。「這是誰的手呢？」他繼續追問。「是右手還是左手？是男人的還是女人的？是老人的還是年輕人的？這手曾策馬爭戰，或是縫縫補補？它曾經摘下玫瑰，或是握著冰冷刀劍？它是否——」但是當下，也許是他的想像無以為繼，也許更有可能的是，想像力讓他想到一隻手可以做的事太多，如同往常一樣，他逃避了寫作文章最主要的工作，也就是刪除切割，然後把這手骨和其他骨頭放在一起，想著有個名叫湯瑪斯．布朗的作家，是諾里治的醫生，他在這方面的著作令歐蘭多大為驚歎。

於是，歐蘭多提著燈，確認骨頭都放好了，因為雖然生性浪漫，但是他特別的有條有理，討厭看到地板上有線球，更別提這是祖先的頭骨了，他又回到那好奇而抑鬱的步伐，踱步廊道，在肖像中尋找著什麼，結果最後被一陣如假包換的哭泣所打斷，因為他看到了某個不知名畫家所繪的荷蘭雪景。於是他覺得人生根本不值得活下去。他忘了先人的骸骨，忘了生命是如何建立在墳墓上，他站在那兒哭得全身顫抖，這一切只是為了戀慕一個身穿俄羅斯燈籠褲、有著一雙鳳眼、噘著嘴兒、脖子上戴著珍珠項鍊的女人。她已經離開他了。他永遠不會再見到她。所以他哭了。所以他找到路回到自己的那些廳房；所以格林斯迪奇太太看見窗戶亮著燈，放下嘴邊的大啤酒杯，說聲讚美主，爵士大人安全回到房裡了，因為這一段時間她一直想著他恐怕遭到卑鄙謀害了。

歐蘭多現在把椅子拉近桌前；打開湯瑪斯·布朗爵士的作品，開始研究這名醫生篇幅最長、最精巧迂迴的深思論辯的其中一部，細察其微妙細緻的表達方式。

雖然這類事情不是傳記作者可以加油添醋而從中得利的，但是對於盡了讀者本份，能夠從這裡一點那裡一些的簡單線索拼湊出一個活生生的人的整個範圍和限制，那麼這些也就綽綽有餘了；他可以從竊竊私語之中聽到活生生的聲音；我們往往連提都沒提，就能夠清楚看見他的模樣；不需要隻字片語來引導，就能確切知道他在想什麼——我們正是為了這樣的讀者而寫作——那麼對於這樣一位讀者來說，很顯然的歐蘭多是由許多不同氣質構成的奇怪組合——憂鬱、懶散、熱情、喜愛孤獨，更不用說他心性中的那些幽婉曲折了，這一點我們在本書第一頁就已經描述過了，他揮劍劈砍一個死掉黑人的頭顱，把懸掛頭顱的繩索削斷，然後又很俠氣地故意重新掛回他搆不著的地方，然後又坐到窗邊去看書。他自小就喜歡看書。他小時候，有時貼身小廝發現他半夜還在看書。他們把他的蠟燭拿走，他竟然養了螢火蟲來代替燈光。他們把螢火蟲拿走，他差一點用火種把整幢房子都燒掉了。總而言之，讓小說家去把揉縐的絲綢和其中的含意說清楚講明白吧，身為傳記作者，我只需要說，他是得了愛好文學病的貴族。在他那個時代的許多人，更多的是和他地位相同的人，都逃過了這個病症，因此他們可以自由自在地跑啊、騎馬啊、談戀愛啊，做什麼都行。但有些人年輕時據說是被常春花的花粉生出來的細菌所感染，這細菌是從希臘和義大利吹過來的，非常可怕，會讓舉起來要打人的手顫抖，讓尋找獵物的雙眼模糊，讓要表白愛意的舌頭打結。這種病的致命症狀就是誤把幻覺當作現實，所以，歐蘭多，蒙受幸運之神眷顧擁有一切禮物——多得數不清的餐具、亞麻織品、宅邸、男僕、地毯、睡床——只要一打開書本，所有這些龐大累積就會化為薄霧輕煙。九英畝的石造宅邸就會消失；一百五十名家僕頓時就不見；八十匹駿馬就會隱形；若要細數地毯、沙發、服飾、瓷器、餐具、鍋碗瓢盆，還有其他常用金箔做的各種傢俬動產，恐怕會耗費太多時間，這一切就像是瘴氣籠罩的海上霧氣一下子就煙消雲散了。所以歐蘭多就會自己一個人坐在那兒，看著書，一無所有、兩袖清風。

如今他離群索居，很快就讓這病變得愈發嚴重。他會連看六小時的書，直到深夜；僕人來請示屠殺牛羊或收成小麥的指令，他會推開眼前的對開本大書，露出一副不知道對方在講什麼的表情。這情況真是糟透了，養鷹人霍爾、馬夫賈爾斯、管家格林斯迪奇太太、牧師杜波先生都傷心得半死。他們說，這麼好的一位紳士，根本不需要書。他們說，讓他把書留給那些癱的、快死的人吧。沒想到更糟的還在後頭。因為一旦閱讀病侵入了系統，就會讓人衰弱，容易成為另一種禍害的目標，這禍害躲藏在墨水瓶和鵝毛筆裡作亂。這可憐人竟然開始寫作。這對一個窮人來說已經是夠慘的了，畢竟窮人唯一的財產就是在一個漏雨的屋頂下有一張桌子、一把椅子——反正他也沒有什麼其他可損失的——可是這對富人來說就是天大的不幸了，他有宅邸牲口、有女僕、驢子和亞麻織品，卻去寫起書來，這實在是悲慘至極。一切滋味他都點滴在心頭；他被灼熱的鐐銬戳刺，被蟲蛇嚙咬。他願意掏光所有的錢（這正是這種細菌惡毒的地方）寫出一本小書，因而名聞天下；但是就算是拿秘魯所有的黃金，也沒法幫他買到一句絕妙好辭。所以他變得憔悴虛弱，絞盡了腦汁，成天只對著牆。他們發現他時，他是什麼樣子並不重要。他已走過鬼門關，領教過地獄之火了。

幸虧歐蘭多天生體格強健，並沒有被病魔擊倒（理由待會兒就會說明），他的許多同輩就倒下了。不過他還是深受其害，後果待會兒即見分曉。他讀了湯瑪斯．布朗爵士的作品大概一小時左右，從公鹿的鳴叫和更夫的報時看來，夜已經很深了，所有人都安然熟睡。他穿過房間，從口袋裡掏出一把銀鑰匙，打開角落邊一個大鑲嵌櫃的門。這櫃子裡差不多有五十個雪松木抽屜，每個抽屜上都貼著歐蘭多寫得整整齊齊的紙片。他停了一會兒，彷彿是不確定要打開哪個抽屜。其中一個寫著「艾傑克斯之死」，另一個是「皮拉姆斯誕生」，另一個是「伊菲吉尼亞在奧利斯」，還有「希坡利杜斯之死」，另一個是「梅里亞格」，還有一個是「奧迪休斯之歸來」——事實上幾乎沒有一個抽屜上面不是寫著某個神話故事人物的名字，和他所處的生命志業的危機。抽屜裡存放著厚厚的文稿，全都是歐蘭多的字跡。實情是歐蘭多染患此疾多年，從來沒有一個男孩討蘋果像歐蘭多討紙張一樣，沒有人要起糖果來像他要墨水一樣。別人在聊天遊戲的時候，他會偷偷溜走，躲到窗簾後、祕密小房間或是母親臥室後面的壁櫃裡，母親房間地板有個大洞，可以聞到椋鳥大便的可怕臭味。他一手拿著墨水瓶，一手拿著筆，腿上放著一捲紙。就這樣，在他還不到二十五歲的時候，寫下了大約四十七部劇本、歷史故事、傳奇、詩歌；有些是散文，有些是韻文；有些用法文寫，有些用義大利文寫；全都是浪漫作品，全都是長篇大作。其中一部作品他曾經請齊普賽街聖保羅大教堂對面的「羽翼與冠冕」出版社老闆約翰．鮑爾印出來；雖然看到作品付梓帶給他莫大的快樂，但連母親他也從來不敢拿給她看，因為他知道，寫作，更別說還出版，對貴族而言是一件不可原諒的奇恥大辱。

不過，現在夜深人靜，而且他又獨自一人。他從這個寶庫裡選了一部厚厚的文稿，標題是〈山諾菲拉，一部悲劇〉或是某個類似的題目，又選了一部薄的文稿〈橡樹〉（它是這些作品中唯一以單音節為書名的作品），然後他走近墨水瓶，撫摸著鵝毛筆，然後又東摸摸西看看，就像是得了寫作惡習的人要開始之前總有些儀式要進行。但是他停住了。

這麼一停頓在他的人生歷史上非同小可，事實上，比起諸多打敗敵人、血染河川的功業，這來得更加重要。所以我們應該問，他為什麼停住了，經過深思熟慮之後，我們也得回答，都是為了如此這般的緣故。大自然，在我們身上玩了許多古怪的把戲，很不平等地用陶土和鑽石、彩虹和花崗岩來塑造我們，它把這些素材塞進容器裡，通常又是和內容物最不協調的，結果詩人有一張屠夫的臉，屠夫有張詩人的臉；大自然，喜歡混亂和神祕，所以即使到了現在（一九二七年十一月一日），我們不知道自己為什麼要上樓，或是為什麼我們又再走下樓，我們日常的行動像一艘船，通過未知的大海，在桅頂上的水手拿著望遠鏡對著地平線問道，那裡有陸地嗎？還是沒有？對這個問題，如果我們是先知，我們會回答說「有啊」；如果我們很誠實，就會說「沒有」。大自然，除了以下這個可能太過累贅冗長的句子之外，還有許多問題要回答，但它又進一步把自己的任務變得更加複雜，也讓我們變得更加困惑，它在我們身體裡不只裝滿亂七八糟零零星星的東西——一條警察制服長褲緊挨著亞歷珊德拉王后的婚紗——而且還故意設計用一根線把整包東西隨便縫一縫。記憶是女裁縫師，而且任性善變。記憶的針穿進穿出，上上下下、這裡那裡地縫著。我們不知道下一步是什麼，也不知道接下來又是什麼。因此，在世界上最平常的一個動作，比方說，坐在桌子前，把墨水瓶移到自己面前，可能會攪動一千種奇怪的、不相干的碎片，忽明忽暗，垂掛晃動著、輕佻招搖著，就像一家十四口的內衣褲掛在曬衣繩上，被大風吹動了。我們最平常的行為並不是一件直截了當、虛張聲勢的作品，沒有人會為了它覺得羞恥，而是翅膀拍動閃爍起落、光線的忽明忽暗。於是歐蘭多將筆沾了墨水，看見不知去向的公主嘲笑的臉龐，然後立刻問自己上百萬個問題，像毒箭般射來。她在那裡？為什麼離開他？特使是她的叔叔還是情人？他們是串通好的嗎？她是被迫的嗎？她已婚嗎？她死了嗎？——這所有問題把毒液注入到他心裡，彷彿為了要把痛苦發洩到什麼地方，他把鵝毛筆深深浸到墨水瓶裡，結果墨水都潑濺到桌上了，這個動作解釋了一個人怎麼會（而且其實或許是不可能有任何解釋——記憶是無法解釋的）立刻把公主的臉替換成另一張完全不同的臉。但這是誰的臉呢？他問自己。然後他必須等待，或許過了半分鐘，注視著這個蓋在舊影像上的新的肖像，就像是播放下一張幻燈片時上一張還有餘影透光一樣，這時他才能對自己說，「這是很多年前老伊莉莎白女王來這裡吃飯時，坐在翠琪特房裡那個胖胖的、落魄男人的臉，而且我看到他了。」就像抓住了那些零光片羽的另外一塊，歐蘭多繼續說道，「坐在桌前，我正要下樓時偷偷往房裡看，他那雙眼睛真是不得了，」歐蘭多說，「是我從來沒見過的，但他究竟是誰啊？」歐蘭多問道，因為這時記憶除了額頭和眼睛外，又加了別的東西，先是粗糙而且沾滿油膩的環形縐領，然後是棕色短上衣，最後是一雙齊普賽普通市民會穿的厚重靴子。「他不是貴族，不是我們這樣的人，」歐蘭多說（這些話本來是不可能大聲說出來的，因為他是最有禮貌的紳士；但這正顯示了高貴出身對一個人的心智有多大的影響，也無意中顯示了貴族要成為作家是多麼不容易的事），「我敢說，他是個詩人。」從所有的法則看來，記憶已經把他搞得七葷八素了，這時應該要把所有事情一筆抹殺，或是隨便抓出一件愚蠢荒唐、匪夷所思的事來——比方說狗追貓或是一個老太太用紅色棉手帕擤鼻涕之類的——這麼一來，歐蘭多因為趕不上記憶的變幻莫測而感到絕望，就應該會認真努力地奮筆疾書。（因為只要我們有決心，就能夠把記憶這個蕩婦，連同她所有的狐群狗黨統統從屋裡趕出去。）但是歐蘭多停下來。記憶仍然在他眼前展現了一個衣衫襤褸、眼睛大而有神的男人的形象。他繼續看著，繼續停在那兒。正是這些停頓造成了我們的失敗。就在這種時候，騷亂叛變就會進入我們的堡壘，我們的軍隊就會起兵造反。他以前也曾經停頓過，結果愛情就挾帶著可怕的慌亂，它的雙簧管、它的鐃鈸，以及那些肩膀上砍下來、頭髮沾滿鮮血的頭顱，衝了進來。在愛情裡他遭受到地獄中的各種酷刑。現在，再一次，他停住了，而就在這停頓剎那所造成的縫隙裡，跳進來「野心」那個老太婆，還有「詩歌」那個巫婆、「渴望成名」那個妓女，她們手牽手，把他的心當作跳舞廳。在房間裡他獨自一人，站得直挺挺的，矢言成為家族裡第一位詩人，使他的姓名閃耀不朽的光芒。他說（背誦著先人的名字和功績）包里斯爵士曾經殲滅異教徒；加文爵士殺死土耳其人；邁爾斯爵士殺死波蘭人；安德魯爵士殺死法蘭克人；理查爵士殺死奧地利人；喬丹爵士殺死法國人；赫伯特爵士殺死西班牙人。但是這一切的殺戮征戰，一切的豪飲歡愛，一切揮霍狩獵騎馬宴飲，現在還留下什麼？一副頭骨；一根手指。然而，他說，回到攤開在桌上那部湯瑪斯・布朗爵士的作品——然後他又再度停頓了。就像是從這個房間四面八方、從夜風和月光之中，升起了一句咒語，那些字句神聖的旋律隆隆作響，為了避免讓這些字句勝過本頁的文字，我們還是把它們留在原來埋葬的所在，它們並不是死去，只是經過防腐處理，它們的色澤依然如此鮮豔，氣息依然如此沉穩——而歐蘭多，把這項成就和他的先人的成就相比，大喊著他們和他們的功績不過是塵土，但是此人和他的文字將永垂不朽。

然而不久他就發現，邁爾斯爵士和其他祖先為了贏得王國而和那些武裝戰士所打的仗，遠遠不如他現在為了要贏得不朽名聲而需要對付的英語這場戰役來得棘手。任何對寫作之難略知一二的人都用不著別人再細說這件事；他是怎麼寫的，看起來也挺不錯的；他再讀讀，就覺得糟透了；改了又改，然後撕掉；刪刪減減；增添補綴；一會兒狂喜；一會兒喪氣；有時晚上靈感泉湧，有時早上寫不出半個字來；想捕捉一些靈感，結果一下子就消失了；明明清楚看到他的著作就在眼前，然後就不見了；他一邊吃東西一邊扮演作品裡的人物角色；他一邊走路一邊唸著他們的台詞；他一會兒哭；一會兒笑；在這種風格和那種風格之間擺盪不定；一會兒偏好英勇浮誇的文風；一會兒又喜歡簡樸單純的筆觸；一會兒是希臘譚碧宮的美麗山谷；一會兒是肯特或康瓦耳的碧綠田野；並且無法斷定自己是最得天獨厚的天才，還是世上最愚蠢的傻瓜。

為了要解決最後這個問題，經過好幾個月不眠不休的努力，他決定脫離多年來離群索居的生活，與外面的世界溝通聯繫。他有個朋友住在倫敦，名叫嘉爾斯·伊善，來自諾福克郡。雖然是貴族出身，但是和作家相熟，一定可以引薦他認識那些受到庇祐、地位神聖的同道中人。因為，以歐蘭多現在所處的狀況看來，他認為如果一個人寫了一本書而且出版了，這人就享有某種榮耀，這榮耀甚至比高貴血統和尊榮地位來得更加崇高。在他的想像中，能夠有那些卓越思想的天才，他們的軀體一定也跟一般人不一樣。他們的頭上閃著光環，吐氣如蘭，脣齒芬芳能生長出玫瑰來——當然這和他本人或是杜波先生的真實情況都相去甚遠。他想不出還有什麼能比坐在簾幕後面傾聽他們高談闊論更幸福的事了。即使只是想像那毫無顧忌、天南地北的言談，就讓他記憶裡朝臣友人的話題——一隻狗、一匹馬、一個女人、一局牌戲——粗鄙地無以復加。他很得意地想到自己向來被稱作是個學者，而且因為他愛好獨處和閱讀還常受到嘲笑。他從來不擅長華美的詞藻。在貴婦人的客廳裡他總是一動也不動地站著，滿臉通紅，然後像個近衛軍步兵一樣大步走。他曾兩度墜下馬來，完全是因為心不在焉的緣故。有一次為了作詩押韻，還把溫契爾喜夫人的扇子折斷。他急切地回憶這種種往事，以及其他不適應社交生活的例子，有一種難以言喻的希望盤據了他所有心思，年少時的騷動不安、笨拙害羞、長途散步、愛好鄉村田野，其實證明了他是屬於這個神聖族類，而不是王公貴族——他天生是個作家，而不是貴族。自從大洪水那個晚上以來，他第一次覺得開心。

他現在委託諾福克的伊善先生把一封信函送給克里弗客棧的尼古拉斯．格林先生，表達他對格林先生作品的仰慕之情（格林先生在當時是非常知名的作家），以及想要認識他的心願，但他幾乎不敢奢望要求；因為自己無以回報；但是如果尼古拉斯．格林先生不嫌棄，願意大駕光臨，那麼就由格林先生選定日期時間，將有一輛四駕馬車在費特街街角恭候，把他安全地送抵歐蘭多的宅邸。接下來的字句您不妨自行填寫，隔不了多久，格林先生表明願意接受高貴爵士的邀請，也坐上了馬車，在四月二十一日星期一的七點鐘準時來到主建築南面大廳裡下了車，可以想像歐蘭多是多麼的高興。

這個大廳曾經歡迎款待過許多的國王、女王和大使，穿著貂皮外套的法官也曾站在這裡。這塊土地上最美麗的貴族淑女曾光臨此地，最堅毅的戰士也曾來過。這裡高掛的旗幟曾經在弗洛登和艾金柯特等古戰場上迎風飄揚，這裡展示的家徽盾形紋章繪有他們的獅子、他們的豹子，和他們的冠冕；還有擺滿了金銀餐具的長桌子；又有用義大利大理石精心打造出來的巨大壁爐，每天晚上都要把一棵橡樹，連同樹上百萬片葉子和白嘴鴉、鶇鶉的鳥巢統統化為灰燼。詩人尼古拉斯．格林先生現在站在那兒，戴著一頂垂頭喪氣的帽子，穿著一件短衣，手裡拿著一個小包包，外表相當樸素。

歐蘭多急忙上前迎接，他有些失望，這恐怕是免不了的。這詩人身高不及中等身材，猥瑣寒磣，背有點兒駝。他進來的時候被那頭獒犬絆倒，讓牠給咬了。此外，歐蘭多憑著自己對人類所有的認識，也不知道該如何把他歸類。他有種特別之處，既不屬於僕人、鄉紳，也不屬於貴族。他那有著飽滿額頭、一個鷹鉤鼻的頭顱還算有個樣子，但下巴往後縮，兩眼炯炯有神，嘴巴偏又合不攏，而且還會流口水。不過，整體而言還是因為臉上的表情讓人不安。它沒有那種令貴族的面容看起來賞心悅目的堂堂儀表，也沒有訓練有素的僕役那種有尊嚴的服從姿態，那是滿布縐紋、五官都擠在一起的一張臉。雖然他是詩人，可是他看起來更習慣斥責而不是恭維；習慣吵架而不是低語；習慣魯莽沖撞而不是怡然自得；習慣費力爭鬥而不是隨遇而安；習慣仇恨而不是愛。這從他動作的火速快捷、從他眼神的猜忌疑慮，也都看得出來。歐蘭多有些吃驚，但他們前去用餐了。

歐蘭多從前對於服侍的僕役人數和豐盛的晚宴覺得理所當然，但此刻卻是第一次感到一種說不出來的羞愧。更奇怪的是，他對於外曾祖母茉兒曾擠過牛奶這件事倒是頗為驕傲——從前想到這件事往往令他厭惡難堪。他正想要提到這個出身卑微的女人和她那些擠牛奶的木桶，卻被詩人搶先一步，詩人說格林這個姓雖然很普通，但其實他們是跟著征服者威廉來到這裡，在法國可是最高貴的門第。不幸的是，他們後來家道中落，除了在格林威治皇家自治市留下他們的姓氏之外，沒有什麼建樹。接著談的都是這一類的事情，關於那些失去的城堡、盾形紋飾，在北部的姪子是準男爵，跟西部的貴族世家聯姻，有的格林姓氏（Green）字尾多了一個「e」變成是格陵，有些則還是一樣，直到鹿肉被端上桌才換了話題。然後歐蘭多終於找到機會聊聊外曾祖母茉兒和她的乳牛，等到山雞野味被端上桌，壓在他心頭的重擔才稍微減輕。不過，一直要到兩人隨意暢飲瑪西白葡萄酒時，歐蘭多才敢提到一件他覺得遠比格林這個姓或是乳牛更重要的事情，也就是「作詩」這個神聖的主題。他一提到這兩個字，詩人的眼神立刻迸發火花；頓時放下了虛張聲勢的優雅紳士姿態；砰一聲把酒杯放到桌上，然後開始說起歐蘭多所聽過最冗長、最錯綜複雜、最激動、也最尖酸的故事，大概除了一個被拋棄的女人的故事外，無人可及，事關他的一部劇作，另一個詩人，還有一名批評家。至於詩的本質，歐蘭多只聽到了詩比散文難賣，雖然詩句比較短，但寫起來更花時間。所以這番談話繼續下去，東拉西扯沒完沒了，直到歐蘭多鼓起勇氣暗示他本人自不量力地在寫作。這時，詩人從椅上跳起來。他說，護牆板有一隻老鼠吱吱叫。他解釋說，實情是他的神經很衰弱，一隻老鼠叫就會讓他連著兩個星期心煩意亂。這棟宅邸難免會有討人厭的東西，但歐蘭多並沒有聽見什麼聲音。接著詩人就把他十年來的健康狀況對歐蘭多一五一十地述說。他的情況糟到令人驚訝他竟然還能活著。他有過中風，得過痛風症，害過水腫，還接連生過三種熱病。這還不算，還有心臟肥大、脾臟腫脹，肝也有毛病。但是，最嚴重的是，他告訴歐蘭多，他的脊椎承受著難以形容的感覺。從上面數下來第三節灼熱得像火燒，從下面數上來第二節則是冷凍得像冰刺。有時他醒來時腦袋重得像鉛塊，有時又彷彿上千根蠟燭在他腦子裡燒起來，還有人在他身體裡扔爆竹。他說，睡覺時如果床墊底下有一片玫瑰葉子他都能感覺得到。還說憑著踩在鵝卵石路的感覺，他在倫敦就幾乎不會迷路。總而言之，他是一件作工精細的器械，奇妙地組合在一起（說到這兒，他似乎是無意識地舉起了手，而的確這是你想像得到的最精緻的形狀），因此他對自己的詩作才賣掉五百本感到困惑不解，不過，當然啦，這主要是被人陰謀陷害所致。他只能說，一邊還用拳頭用力敲著桌子，結論就是，詩的藝術在英國已經死亡。

那莎士比亞、馬羅、班姜生、布朗、鄧恩，所有現在正在創作、或是才剛發表的作家呢，歐蘭多一口氣列出了他最崇拜的英雄人物，無法理解格林的話。

格林輕蔑地笑了。莎士比亞，他承認，倒是寫了幾幕還不錯的戲；可是主要還不是從馬羅那兒抄來的。馬羅像個孩子似的，但對於一個不到三十歲的年輕人，你能說什麼呢？至於布朗呢，他適合用散文來寫詩，不過人們很快就會厭倦這種別出心裁的譬喻。鄧恩是個騙子，用艱澀的字眼包裝缺乏意義的內容。傻子很容易受騙，但是這風格過不了十二個月就不流行了。至於班姜生——班姜生是他的朋友，他從來不說朋友的壞話。

沒了。他的結論是，文學的偉大時代已經結束了；古希臘才是文學的偉大時代；伊莉莎白時代在任何方面都比不上希臘時代。在那樣的時代裡人們會珍惜神聖的雄心大志，他稱之為「聲譽」

（他用法文發音，音又沒發準，所以歐蘭多一開始還沒聽懂）。現在所有的年輕作家都是拿書商的錢，只要能賣錢，什麼垃圾都寫得出來。莎士比亞就是這種風格的始作俑者，而且現在已經自食其果了。他說，他們自己這個時代的特色，就是精巧花稍的譬喻和狂野大膽的實驗——希臘人對這些一刻也不能容忍。雖然說來傷心——因為他熱愛文學，就像他熱愛自己的生命一樣——但是現在的文學一無是處，未來也沒有什麼希望。說到這裡，他又為自己斟了一杯酒。

歐蘭多對這些言論十分震驚；然而他也不得不觀察到評論家本人看起來倒一點兒也不垂頭喪氣。相反的，他愈是把自己的時代批評得一文不值，他顯得愈是洋洋得意。他說，他記得有一晚在艦隊街的雄雞酒館，小子馬羅和其他幾個人都在那兒。這小子當時興致很高，醉醺醺地，他本來就容易喝醉，一個勁兒地說傻話。到現在他都還能見到他的樣子，揮著酒杯，打著嗝說，「要死了啊，比爾，」（他對著莎士比亞說）「現在有個大浪打來，你就站在浪頭尖上。」格林解釋著，他這句話的意思是，他們正在英國文學偉大時代的邊上顫動著，莎士比亞將會成為某個重要詩人。小子馬羅很幸運，兩個晚上之後他因為一場酒後鬧事被人給殺死了，活不到看見他預言是否應驗的那一天。「可憐的笨傢伙，」格林說，「虧他講得出這樣的話來。一個偉大的時代，跟真的一樣——伊莉莎白時代是個偉大時代！」

「所以，我親愛的勳爵，」他讓自己舒服地坐在椅子上，手指搓弄著酒杯，接著說，「我們必須盡力而為，珍惜過去，尊敬那些作家——仍然有幾個不錯的作家還在——以古人為典範而創作，不是為了金錢，而是為了『森譽』（歐蘭多真希望他的發音能標準一點）。格林說，「『森譽』是高貴心靈的原動力，如果我有三百鎊一年按季支付的年金，我就會單單為了森譽而活著。我會每天早上在床上讀西塞羅，模仿他的風格創作，讓人分不清我和他的差別。這才是我所說的優美的作品。」他繼續說道，「這就是我所說的森譽，但一定要有年金才能達到。」

聽到這兒，歐蘭多已經放棄和詩人討論自己作品的希望，反正這也不重要了，因為此刻話題已經轉到莎士比亞、班姜生及其他作家的生活逸事和個人風格了。格林和這些人都很熟，有成千上百個最有趣的故事可說。歐蘭多這輩子從沒有笑得這麼開懷。這些人可是他所崇拜的神啊！其中一半是酒鬼，所有人都是色鬼。大部分都和老婆吵吵鬧鬧，每個人都曾為最微不足道的事扯過謊或耍伎倆。他們的詩是在大門口抵著來催稿的印刷廠學徒的頭，用洗衣帳單背面草草寫下的。哈姆雷特就是這樣印出來的；然後是李爾王、然後是奧塞羅。格林說，難怪這些劇本有這麼多紕漏。其他時間就花在酒館和露天啤酒館飲酒狂歡、賞遊玩樂，這時候他們總是說出令人難以置信的雋言妙語，所作所為令宮中朝臣最放浪嬉鬧的行徑也相形見絀。格林口沫橫飛地描述這一切，逗得歐蘭多心花怒放。他又擅於插科打諢，模仿得唯妙唯肖，把死人說成活的，對三百年前所寫的書讚不絕口，講得一副天花亂墜。

時間飛逝，歐蘭多對這位客人懷有一種喜怒參半、又敬又憐的奇怪情感，一種無以名之的情緒，有點害怕，又有點著迷。他不停地談論自己，然而他的確是個很好的伴侶，聽他說他得瘧疾的故事，你可以一直聽下去。他又是那麼妙語如珠，那麼百無禁忌，隨隨便便地討論上帝和女人，腦子裡裝滿了各種奇怪的文學手法和怪異的傳說故事，可以做出三百種不同的沙拉，所有你想得到的調酒他都會，演奏六種樂器，而且是第一個、可能也是最後一個在義大利大壁爐邊烤乳酪的人。但是他不能區別天竺葵和康乃馨、橡樹和白樺、獒犬和灰獵犬、兩歲的公羊和母羊、小麥和大麥、耕地和休耕地；他不懂得農作物需要輪替種植；他以為柳橙長在地下、蘿蔔長在樹上；喜歡城市風光勝過任何自然景致——所有這一切和其他許多事情都令歐蘭多驚訝萬分，因為他從未見過這樣的人。甚至連那些女僕們，雖然瞧不起他，但聽了他的笑話也忍不住嘻嘻笑；男傭們討厭他，也忍不住在他身旁打轉，想要聽他說故事。的確，有他在，這房子比從前任何時候都來得有生氣。這一切都令歐蘭多感觸良多，也讓他不禁去比較現在和以前的生活方式。他回想起過去習慣的談話內容，比方說西班牙國王中風，或是母狗交配；他回想起如何在從馬廄到梳妝間裡消磨一天的時光；他記起那些公爵喝酒喝到睡著打呼，而且痛恨別人把他們叫醒。他想起他們在體格上是多麼活躍英勇，在心智上又是多麼懶散怯懦。這些念頭令他焦慮，卻又無法保持平衡，於是他得出一個結論，他把一個不安份的討厭鬼請進家裡來，從此再也不可能安穩入眠了。

就在同一時刻，尼克．格林得到了完全相反的結論。早上躺在最柔軟的枕頭上，床上鋪的是最光滑的床單，眼睛看著凸肚窗外的草地，那兒幾百年來從未長過蒲公英或狗尾草，他想著，除非能夠想出什麼方法逃跑，否則他可能會窒息而死。起身聽著鴿子咕咕叫，穿上衣服聽見噴水池的嘩嘩水聲，他想著，除非能夠聽見艦隊街的石鋪路上拉板車的馬兒嘶叫，否則他再也寫不出一行詩來。他想，這時他聽見男僕在隔壁的火爐添柴、在餐桌上擺放銀製餐具，如果這種情況再繼續下去，我就會睡著，然後（此時他打了一個很大的呵欠），就此長眠不醒。

於是他就到歐蘭多的房裡找他，解釋說因為這裡太安靜，他整晚都沒闔眼（這也難怪。這幢房子周圍環繞著一個十五哩的私人林園和一堵十英呎的高牆）。他說，在所有事物中，就是安靜對他的神經造成最大的壓力。所以如果歐蘭多容許的話，他當天早上就想結束造訪。聽他這麼一說，歐蘭多鬆了一口氣，但是又捨不得讓他走。他想，格林一離開，房子會變得非常沉悶。因為要離別了（他向來不喜歡提到這個話題），他鼓起勇氣把他的劇本《赫丘里之死》交給了他，請他批評指教。詩人收下劇本；嘴裡喃喃說著一些關於森譽和西塞羅的話，為了避免他沒完沒了，歐蘭多承諾每季付給他年金，格林一聽到這話，假惺惺地客套推辭了一番，然後就跳上馬車揚長而去。

馬車轆轆離去之後，這堂皇的門廳頓時顯得從未有過的高大雄偉、豪華空虛。歐蘭多知道，他再也不會有心情在義大利壁爐邊烤乳酪，再也不會有拿義大利繪畫開玩笑的機智，再也不會有調果汁甜酒的好手藝，也永遠不會有那麼多詼諧的俏皮話和光怪陸離的想法。然而，那個牢騷滿腹的聲音就此離去，真是令人如釋重負，能夠再度享受孤獨真是件奢侈的事，他一邊忍不住這麼想著，一邊鬆開六個星期以來一直被綁著的那頭獒犬，因為牠只要一看見詩人就咬。

同一天下午，尼克·格林在費特街的街角下了馬車，發現一切都和他離開時沒什麼兩樣。也就是說，格林太太正在一間房間裡生小孩；湯姆．弗來哲在另一間房間裡喝琴酒；書亂七八糟地散落在地板上；晚餐——就當那是晚餐好了——放在梳妝台上，小孩子們剛剛才在那上面玩泥巴。但是這一切，格林覺得，才是適合寫作的氣氛；在這裡他可以寫東西，他也就真的寫了起來。題目是現成的。家居中的高貴爵爺。鄉間訪問貴族記——他的新詩標題差不多就是這樣。抓起原本他的小兒子用來搔貓耳朵的筆，插進以蛋杯權充的墨水瓶裡，沾了沾墨水，格林揮筆立就，馬上就寫出一篇非常生動活潑的諷刺文章。他寫得如此分明到位，任何人都不會懷疑，他所挖苦的年輕貴族正是歐蘭多；從他最私密的言詞和行徑，他的熱誠和傻勁，到他頭髮的顏色，還有他說話時像外國人一樣捲舌發音，他都寫得唯妙唯肖。如果還有人有任何懷疑，格林為了絕眾人悠悠之口，以達蓋棺論定之實，他幾乎是毫不掩飾地大幅引用了這位貴族所撰寫的悲劇《赫丘里之死》的一個段落，而且果然如他所預料的，這部戲劇冗長浮誇到了極點。

這部小書一發行立刻就銷了好幾版，並且支付了格林太太第十次分娩休養的費用，很快就有好事的友人把書寄給了歐蘭多本人。他讀的時候，從頭到尾都保持著充分鎮靜的風度，讀完之後按鈴把男僕找來，用一把鉗子的最末端夾住那本小書遞給他，命令他把小冊丟在宅邸最惡臭的糞堆上最骯髒的地方。然後，正當這僕人轉身要去執行命令時，他又叫住他，「騎上馬廄裡跑得最快的馬，」他說，「你給我拚命趕去哈里奇，在那兒搭上往挪威的船，替我向國王的皇家飼犬場，幫我把最好的皇家血統挪威獵麋犬都買來，公的母的都要。即刻帶回、不得延誤。因為，」他回到原本看的書上，用小到不能再小的聲音喃喃地說，「我再也不跟人打交道了。」

這個訓練有素的男僕鞠躬告退，非常有效率地完成任務，整整三個星期以後，他就帶回最優良的獵麋犬，其中一隻是母的，當天晚上就在餐桌下生了八隻小狗。歐蘭多讓人把狗帶進他的臥房。

「因為，」他說，「我再也不跟人打交道了。」

不過，他還是每季都把年金送給格林。

因此，在三十歲，或是差不多這個年紀，這位年輕的貴族不但已經經歷過人生百態，而且也已經看破，認為一切都毫無價值。愛情和雄心壯志，女人和詩人，全都是一場徒然。文學不過是場鬧劇。在讀了格林的《鄉間訪問貴族記》那天晚上，他以一場大火將五十七卷作品全數燒盡，只留下〈橡樹〉，這是他青澀的夢想，而且篇幅很短。現在只有兩件事是他能信任的：狗和自然，一隻獵麋犬和一株玫瑰花。世界無論多麼複雜多變，人事多麼紛擾糾結，於他只存這兩物而已。狗和樹叢就是他所有的天地。感覺自己擺脫了巍然如山高的幻相，因此赤裸歸真，他把狗召喚過來，大步走向林園。

長久以來他幽居獨處，忙著讀讀寫寫，幾乎都忘了大自然所帶來的賞心樂事，六月的大自然尤其怡人適意。他登上高丘，天氣好時英格蘭一半景色和一小部份的威爾斯、蘇格蘭盡入眼簾，他倒臥在心愛的橡樹下，如果在他有生之年，永遠不需要再和其他男人或女人說話，如果永遠不會再遇到什麼詩人或公主，那麼或許他會覺得日子還算不錯，可堪忍耐。

於是他總是來到這兒，日復一日，週復一週，月復一月，年復一年。他看見山毛櫸的葉子變成金黃色，蕨類捲曲的嫩芽舒展開來，他看見新月變成滿月，他看見——但是讀者可能猜想得到接下來的段落是什麼，無非是附近的一草一木如何轉成新綠，然後轉成金色，月兒如何東升、太陽西沉，如何冬去春來，夏盡秋至，如何夜以繼日、日以繼夜，如何在暴雨狂風之後，天朗氣清，如何世事恆常，兩、三百年後依然一切如故，只不過多了一些塵土和幾張蜘蛛網，一名老婦花不了半小時就可以清除乾淨。我們不禁感到，這樣的結論其實只要用一句簡單的陳述：「光陰流逝」，就可以更快速地交代了事了（精確的時間長短可以用括號在這裡標示出來），而什麼事都沒發生。

但是，不幸的是，時間儘管使動物和植物按照驚人的準確規律枯榮消長，然而它對於人類的心靈所起的作用卻遠非如此簡單。而且，人類的心靈也以同樣奇特的方式對時間本體產生影響。一個小時，一旦在人類精神中的奇特元素裡落實底定後，或許就會延伸到五十或一百倍的時間長度，另一方面，一個小時也許會精準地在人心裡的時鐘以一秒展現。時鐘所顯示的時間和心靈所感受的時間，兩者之間非比尋常的差異，知道的人並不多，實在值得更充份深入的研究。但是，如前所述，本傳記的作者感興趣的東西受到極大的限制，因此必須用簡單的一句陳述說明完畢：當一名男子年屆三十，就像歐蘭多現在這個年紀，他在沉思的時候，時間變得特別的長，他在做事的時候，時間變得特別的短。所以歐蘭多在瞬間就下達了指令，處理完龐大宅邸的所有事務，不一會兒他就一個人置身在山丘上，坐在橡樹下，分分秒秒變得飽滿充實，好像永遠不會結束停止。這些分分秒秒以最千奇百怪的東西把自己填滿充塞起來。他發現自己不僅是直接面對了那些最聰明的人也感到困惑的問題，比方說，愛是什麼？友誼是什麼？真理是什麼？而且就在他想到這些問題的時候，他過去所有一切，對他來說漫長無比又起伏跌宕，馬上衝進這掉落下來的一秒鐘，使它膨脹成比原本自然大小的體積多了十幾倍，為它染上千種色彩，使它充塞了宇宙中所有的零星什物。

在這樣的思緒裡（或是用任何其他適合的說法），他度過了人生的歲歲年年。如果說他吃完早餐出門時是個三十歲的人，回家吃晚飯時變成至少是五十五歲的人，這種說法一點也不誇張。有時候幾個星期就讓他多了一百歲，有時候最多不過加了三秒鐘。總的來說，計算人類壽命的任務（我們且不談動物的壽命）超出我們的能力範圍，因為我們一說時間很長，就會有人提醒我們，它比玫瑰葉子落到地面所需的時間還要短促。短暫和緩慢這兩種力量輪流地，而且令我們更困惑的是，在同一個時間裡，支配著我們這些倒楣的笨蛋，歐蘭多有時受到如大象踱步的緩慢神祇所影響，有時則是受到如蚊蚋飛蠅的短暫神祇左右。生命對他而言似乎是無與倫比的漫長。即使如此，它卻又瞬間即逝。縱使當時間延伸到最長，每個瞬間又膨脹到最大，彷彿獨自一人在浩瀚無涯的沙漠裡流浪，他也沒有時間去撫平和拆解這三十年來男男女女在他心中和腦海裡緊緊糾結的那些記錄地密密麻麻的羊皮紙。在他想清楚愛是什麼之前（在這過程當中，橡樹已經葉生葉落十幾回了），雄心壯志就會把這個念頭推倒在地，接著又被友誼或文學取而代之。既然第一個問題還沒有解決，也就是什麼是愛，它會在他最不注意或是毫無戒心的時候捲土重來，把書本或隱喻或人為什麼活等等問題都擠到一邊，直到它們看見下一次機會到來時再重新上場。讓整個過程變得更加漫長的原因是，這些念頭都有十分詳盡的補充說明，不只是有畫面，就好比年老的伊莉莎白女王穿著玫瑰色的綢緞，手上拿著象牙鼻煙壺，躺在她的錦繡躺椅上，身旁有一把金柄寶劍；而且還有氣味——她身上灑了很多的香水——還有聲音；那個冬日雄鹿在理奇蒙林園鳴叫著。所以，想到愛情就會想到雪和冬天；想到圓木爐火熊熊燃燒著；想到俄羅斯女人、黃金寶劍、雄鹿的長鳴；還有詹姆士一世流口水、煙火、伊莉莎白時期船上一袋袋的寶物。每一件事物，一旦他試著把它從腦海裡剔除出去，就發現它和其他東西牽連在一起，就好像是一塊玻璃，沉在海底一年後，周圍就長出骨殖、蜻蜓、硬幣，還有溺水女人長長的頭髮。

「這是羅馬天神朱庇特的另一個隱喻！」他這麼說的時候會驚訝大叫（這顯示了他的腦子在想事情時是如何地亂兜圈子，也說明了為什麼橡樹花開花謝那麼多次，他對愛情還是沒法做出任何結論）。「這有什麼意義？」他會問自己。「為什麼不簡單明瞭地用這麼些個字說清楚——」然後，他會花半小時（還是花了兩年半？）——怎麼用簡單的幾個字把愛說清楚。「這個譬喻顯然並不確切，」他振振有詞地說，「因為，除非是非比尋常的情況，否則蜻蜓根本不可能住在海底。而且，如果文學不是真理的新娘和她的枕邊人，那麼她是什麼？去你的，」他大喊著，「都已經說新娘了，為什麼還要說枕邊人？為什麼不直接把自己的意思說出來呢？」

所以接下來他會說草是綠的、天是藍的，以撫慰詩的素樸精神，雖然他和詩保持著遙遠的距離，但仍然不由自主地感到敬畏。他說，「天空是藍的，草是綠的。」仰望著天空，他卻看到相反的景象，天空像是有一千位聖母讓面紗從髮際掉落；草則飛奔著，顏色暗沉，像是一群少女從中了魔法的森林裡滿身是毛的森林之神的擁抱中脫逃。「哎呀，」他說（他已經養成了大聲講話的壞習慣），「我不覺得這種說法比另一種說法更真實。這兩種根本都是錯的。」能夠解決什麼是詩、什麼是真實這類的問題，反而令他感到絕望，因此深陷入沮喪之中。

我們不妨在他停下來自言自語時得個方便，趁機揣想著，見到歐蘭多在一個六月天枕著手肘躺在那兒，這是多麼奇怪的事兒啊，我們揣想著，這樣一個好樣的年輕人，心智卓越、身體健全，看看他的雙頰和四肢就知道——要他去衝鋒陷陣、挑戰決鬥，他可是個毫不遲疑的大丈夫——但現在竟然在思想上如此懶散萎靡，變得如此無精打采，以至於一提到寫詩、或是他創作的能力，他就像個躲在母親的小屋子門後的小女孩一樣害羞。我們相信，格林嘲弄他所寫的悲劇所造成的傷害，其傷害之深決不亞於公主嘲弄他的愛。不過，還是讓我們繼續下去吧——

歐蘭多繼續思考著。他不斷地望著綠草和天空，試著揣想一個真正的詩人，在倫敦出版過詩作的詩人，看到這草地和天空會說些什麼話來。同時，他的記憶（我們先前已描述過它的習性）在他的眼前穩穩當當地顯現出尼古拉斯．格林的面孔，就好像這個尖酸刻薄、口無遮攔的人，明擺著就是個背信棄義的傢伙，結果竟是繆思女神的化身，而歐蘭多必須對他頂禮膜拜。於是，就在那個夏日的早晨，歐蘭多為他獻上了各式各樣的詞句，有些素雅樸拙、有些譬喻豐富，而尼克・格林只是一股勁兒地搖頭，滿臉不屑地叨唸著「森譽」、西塞羅和我們這個時代詩歌已死。最後，歐蘭多突然站起來（此時已是冬季，天氣非常寒冷），發了人生中最重要的一個誓言，使他自此再也無法脫離最嚴格的苦役。「如果我再寫出一個字，或是試著再寫一個字，只為了討好尼克・格林，或是討好繆思女神，我就去死好了。從今以後，不管我寫的是好是壞，還是不好不壞，我只寫我自己高興的東西」；此時他比劃著，好像是把一大疊稿子撕毀。朝著充滿不屑、口無遮攔的男人臉上丟過去。他這麼一比劃，就像惡狗看到你彎腰去撿石頭，牠立刻會閃躲逃竄，記憶也讓他眼前的尼克・格林形象倏忽消失，取而代之的是——什麼也沒有。

儘管如此，歐蘭多還是一樣，繼續想著。他的確有許多事可想。因為當他把羊皮紙稿子撕成兩半的時候，他也撕毀了那繁複華麗的手卷，那錦繡藻繪的手卷是他在自己的房間獨處時依著自己的喜好創造出來的，那時他任命自己，就好像國王任命大使一樣，為其族類第一個大詩人，當代的第一個大作家，授予其靈魂永垂不朽的生命，允許其形體埋葬在月桂樹環繞及受到人們無盡追思景仰的陵墓之中。雖然是夸夸其辭，他現在全把它撕了扔進垃圾桶裡。「名聲」，他說，「就好像，」（既然現在尼克・格林不在旁邊攔阻他，他就可以隨興地沉浸在各種意象之中，這裡我們只選出一兩個最不張狂的例子來說）「鑲邊外套礙手礙腳；銀製短衣壓迫心臟；紋飾盾牌遮蔽了稻草人……」等等。這些詞彙的重點無非也就是，名聲會造成妨礙限制，沒沒無聞則像是迷霧般籠罩一個人；沒沒無聞是幽暗豐富而自由的；它讓心靈得以毫無牽掛通行無阻。一個人若是沒沒無聞，就受到慈悲豐沛的黑暗所浸潤。沒有人知道他從何處來，又往何處去。他儘可以追求真理，說出真相；獨獨他一個人是自由的；獨獨他一個人是真誠的；獨獨他一個人是平和寧靜的。於是他沉浸在安詳的情緒裡，在橡樹下，那棵橡樹堅硬的樹根暴露在地面上，對他而言比什麼都來得舒服。

很長的一段時間他完全沉浸思索著沒沒無聞的價值，以及沒有名氣的快樂，但就像是浪潮一樣回到大海深處；思考著沒沒無聞如何使心靈能夠免除遭人嫉妒仇視之苦；如何使慷慨大度的自由水流在血液裡奔馳；使得施與受自然發生，毋須感謝或讚美；他覺得，這必然是所有偉大詩人的作為（雖然他對希臘的瞭解有限，無法從中找到佐證），因為，他覺得，莎士比亞一定是以這樣的方式創作的，興建教堂的工人一定也是這樣的，籍籍無名，毋須得到感謝或讚揚，只是白天工作，晚上或許來點啤酒——「多麼令人羨慕的生活啊，」他想著，在橡樹底下伸展四肢。「為何不在此時此刻好好享受這樣的日子呢？」這念頭像子彈一樣擊中了他。雄心壯志就像是個鉛墜一樣落下。擺脫了愛情遭拒、抱負受人嘲弄的錐心之痛，也擺脫了人生因為渴望聲譽的野心之火所帶來如蕁麻螫人般的灼熱刺痛，一旦對榮耀無動於衷，這些叮刺螫扎也就無計可施。他張開雙眼，雖然眼睛一直是張開的，但先前只看得到他的念頭，現在他則看見了，在他腳下的山谷，座落著他的宅邸。

在春天早晨的陽光下它座落在那兒，看起來不像一棟房子，更像是個城鎮。它不是這個人想這樣、那個人想那樣，這裡那裡隨便建造起來的，而是由一個建築師憑著一個理念打造成而的。庭園、房舍、灰的、紅的、紫紅色的，整齊對稱地排列著，庭園有的是橢圓形、有的是四方形；這個庭園裡有噴泉，那個庭園裡有雕像；建築物有的低平、有的尖聳；這裡有教堂，那裡有鐘樓；最翠綠的草綠分布其間，還有一簇簇的西洋杉和一叢叢鮮豔花卉；所有一切都由一堵高牆緊緊環抱——然而又設計得恰到好處，一草一木皆各得其所、各展風華；無數的煙囪永遠有裊裊不絕的炊煙吞吐至空中。這座廣大而層次井然的建築，儘可以容納一千人、也許兩千匹馬，歐蘭多想著，是由不知名姓的工人所建造的。這兒曾經住過數不清多少世紀的先人，他們都是我這個無名家族裡一代代無名成員。這些名叫理查、約翰、安妮、伊莉莎白的先人，沒有人在身後留下任何標誌紀念，但是他們每個人都拿著鏟子、針線一起勞動，生兒育女，留下了這片產業。

這座宅邸從來沒有像現在這樣顯得如此高貴而有人性。

那麼他以前為什麼那麼想要超越那些先人呢？因為，現在看來，想要勝過那些無名的人的創造、那些消失的手的勞動，似乎是極度地狂妄自大、虛榮浮誇。與其像是流星稍縱即逝，連灰燼都不會留下，還不如默默奉獻，在身後留下一道拱門、一座花棚，一堵可以讓桃樹斜倚、桃子成熟的圍牆。因為歸根究柢，他說，一邊激動地注視著腳下綠草如茵的宅邸，曾經居住在那兒的不知名的侯爵夫人，從來沒有忘記為後人留下些什麼；為那之後會漏水的屋頂，為那之後會倒下來的樹，他們或多或少留下些什麼。在廚房裡一定會有個溫暖的角落讓那年老的牧羊人棲身；一定有食物留給飢餓的人；就算他們生病臥床，高腳杯也一定擦得晶亮；就算他們奄奄一息，窗邊一定點著亮光。雖然他們身份是侯爵，但也心滿意足地和捕鼠人、石匠一樣同歸沉寂、身後無名。沒沒無聞的貴族、不為人知的建築工人——於是，他帶著熱烈的情感看待他的先人，這完全駁斥了那些批評家說他冷淡懶散、漠不關心的看法（事實上，我們要找的特質往往是在牆的另一面）——於是，他以最動人的流利詞藻來看待他的宅邸和所屬階級；但是一來到精采結論——如果沒有精采結論，那流利詞藻算什麼呢？——他又開始搜腸刮肚了。他原本希望能以漂亮花稍的詞語總結，說他將要依循著他們的腳步，為這棟宅邸再添磚瓦石塊。不過，這宅邸已經有九英畝大，即使只是再加一塊石頭都嫌多餘。可以在結論裡提到家具嗎？還是可以說說椅子、桌子，和放在人們床邊的腳墊呢？不管結論應該怎麼說，總之這是這棟宅邸現在需要的。此刻暫且先不管結論還沒有說完，他再次大步往山下走去，從此決心全力添購家具。這個消息——指的是讓她立刻來見他——使得善良的格林斯迪奇老太太熱淚盈眶，她現在的確老了。他們一同巡邏勘查這棟房舍。

國王寢室的毛巾架缺了條腿（「那是詹姆斯國王，爵爺，」她說，意思是自從上次有國王駕臨在此留宿，已經是很久以前的事了，不過可怕的國會統治時期已經結束了，現在英國又有國王了），通往公爵夫人小廝等候室的小房間裡少了台架，沒地方放寬口的大盥洗壺；格林先生抽菸斗在地毯上留下了汙漬，真令人討厭，她和茱迪怎麼刷都刷不乾淨。歐蘭多計算了一下，為這幢宅邸三百六十五個房間裡，全都擺置黃檀木椅、杉木櫃、銀製洗臉盆、瓷缽和波斯地毯，這決非一件小事；如果他的產業還有幾千鎊，他還想在幾個廊道掛上幾張織錦，在餐廳裡布置精緻雕花椅，再在那些王室專用寢室裡安置銀製的鏡子和銀椅（他特別喜歡銀製品）。

⸙ ⸙ ⸙

現在他認真地工作起來，只要看看他記的帳目就可以得到證明。且讓我們瞥一眼他在這段期間的採購清單，支出總額列在帳簿邊緣——不過這些我們就省略不說了。

兩件一組的西班牙毛毯共五十組，鮮紅色與白色塔夫綢窗簾五十組，鮮紅色和白色絲線刺繡的白緞帷幔……

七十張黃色緞椅和六十張短凳，全都配上硬麻布椅套……

六十七張胡桃木桌……

一打箱可裝五打威尼斯玻璃杯共十七打箱……

一百零二張地墊，每張地墊三十碼長……

九十七個配有銀色羊皮邊的鮮紅色錦緞靠墊，和薄絹面腳凳及相配的椅子……

五十座燈飾支架，每個支架各有十二盞燈……

我們已經開始打呵欠了，這是清單對我們產生的效應。不過我們之所以停下來，那只是因為這個目錄實在太過冗長，而不是因為它到此結束。還有九十九頁沒列出來，全部支出更高達幾千英鎊——相當於現在的幾百萬英鎊。如果他的白天是這樣耗費的，那麼到了晚上他也沒閒著，你或許會發現歐蘭多爵士正在計算，若是每個工人一小時的工資十便士，要鏟平一百萬個鼴鼠丘要花多少錢；若是要修理庭園周長大約十五哩的圍籬，以五又二分之一吋長的釘子計算，需要多少英擔才夠等等，等等。

這種事情，我們得說，實在是很瑣碎。因為一個櫃子和另一個櫃子沒什麼兩樣，一個鼴鼠丘和其他一百萬個鼴鼠丘也沒有什麼差別。有些讓他度過愉快的行程，有些則是有趣的冒險。比方說，在布魯日附近他讓一整個城市的盲眼婦人為他縫製銀色頂篷四柱床的床幔；還有他在威尼斯向摩爾人買漆櫃的冒險故事，那是他用劍頂著這個摩爾人才買到的，如果換成是別人來寫，或許這個故事就值得一說。這工作倒也不乏變化；因為這會兒是來自薩塞克斯郡的幾隊人馬運來許多大樹，等著把大樹鋸開再鋪在畫廊做地板；那會兒是從波斯運來的箱子，裡面塞滿了羊毛和木屑，最後，他才從裡面取出一個盤子，或是一枚黃玉戒指。

然而，這些畫廊已經沒有任何空間再放一張桌子；桌子上已經沒有任何空間再放一只櫃子；櫃子裡已經沒有任何空間再放一個玫瑰缽；玫瑰缽裡已經沒有任何空間再放一把百花香；所有地方都沒有任何一點空間再擺任何東西了；總而言之，房子已經裝飾完畢了。花園裡，雪花蓮、藏紅花、風信子、木蘭花、玫瑰、百合、紫苑花、各色各樣的大理花、梨樹、蘋果樹、櫻桃樹、桑樹，還有無數的稀有灌木、開花灌木，經年常綠和多年生長的樹木，彼此盤根錯節、森然生長，沒有一塊土地不是花朵盛開，沒有一片草地不是樹蔭茂密。此外，他還從國外引進了羽毛繽紛的野禽；還有兩隻馬來熊，牠們的動作粗魯兇暴，歐蘭朵相信，牠們的內心一定忠誠不二。

現在一切都已安排妥當；到了傍晚，無數的銀燭台都點亮了，畫廊裡永不停歇的微風吹動著藍色和綠色相間的畫氈；看起來像是畫上的獵人在馳騁，被太陽神阿波羅追逐的林中仙子達芙妮正在飛奔；當銀器閃亮，漆器發光，柴火燃繞；當那些雕花的椅子伸出雙臂，牆上的海豚背上載著美人魚悠游戲水；當所有這一切以及超過這一切都已大功告成，令他歡喜滿意，歐蘭多穿過整座宅邸，獵麋犬跟在後面，他洋洋自得。現在，他認為有充份的材料來做結論了。也許這篇演說可以從頭來過。可是，當他巡視畫廊時，他覺得還是少了點什麼。桌子和椅子，不論鑲金雕花得多麼富麗堂皇，沙發架在獅子爪上，底下是天鵝頸完美弧度的支撐，還有最柔軟的天鵝絨床鋪，這些都還不夠。要有人坐在上面，有人躺在上面，才能大大地改善現況。於是，歐蘭多開始舉行一連串的豪華宴會來招待附近的貴族鄉紳。三百六十五個房間裡一整個月同時住滿賓客。他們在五十二座樓梯上摩肩擦踵。三百個僕人在食品儲藏室裡穿梭。幾乎每個晚上都有宴會。因此，不到幾年，歐蘭多就磨光了天鵝絨的絨毛，花掉了一半家產，但是也贏得了家鄉的好名聲，在郡裡擔任了二十來個職位，每年都有十幾個心懷感激的詩人用極其諂媚的詞句將詩作獻給他這位爵爺。儘管此時他還是和作家保持距離，對那些外國淑女也敬而遠之，不過他對女人和詩人依舊十分慷慨，所以他們也都對他非常仰慕崇拜。

然而每當宴會最熱鬧、賓客最喧嘩時，他往往獨自離開，退隱到私密的房間裡。在這裡門一旦關上，確定沒有別人打擾，他就會拿出一本舊的寫字簿來。這是用從他母親針線盒偷來的絲線縫成的，上面還有小學童的圓胖字跡寫著「橡樹，詩一首」。他會在這個本子上寫東西，直到午夜鐘聲響了還不停筆。不過他一邊寫，一邊劃掉先前寫的，一年下來，他所留下來的東西往往比剛開始寫的還要少，彷彿在整個作詩的過程裡，整首詩都被刪除了。因為只有文學史學者才有資格說他的風格已迥然不同。他的繁複華麗已經變得樸實內斂；他的冗長累贅已經變得精鍊節制；散文時代使那些溫暖的泉流凝結了。即使是外在的風景也不像以前那樣滿是花環，那些荊棘本身也不像以前那樣多刺糾結。也許是感官變得比較遲鈍，蜂蜜和奶油對味蕾的吸引力降低了。還有街道的排水改善了，屋舍的照明更亮了，這些都對風格有所影響，這是毋庸置疑的。

有一天他絞盡腦汁想為「橡樹，詩一首」添加一兩句詩行時，眼角瞥見一個黑影。他很快發現，其實不是人影，而是一名身材高挑的女子，身披連帽斗篷，穿過他房間望出去的四方院子，由於這是莊園裡最隱蔽的庭院，他又不認識這位小姐，歐蘭多不免詫異她是怎麼進來的。三天後，同樣的身影又再度出現，到了星期三中午，她又出現一次。這一次，歐蘭多決定要跟蹤她，而她顯然不怕被發現。當他靠近時，她腳步放慢，面對面地注視著他。任何一個其他女人像她這樣在侯爵私人宅邸被逮到，一定會驚惶失措；任何一個其他女人若有像她這樣的臉孔、頭飾和容貌，一定會把纏繞肩上的面紗遮住臉。因為這位女士簡直和一隻兔子一模一樣，雖然受到驚嚇，但是卻很執拗。鋪天蓋地的愚蠢莽撞戰勝了她的膽怯；挺直了身體，凸出的大眼睛氣嘟嘟地瞪著追她的人；她豎起的耳朵顫抖著，鼻尖向前，但卻抽動著。不過，這隻兔子身高有六呎，她戴的頭飾面紗有些老派，讓她看起來又更高些。她和歐蘭多既然當面對上了，她就瞪著他看，眼神古怪地混雜了膽怯和莽撞的情緒。

首先，她對他行了個合乎禮儀、卻略顯笨拙的屈膝禮，請求原諒她的打擾。接著，她站直了身軀，恐怕有六呎兩吋以上，她繼續說——可是邊說邊神經質地咯咯笑，嘻嘻呵呵個不停，歐蘭多心想，她一定是從瘋人院逃出來的——她是羅馬尼亞的芬斯特－阿爾洪和斯堪德－歐普－波恩的哈莉雅特·葛蕊瑟妲公主。她說認識他是她最大的心願。她已經在林園門一家麵包店投宿，她看過他的肖像，和她的一個姊姊很像（這時她哈哈大笑起來），這姊姊很早以前就過世了。她來英國宮廷作客，王后是她的表姊。國王人很好，只是他上床時難得沒有喝醉。說到這裡，她又開始嘻嘻呵呵笑個不停。總而言之，除了請她進到屋裡喝杯酒外，他也不知如何是好。

進到屋內後，她恢復了羅馬尼亞奧國公主的高傲氣勢，要不是她對酒的認識在一般淑女中極為罕見，加上她對自己國家的武器和運動愛好者的習慣有些見識，而且見解還算中肯，談話恐怕就無以為繼了。終於她站了起來，宣布第二天她會再來，對他行了個非比尋常的屈膝禮，然後就離開了。到了第二天，歐蘭多騎馬外出。再隔天，他不理睬她。第三天，他把窗簾拉上。第四天下著雨，他總不能讓女士淋雨，而且也不完全排斥有人作伴，便邀請她進來，詢問她對鎧甲的意見，這副鎧甲為他的先人所有，他問她這是傑考比或是陶比所製作的，他認為是傑考比，她則持相反意見——究竟誰對誰錯根本無所謂，但卻對我們故事的情節進展頗有影響。為了證明她的看法（這和鎧甲的帶扣裝置有關），哈莉雅特公主把金黃色的脛套綁腿套在歐蘭多的小腿上。

我們先前已經說過，歐蘭多有著傲視所有貴族子弟的筆直雙腿。

也許是她在扣上鎧甲踝骨附近的帶扣時表現出來的樣子，也許是她彎身的模樣，或者是歐蘭多長期的幽居獨處，也或許是異性之間自然而然的吸引力，也可能是勃艮地紅酒，或者是爐火，以上任何一個理由都可能是罪魁禍首，總之不是這個就是那個，一定得有個理由來充數，像歐蘭多這樣出身高貴的貴族，在家中招待一位淑女，她比他大上好幾歲，臉有一碼長，雙眼逕盯著人看，穿著打扮很可笑，天氣這麼溫暖，竟然還穿戴著連帽披風外套，奇怪的是，歐蘭多竟突然地感受到某種強烈的情緒而激動不已，以致他不得不離開房間。

讀者儘可以問，這是哪門子的激情啊？而答案就像愛情一樣虛狂難料。因為愛情——不過我們暫且先不談這個主題，當時的事情真相是這樣的：

當哈莉雅特．葛蕊瑟妲公主彎身替他扣上帶扣時，突如其來莫名所以地，歐蘭多聽到了遠處傳來愛情羽翼拍動的聲音。那輕柔羽翼的鼓動勾起他萬般回憶，洶湧的湍流，雪地的繾綣，滔滔洪水

哈莉雅特女大公

的背叛不忠。那振翅鼓翼的聲音愈來愈近，他漲紅了臉，全身顫抖；他怦然心動，他本來以為自己再也不會動心了；他準備好舉起手來，讓美麗之鳥停在他的肩頭上，可是——恐怖啊！——像烏鴉在樹梢間發出的嘎嘎叫聲開始迴蕩；粗糙烏黑的翅膀使空氣變得陰暗；低沉沙啞的叫聲響著；零星的稻草、樹枝、羽毛掉落下來；而重重掉落在他肩頭上的竟是最沉重、最醜陋的鳥；就是禿鷹來著。於是他衝出房間，派他的男僕把哈莉雅特公主送上馬車。

因為愛情，現在我們可以回到這個主題了，有著雙重面孔；一白一黑；有著兩個身軀；一個光滑，一個多毛。它有兩隻手，兩隻腳；兩條尾巴，兩個，反正它所有部位都有兩個，而且一定是相反對比的。但是它們又緊緊相連，怎麼樣都分不開。以現在這個例子來看，歐蘭多的愛情向他飛來的時候，起先是以白色那張臉對著他，她光滑而可愛的身軀朝著外面。她愈來愈近，飄蕩著怡人愉悅的氣息。突然之間她轉了個身（或許是看見了公主的緣故），整個完全反轉；顯露出她黑色、多毛、暴戾的那一面，這是淫邪的禿鷹，不是愛情，不是天堂之鳥，噁心骯髒、令人厭惡地停在他的肩頭上。於是他逃跑了；於是他去找男僕來。

但是這醜怪女妖並不是這麼輕易就能打發的。不但是那公主還繼續住在那間麵包店裡，而且歐蘭朵每天每夜都受到那醜陋猙獰的鬼魅糾纏。他似乎是徒然地把宅邸布置得煥然一新，添置銀製家具，在牆上掛了掛毯，但是沾滿糞泥的禽鳥卻隨時可能在他的書桌上停歇。她就在那兒，在椅子間拍著翅膀；他看見她在畫廊裡笨拙地搖擺穿梭。現在她頭重腳輕、搖搖晃晃地停在火爐圍欄上。他把她趕出去，她又飛回來，啄著玻璃窗，直到玻璃破了為止。

他這才明白這個家是不能住了，他得立刻採取行動，了結這件事情。他做了任何一個身處同樣情況的年輕人會做的決定，要求查理二世派他到君士坦丁堡出任特派大使。國王正在白廳散步，手挽著情婦妮爾．關恩，她對著他扔榛果。這真是太可惜了，這位多情的夫人感嘆著，這樣一雙俊俏的腿要離開英國。

儘管如此，命運之神是冷酷的；她也只能在歐蘭多啟航前回首向他送上一個飛吻。如此而已。

第三章

這的確是非常不幸，並且令人深感遺憾，在歐蘭多一生事業的這個階段，當他為國家的公共事務扮演如此重要角色之際，我們能夠用來佐證的材料卻是最少。我們知道他圓滿達成任務，令人讚賞——由他獲得巴斯勳章和公爵封號即可證明。我們知道他斡旋了查理二世和土耳其之間某些最棘手的談判——關於這一點，檔案館保險庫裡收藏的條約足以證徵。但是在他任職其間所爆發的革命，還有隨之而來的一場大火，卻嚴重損毀破壞了所有信史可依據的文件，因此我們在此所能描述的情況殘缺不全，殊為可惜。在那些文件上，往往是在最重要的句子中間，恰巧被烤成深褐色。正當我們以為能夠找到證據揭露一個百年來令歷史學家苦思不解的祕密時，剛好在手稿上就出現一個大得可以讓手指穿過去的洞。我們盡了最大努力，根據燒焦文件的斷簡殘篇，拼湊出貧乏簡略的概要描述；而且往往必須要揣測、推論，有時甚至要動用想像力，才得以完成。

看起來歐蘭多的日子是如此度過的。大概七點左右，他起床了，穿上一件土耳其長袍，點上方頭雪茄，然後手肘靠著女兒牆。他就這樣站著，顯然是心醉神迷地注視著眼下的城市。這個時刻，霧氣如此濃重，聖索非亞大教堂的圓頂和其他建築彷彿是飄浮在空中；霧氣逐漸散去，顯現出它們的輪廓；那些圓頂泡泡看起來像是牢牢固定住；然後看到了河流；那兒是加拉塔橋；那裡是戴著綠色頭巾、看不見眼睛或鼻子的朝聖者，正在乞求施捨；那兒是野狗在吃殘羹剩菜；那兒是圍了披巾的婦女；那裡是數不清的驢子；那兒是手持長竿的男人。很快地，這座城市就會甦醒過來，鞭子抽打、敲鑼、高聲祈禱、鞭打騾子，黃銅車輪轆轆車聲；發酵麵團所發出的酸味、薰香氣味、各種香料的味道，甚至飄到了佩拉區的高處，彷彿這就是粗野不文、各色人種的吞吐氣息。

看著此刻在陽光底下閃閃發亮的景致，他想著，沒有其他景色比這兒更加不像英國的薩里郡、肯特郡，或是倫敦市、皇家唐橋井市。在他左右兩邊分別是光禿嶙峋、地勢崎嶇的亞洲山脈高高地隆起，完全不適合居住，也許只有一兩座盜賊頭子的荒涼堡壘懸置其中；不會有牧師的住宅，也不會有地主的莊園、農舍、橡樹、榆樹、紫羅蘭、常春藤和野薔薇。沒有樹籬供蕨類植物攀爬，也沒有野地讓羊群漫遊吃草。房子就像是蛋殼一樣潔白光滑。他身為一個土生土長的英國人，竟然會由衷為這片粗獷雄偉的景觀感到歡欣鼓舞，目不轉睛看著那些隘道和遠山，計畫著獨自步行探訪那些只有山羊和牧羊人走過的路徑；竟然會對那些鮮豔、不合時令的花朵產生強烈的情感，對那些沒人照顧的邋遢野狗，關愛更甚於家中飼養的獵麋犬。他用力呼吸著街上傳來的辛辣刺鼻味，這一切令他大感驚訝。他好奇會不會在十字軍東征的年代裡，他的某個祖先曾經和切爾克斯的農婦有段情緣；他覺得很有可能，幻想著自己的膚色有點深，於是又回到屋子裡，走進浴室。

一個小時後，他合宜妥當地灑了香水、捲好頭髮、抹上香油，開始接見祕書高官。他們一個個捧著紅盒子，只有歐蘭多手上的金鑰匙才能打開。這些紅盒子裡裝的都是最重要的文件，現在只剩下殘片斷簡，這裡一個花邊裝飾，那裡一個封印，緊緊蓋在一片燒焦的絲綢上。關於這些內容，我們已無從得知，只能藉此證明歐蘭多的公務十分繁忙，忙於用蠟封印，忙於使用各式各樣的緞帶纏繫在公文上，沉浸在各種頭銜之中，專心書寫大寫的花體字。直到午飯時間到來——那是一頓大約有三十道菜的盛宴。

午飯過後，僕役宣布他的馬車和六匹拉車的馬兒已在門口等候，於是他就起身出發。土耳其禁衛軍在前面跑步開路，一面還在頭上揮著駝鳥毛做的大型扇子，前往拜訪他國大使和政府高官。訪問的儀式總是一成不變。一旦抵達前院，禁衛軍就會用駝鳥羽毛扇拍打正門，正門立刻開啟，裡面是一間富麗堂皇的大廳。廳內坐著兩個人，通常是一位男士一位女士。雙方忙不交迭地鞠躬、行屈膝禮。在第一個大廳裡，彼此只能談論天氣。說完天氣是好是壞、是晴是雨、是熱是冷，大使就進到第二個大廳，這裡同樣有兩名人士起身歡迎。這裡只能比較君士坦丁堡和倫敦，作為居住地點孰優孰劣；大使自然會說他比較喜歡君士坦丁堡，而主人自然會說，雖然他們沒有去過，但他們更偏愛倫敦。到了下一個大廳，主客雙方必須花相當長的時間討論查理二世和土耳其蘇丹的健康。再一個大廳則是討論大使及主人妻子的健康，但是就更簡要些。再接下去一間，大使稱讚主人的家具，主人則稱讚大使的穿著。再下來一間，有各種甜食點心呈上，主人謙稱招待不週，大使則對點心讚不絕口。整個儀式最終以抽水煙、喝咖啡結束；雖然抽水煙和喝咖啡的動作都一絲不苟地執行，但實際上水煙筒裡並沒有菸草，咖啡杯裡也沒有咖啡，因為如果菸草和咖啡是真的，那麼人的身體

歐蘭多任土耳其大使

早就垮掉了。因為這一趟造訪才剛結束，接著又要準備下一個訪問。一模一樣的儀式必須在別的高官顯要家中重複進行，總共有六、七次之多。所以大使終於完成任務回到家時，通常已經很晚了。儘管歐蘭多在行使這些任務時無比出色，令人欽佩，他也從不否認這些大概是外交使節最重要的職責，可是這些工作無疑地令他筋疲力盡，以至於他常常抑鬱寡歡到寧可獨自和狗兒吃晚餐。的確，狗兒或許會聽到他用母語說話。據說，有時候他會在深夜偷偷喬裝溜出門，連他的衛兵也認不出他來。然後他會和加拉塔橋上的人們鬼混；或是在市場閒逛；或是把鞋子脫在一邊，加入清真寺裡的教徒膜拜。有一次，僕役聲稱他發燒不適，趕著羊群到市集的牧羊人卻說，他們在山頂上遇見一位英國爵爺，聽到他在向他的上帝禱告。我們可以推論這正是歐蘭多本人，而他的禱告，無疑的，是他在高聲朗讀一首詩，因為我們知道他始終在他的外衣胸前放著一本塗改得很厲害的手稿；當大使獨自一人在房裡時，他的僕人在門口聽到他以一種奇怪、唱歌似的聲音吟唱著什麼。

我們只能以片段零星的資料盡力拼湊出歐蘭多在這段時間的生活樣貌及性情人格。即使到現在，關於他在君士坦丁堡的生活，仍然有各式各樣毫無根據、無法查證的謠言傳聞和軼事流傳著（我們只不過引述了其中少數幾例而已），這足以證明，既然當時正值盛年，他具有激發人們想像力、吸引人們注意力的力量，即使是能夠保持這種力量的更為持久的特質早就被遺忘了，他還能讓記憶歷久彌新，令人對他念念不忘。這是一種神祕的力量，由俊美、出身，以及某種更罕見的天賦所構成，我們不妨稱之為魅力，然後就此略過不談。莎夏曾說好比有「百萬根蠟燭」在他身體裡燃燒著，他自己根本連一根蠟燭也不須費力去點燃。他像牡鹿一樣矯健，從來不需要想到自己的腿。他用普通的聲音說話，回聲響亮地像是敲響了一面銀鑼。因此，種種謠言就圍繞著他傳開來。他成了許多女人和一些男人愛慕的對象。他們不必和他說話，甚至也不必見過他；只要是景色浪漫，或是太陽西下的時刻，他們就會自己幻想出一個穿著銀色長襪的高貴紳士模樣。不論是窮人、沒有受過教育的人，還是富人、牧羊人、吉普賽人、趕驢人，同樣都感受到他的力量。他們到現在還唱著英國爵爺「把翡翠丟到井裡」的歌。這首歌顯然是在說歐蘭多，因為他好像曾經因為暴怒或喝醉，把身上的珠寶取下丟進噴水池裡；後來由隨侍小童從池裡撈起來。但眾所皆知，這種浪漫的力量往往是因為極度壓抑的天性所造成。歐蘭多似乎沒有什麼朋友。就人們所知，他也沒有什麼情感的羈絆。有某位淑女大老遠從英國來看他，就為了接近他，而且對他百般糾纏，但是他繼續努力不懈執行公務，結果他在土耳其擔任大使還不到兩年半，國王查理二世就表示要把他升到同輩中的最高動位。好事嫉妒者說這是拜妮爾．關恩對俊腿的記憶所賜。不過，她其實和他只有一面之緣，而且那時她正忙著對皇家主子丟榛果殼呢，所以為他贏得公爵爵位的，應該還是他非凡的功績，而不是他好看的小腿。

說到這裡我們一定得停下來，因為我們現在來到了他事業飛黃騰達的一刻。因為授予公爵封號可是件非常有名的，而且實際上，也是大家議論紛紛的盛事，我們現在當然得加以描述，盡可能從火燒過的文件和支離破碎的文牘拼湊揣摩當時的情境。那時重要的齋戒月即將結束，授予巴斯大動章和公爵爵位的聖旨，由亞得里安．史考洛普爵士指揮的護衛艦送達；歐蘭多為此舉辦了君士坦丁堡前所未有的豪華盛大慶祝活動。那天晚上夜色美好，賓客雲集，大使館的窗戶燈火通明。然而盛宴的細節再度付之闕如，因此那場大火肆虐，所有相關紀錄均遭火噬，僅留下令人心馳神往的斷簡殘篇，而最重要的部分卻撲朔迷離。不過，從約翰．芬納．布里格的日記，他是位海軍軍官，也是當天的賓客之一，我們得知各國賓客在大使館的庭院「擠得像是木桶裡的鯡魚一樣」。因為實在是太擁擠了，布里格很快就爬到一棵紫荊樹上，這樣才能好好地觀賞宴會的活動。那時當地人謠傳著（這又更加證明了歐蘭多有激發想像力的神祕力量）宴會上會展現某種奇蹟。「因此，」布里格寫道（但是他的手稿上滿布著燒焦的痕跡和破洞，有些句子根本難以辨認），「當焰火開始沖向天空，我們全都惴惴不安，唯恐當地賓客覺得受到冒犯……對所有人造成不快之後果……賓客中亦有英國淑女，我將手伸向隨身配備的短劍。幸好，」他繼續用他那有點兒拐彎抹角的方式寫著，「這些恐懼，至少在一時之間，只是無的放矢，觀察當地人的神態舉止……我得出了一個結論，我們在展現施放煙火這項技藝的技術是很有意義的，即使只是令他們獲致深刻的印象……英國人的優越，……的確，這景象真是言語無法形容的壯麗燦爛。我發現自己一會兒感謝上帝，他竟然允許……一會兒又忙不迭地祈求我那可憐的親愛的母親……遵照大使的命令，那些屬於東方建築風格，如此富麗堂皇的落地長窗……雖然在很多方面孤陋寡聞……全都敞開，在大廳裡，我們可以見到雕塑劇或是戲劇展演，英國淑女紳士……表現一齣假面劇……的作品……聽不見他們在說些什麼，可是看見這麼多男男女女同胞，打扮得如此優雅醒目，……令我情緒激動，我對此毫不覺得羞愧，雖然無法……我目不轉睛地注視著某位淑女的驚人行徑——那樣的行為自然會讓所有人的目光都盯在她身上，而且使她的性別和國家同樣蒙羞，當……」不幸的是，此時紫荊樹的一根樹枝斷了，布里格上尉掉到地上，於是接下來日記的內容便是他對上帝的感激之情（在這部日記裡上帝扮演了非常重要的角色），以及他的傷勢的具體細節。

幸虧潘妮洛普．哈托普小姐，即哈托普將軍的女兒，在大廳裡看到了當時的場面，在一封信裡描述了整個情況，這封信也受到嚴重汙損，最終還是送達了她住在唐橋井市的一位女性友人手上。潘妮洛普小姐在信裡所表現的興奮熱情比起那位英勇軍官來也毫不遜色。「真是美不勝收，」她在一頁信紙裡就如此驚呼了十次，「太神奇了……完全無法形容……黃金盤子……枝狀大燭台……穿著絨布馬褲的黑人……冰塊雕成的金字塔……尼格斯酒噴泉……果凍做成的國王船艦……天鵝肉擺盤像是睡蓮……金色籠子裡的鳥兒……紳士們穿著有繡線開叉裝飾的深紅色天鵝絨上衣……淑女們的頭飾**至少**有六英呎高……音樂盒……佩里格林先生說我看起來**相當**漂亮，這我只有跟妳說，我最親愛的，因為我知道……喔！我多麼想念你們大家啊！……遠遠超過我們在潘托斯所見的一切……如海洋般飲用不盡……有些紳士喝醉了……佩蒂女士美極了……可憐的伯恩夫人犯了個不幸的錯誤，沒看有沒有椅子就往後坐……所有男士都非常翩翩有禮……我要許上一千次心願祝妳和最親愛的貝西……可是所有人的焦點，吸引所有人目光的……這是所有人都公認，沒有一個人會壞心地否認，那就是大使本人。多好看的腿啊！多高貴的面容！！多麼優雅的舉止！！！看見他走進大廳！看見他又走出去！他的神情有種**令人好奇**的特質，不知道為什麼，但是你就是會覺得他**受了苦**！有人說是一個女人害的。那沒良心的魔鬼！！！我們這**以溫柔著稱的性別**竟有人敢如此放肆妄為！！！他未婚，這裡有一半的女士都瘋狂地想要得到他的愛情……成千成千的吻送給湯姆、蓋瑞、彼得，還有最最親愛的喵喵。」（應該是她的貓）。

從當時的《公報》所載，我們知道「時鐘敲了十二響，大使出現在房子中間的大陽台上，陽台上懸掛著珍貴的掛毯。六個身高六英呎以上的土耳其皇家衛隊衛兵，手上拿著火把站在他的左右兩側。他一出現，煙火便射向天際，人群高聲歡呼，大使深深一鞠躬，對著與會賓客致意，並用土耳其語表示感謝，他的土耳其語說得相當流利，這也是他諸多才藝的其中一項。接著，亞得里安・史考洛普爵士，穿著海軍上將大禮服，走上前來；大使單膝跪下，海軍上將把至高榮譽的巴斯大勳章領環掛在他的頸子上，然後再把勳章別在他的胸前。接下來，另外一名外交使團的官員以莊嚴的步伐走上前來，把公爵禮袍披掛在他的肩上，並以鮮紅色的軟墊呈上公爵的冠冕。」

最後，他以最雍容大雅的風範，先深深地一鞠躬，然後充滿自信地挺直身軀，拿起那個草莓葉形的黃金冠冕，以一種凡是親眼見到就不可能忘記的舉止，將它戴在頭上。就在這個時候，出現了第一次騷動事件。也許是人們一心期待著有奇蹟發現——有人說會有黃金雨從天而降——但這並沒有發生，或是有人策劃攻擊所選定的一個暗號；沒有人知道究竟是怎麼一回事；但就在冠冕戴在歐蘭多頭上的時候，人群突然鼓噪起來。鐘聲開始響起；預言家刺耳的高呼淹沒了群眾的吶喊；許多土耳其人向前撲倒，前額碰觸大地。有一扇大門倏地敞開。當地人紛紛湧進宴會大廳。婦女大聲尖叫。有一位女士，據說為了得到歐蘭多的愛而發狂，抓起了枝狀大燭台用力丟在地上。要不是因為亞得里安・史考洛普爵士和一班英國海軍在場，當時會發生什麼事，就沒有人敢說了。海軍上將下令吹起軍號，一百名海軍立即嚴陣以待，平息了這場騷動。現場暫時恢復了平靜。

到目前為止，我們的描述所根據的史料雖然相當有限，但至少還頗為可靠。但是那天晚上之後到底發生了什麼事，沒有人知道。根據哨兵和其他人的證詞似乎都證明了，那時大使館已經沒有任何訪客，到了凌晨兩點就像平常一樣關上大門。有人看見大使走進他自己的房間裡，身上仍然戴著代表勳位的徽章，隨手關上了房門。有人說他把房門鎖上，但這並不符合他平常的習慣。有人說他們聽到某種鄉土音樂，類似像牧羊人所吹奏的風格，大概是那天晚上更晚的深夜裡在大使房門窗外的庭院響起的。有個洗衣婦，因為牙痛睡不著，看見有個男人的身影，身上裹著斗篷或浴袍，從房間裡出來，走到陽台上。然後，有個女人，全身包得緊緊的，但顯然是農家出身，男人放下繩子把女人拉到陽台上。在那兒，洗衣婦說，他們熱情地擁抱，「就像是情人一樣」，然後一起走進房間，拉上了窗簾，所以後來什麼都看不見了。

第二天早晨，祕書發現公爵，我們現在得這麼稱呼他，躺在凌亂的床罩上睡得不省人事。整個房間有些亂，冠冕滾落在地上，他的斗篷和吊襪帶隨便地堆在椅子上。桌子散落著文件。一開始並沒有人察覺有異，因為歐蘭多前一天晚上實在是太累了。可是到了下午，他依然熟睡不醒。他們便請了醫生來。醫生用了先前的療法，膏藥、蕁麻、催吐劑等等，但是沒什麼用。歐蘭多還是繼續沉睡。祕書於是想到，基於職責，他們該看看桌上的文件。許多是潦草的詩稿，詩裡經常提到的是一棵橡樹。還有各式各樣的公文，以及私人文件涉及的是他在英國產業的管理。不過最後他們找到一份非常重要的文獻。那實際上是一紙結婚證書，由嘉德勳章爵士等等諸多封號的歐蘭多大人閣下，以及舞者羅西娜・佩琵塔兩人擬訂、簽名並獲得見證，佩琵塔父不詳，但據說是個吉普賽人，母亦不詳，但據稱是在加拉塔橋另一頭的市集裡賣舊鐵器。祕書看了證書內容之後，彼此相顧失色。然而歐蘭多依舊沉睡不醒，無論白天還是夜晚，都有人守著他，除了他的呼吸均勻，臉色依然像往常一樣紅潤之外，完全看不出有什麼活著的跡象。他們試盡所有科學及各種創新花招想要叫醒他，但是他照樣酣睡。

在他昏迷不醒的第七天（那是五月十日星期四），那場可怕血腥的叛亂發射了第一槍，布里格少尉首先發現了亂事徵兆。土耳其人群起反抗蘇丹，在城裡到處縱火，只要發現外國人便賞以劍刺或一陣亂棒。有幾個英國人僥倖逃脫，但是我們可以料想得到，在英國大使館裡的紳士們寧可誓死保衛那些紅色盒子，或者更極端的，寧可把整串鑰匙吞進肚子裡，也不願意讓這些異教徒得逞。暴民衝進了歐蘭多的房間，看見他直挺挺地躺在床上，就像是個死人似的，就丟下他不管，只搶走了他的冠冕和綴有勳章的禮袍。

現在含糊曖昧再次籠罩，但願它還能再更加深沉些！我們幾乎在心裡要呼喊著，這是如此晦暗難辨，在這麼模糊的情況下我們簡直什麼都看不到！但願我們可以就此拿起筆來寫著「終」，作品就結束了。但願我們可以免去讀者閱讀接下來發生之事的麻煩，用短短幾個字直接說歐蘭多死了、下葬了。不過，現在，哎，真相、坦白、誠實，在傳記作者的墨水瓶旁邊監看守護、一絲不苟的眾神，卻高喊著「不行」！他們把銀號角放在脣邊高聲吹響，下令「真相」！他們再一次大喊著「真相」！第三次他們齊聲高呼「真相！只有真相」！

就在這個時候——感謝上帝！因為這樣我們才有個喘息的機會——門輕輕地開了，彷彿是一陣最輕柔最神聖的微風把門推開，三個身影飄進來。第一個是我們的「純潔女神」，她的額頭覆蓋著最潔白的羊毛片；她的頭髮如白雪般傾瀉而下；她的手裡拿著取自純潔幼鵝的一根白色鵝毛。跟在她後面，但步伐卻更為莊嚴的是我們的「貞節女神」；她的頭上戴著一頂冰柱王冠，就像是一座熊熊燃燒卻生生不息的火焰塔樓；她的雙眼像是純真的星辰，她的手指呢，如果她碰觸到你，會讓你寒凍澈骨。緊跟在她身後的，的確是籠罩在她兩位更有氣勢的姊姊陰影下，走進來的是我們的「謙抑女神」，她是三姊妹裡最柔弱、最漂亮的；她的臉孔瘦削有如鐮刀般的新月半掩在雲朵之間，不輕易示人。她們緩緩走向房間中央，歐蘭多仍然躺著熟睡不醒；我們的**純潔女神**擺出既動人又威嚴的手勢，首先說道：

「我乃酣睡小鹿守護者；白雪於我最為親愛；月亮升起；銀色大海。我以長袍覆蓋斑點母雞蛋和斑紋海貝；我掩蓋邪惡和貧窮。在所有脆弱黑暗可疑的事物上，我的面紗落下。職是之故，一言不發，一語不揭。罷了，喔，罷了！」

此時號角響起。

「純潔退下！純潔滾開！」

接著**貞節女神**說話了：

「我手所觸皆凍結，我眼所見皆成石。令跳舞星辰靜止，令落下浪潮停頓。阿爾卑斯最高峰乃我所居；行走間雷電在我髮間閃耀；我眼神落處即能殺戮，我不會讓歐蘭多醒來，我要讓他寒凍澈骨。罷了，喔，罷了！」

此時號角響起。

「貞節退下！貞節滾開！」

接著**謙抑女神**說話了，她的聲音小得幾乎聽不見：

「我乃人稱謙抑者，保持童貞身，永遠不改變。豐衍大地富饒果園於我無涉。增產豐收我所嫌惡；蘋果樹結果或動物繁衍，我就跑開，我就跑開；我讓披風落下。我讓頭髮遮蓋雙眼。我什麼都看不見。罷了，喔，罷了！」

再一次號角響起。

「謙抑退下！謙抑滾開！」

這時三姊妹以憂傷哀悼的姿態手握著手，緩緩地跳著舞，甩動她們的面紗，邊走邊唱著：

「真相，別從你那恐怖的洞穴出來。躲得更深點，可怕的真相。因為你在不留情的陽光凝視下，炫耀著那些最好不為人知、最好從未做過的事情；你揭示了可恥之事；你暴露了陰暗之物。躲起來！躲起來！躲起來！」

這時她們似乎想要用自己的衫裙把歐蘭多蓋起來。同時，號角聲仍然不絕於耳。

「真相，只要真相！」

就在此刻三姊妹想要用她們的面紗把號角蒙住，不讓號角發出聲音來，但是卻白費力氣，因為這時所有的號角一起響起來。

「可怕的三姊妹，走開！」

姊妹們被搞得心慌意亂，齊聲哀號，仍舊繞著圈子，上上下下揮舞著她們的面紗。

「以前可不是這樣的！可是現在男人不要我們，女人討厭我們。我們走，我們走。我（**純潔女神說話了**）去雞棚吧。我（**貞節女神說話了**）去還未受玷汙的蘇里郡高地吧。我（**謙抑女神說話了**）去隨便什麼舒服的角落吧，只要有著許多常春藤和窗簾。」

「因為在那裡，可不是這裡（她們手牽著手齊口同聲說著，一邊還對著歐蘭多睡覺的床鋪擺出告別和絕望的姿態），還有人愛著我們，仍然住在他們的巢穴閨房、辦公間和法院裡；那些人尊敬我們，處女和城裡的男人，律師和醫生；那些人懂得禁止；那些人懂得拒絕；那些恭敬謙卑卻不明所以的人；那些讚頌謳歌卻無法理解的人；仍然為數相當眾多（感謝上帝）的體面家族；他們寧願什麼都看不到；他們希望什麼都不知道；喜愛黑暗；那些人仍然崇拜我們，而且是有理由的；因為我們賜給他們財富、繁榮、舒適、安逸。我們要去到他們那兒，我們要離開你。來吧，姊妹們，來吧！這裡沒有我們容身之處。」

她們匆匆忙忙離開，在頭上揮舞著她們的罩衫披巾，彷彿是要遮住什麼她們不敢看的東西，然後關上了身後的門。

於是，房裡就只剩下我們和酣睡的歐蘭多，還有那些吹號角的人。那些吹號者一個個井然有序地排好隊，齊聲吹出一聲可怕的巨響——

「真相！」

結果歐蘭多就醒了。

他伸了伸懶腰，站起身來。他現在全身赤裸裸、直挺挺地站在我們面前，吹號者奮力吹著「真相！真相！真相！」，我們別無選擇，只好承認：他是個女人。

⸙ ⸙ ⸙

號角聲漸漸消逝，歐蘭多一絲不掛地站著。自從天地初始，從來沒有人看起來如此迷人。他的外型結合了男人的力量和女人的優雅。他站在那兒，銀色號角拉長了音符，彷彿是捨不得離開號角聲所召喚出來的美麗景象——而貞節、純潔和謙抑，毫無疑問地，也受到好奇心驅使，在門外張望著，朝著這個赤裸身形丟了一件像毛巾的衣服，不幸的是它掉落在離他幾英吋的地上。歐蘭多在一面長鏡前從頭到腳端詳著自己，絲毫沒有流露出任何不安，然後就走開了，應該是進浴室洗澡了。

我們不妨利用這段敘述停頓的當兒來說明一些事情。歐蘭多已經變成女人——這是不容否認的事實。可是在其他所有方方面面，歐蘭多還是完全跟以前一模一樣。性別的改變雖然改變了他們的未來，但完全沒有改變他們的身份。他們的面容還是跟以前一樣，從他們的肖像就可以得到證明。他的記憶——不過在未來我們還是得依照習慣，用「她」代替「他」——那麼從現在起就說，她的記憶可以回溯到過去的種種一切，完全沒有任何障礙。也許有些小地方會有點模糊不清，就好像一池清澈的記憶裡面掉進了幾滴墨水似的；有些事情變得不太清晰；但就只是如此而已。這樣的改變似乎輕而易舉、徹徹底底地就完成了，而且歐蘭多本人對此一點也不驚訝。許多人考量到這一點，並且主張變性是一件違背自然的事情，因此大費周章地想去證明：（一）歐蘭多一生下來就是個女人，（二）歐蘭多在此刻仍然是個男人。關於這一點，我們還是讓生理學家和心理學家去決定吧。我們只須陳述一個簡單的事實；歐蘭多直到三十歲為止是個男人，然後變成了女人，而且從此以後就是女人。

不過還是讓別的作家去討論性別和性向的問題吧；我們盡可能趕快擺脫這種討人厭的主題。歐蘭多現在洗好澡，穿上那些不論是男是女都可以穿的土耳其上衣和長褲，然後她不得不仔細想想自己的處境。任何讀者如果一路感同身受閱讀她的故事，此時第一個想法一定是替她感到極度擔憂又窘迫難堪。她年輕高貴又美麗，一覺醒來發現自己身為年輕貴族女子處在一種我們所能想像的最為微妙的處境裡。如果她搖鈴召喚僕人，或者大聲尖叫，或是就此昏倒，也不會有人苛責她。但是歐蘭多完全沒有顯露出任何驚慌失措的跡象。她的一切舉動都極端地從容沉穩，簡直讓人覺得她在事先已有籌畫。首先，她仔細檢查了桌上的文件，把其中看起來像是詩作的作品，祕密地放在胸前；接下來，她把薩路基獵犬叫過來，雖然餓得奄奄一息，但這隻狗這些日子以來從未離開她的床邊半步，她餵飽牠，梳理狗毛；然後把兩把手槍插進腰帶裡；接著再在身上繞了幾串綠寶石和最上等的東方珍珠，這些都是她大使衣裝的一部分。收拾完畢，她探身窗外，輕聲吹了個口哨，從那搖搖晃晃、沾染血跡的樓梯走下來，樓梯上現在散落著廢紙簍的垃圾、條約章程、公文、印章、封蠟等等，然後走進庭院。在那兒，一棵高大的無花果樹樹蔭下，有個騎在驢背上的吉普賽老人等著，手拉著轡繩牽著另一匹。歐蘭多跨上驢子，就這樣，一隻瘦狗跟在旁邊，騎著驢子，與一名吉普賽人相伴，派駐在土耳其蘇丹宮廷的英國大使就這樣離開了君士坦丁堡。

他們騎了幾天幾夜，經歷了各式各樣的艱難險阻，有些是人為，有些是天意，歐蘭多憑藉勇氣克服一切，化險為夷。一個星期後，他們到達布魯沙城外的高地，這正是歐蘭多先前結盟的吉普賽人的主要紮營地。從前她常常從大使館的陽台遠眺這些山巒；常常企盼自己能置身其間；發現自己真的來到一直嚮往的所在，對於一個喜歡思考的人而言，不免感慨萬千。然而，一時之間她對這項改變欣喜不已，因此不願多想而破壞這份喜悅。從此以後她不需要再簽署什麼文件，不必寫什麼花體字，不用進行什麼外交拜會，這就夠了。吉普賽人逐水草而居，一個地方的草被吃完了，他們就往別的地方去。如果真要洗澡，就在溪裡洗。沒有什麼盒子（管它是紅色、藍色，還是綠色）會呈上來；在整個營地裡找不到半把鑰匙，更別說什麼金鑰匙了；說到「拜訪」，他們根本沒聽過這個詞。她擠山羊奶；去撿柴；不時去偷雞蛋，但一定會留下一枚硬幣或珍珠；她放牛；採葡萄；踩葡萄；用羊皮袋裝羊奶，然後直接就著喝；當她偶爾想起以前每當這個時候，她應該裝模作樣地用空的咖啡杯喝咖啡，抽著沒有菸草的菸斗，她就忍不住放聲大笑，為自己再切下一塊麵包，向老洛斯敦討口菸來抽，不過她猜想菸斗裡裝的應該是牛糞吧。

這些吉普賽人，不消說她一定早在革命爆發前就和他們有祕密往來，似乎都把她看作是自己人（這永遠是一個民族對外人的最高讚美），她烏黑的頭髮和深色的皮膚也讓他們相信她本來就是吉普賽人，只是在襁褓時被英國公爵從胡桃樹下偷抱走，結果被帶到一個野蠻之地，那裡的人住在房子裡，因為他們太脆弱、太容易生病，沒法忍受露天生活。因此，雖然她在很多方面都不如他們，他們很願意幫助她、讓她變得跟他們一樣；教她如何做乳酪、編籃子；如何偷東西和設陷阱捕鳥，甚至打算讓她嫁給其中的族人。

但是歐蘭多在英格蘭感染了某些習氣或病症（不管你想從哪個角度來考量這些問題），似乎怎麼樣都無法根除掉。有天傍晚，他們全都圍坐在營火旁，夕陽在色薩利山巔之際發出燦爛的光芒，

些時光所做的一樣）；這種種思索她連一個字也無法告訴別人，使得她對筆墨有著前所未有的渴望。

「哎！要是我能寫就好了！」她大喊著（因為她有那種寫作的人會有的奇怪想法，認為文字寫出來就能與人分享）。她沒有墨水；也沒有什麼紙張。可是她用莓果和酒製成墨水；又在「橡樹，一首詩」手稿的邊緣和空白處，設法用類似速記的方法，以無韻長詩的形式來描寫風景，用精練的語言持續地和自己對話，討論這個美與真理的主題。這讓她連著幾個小時都非常非常快樂。但是吉普賽人對她開始起了疑心。首先，他們注意到她在擠羊奶和製作乳酪的技術退步了；接著，她回答問題時不像從前那麼直接了當了；有一次，一個睡著的男孩感覺到她死盯著他而突然驚醒。有時候整個部族大概幾十個成年的男男女女都感覺到這種拘束。那種感覺是（而他們的感覺非常敏銳，而且遠遠超過他們的語彙能力），無論他們做什麼，一切都會在他們手中化為灰燼。一名老婦人正在編籃子，一個男孩正在剝羊皮，本來心滿意足地一邊工作、一邊哼著歌或低聲吟唱，這時歐蘭多走進帳篷裡，趴在營火旁直盯著火焰。她甚至不需要朝他們看，可是他們感覺到了，她是個不信的人；（我們勉強從吉普賽的語言翻譯過來）；這裡有個人不是為了做事而做，不是為了看而看；這裡有個人既不相信羊皮、也不相信籃子；她看見的（這時他們兩人惶惶不安地朝著帳篷每個角落東張西望）是別的東西。這時這個男孩和這個老婦人心裡就會有一種模糊但非常不舒服的情緒。他們會折斷手上的柳條；他們會割傷自己的手指。他們一肚子氣。他們但願歐蘭多離開帳篷，永遠不要再靠近他們。不過，她的個性和善開朗，他們也是知道的；而且光是她的一顆珍珠就足夠買下布魯沙最肥美的羊群。

慢慢地，她開始覺得自己和吉普賽人不同，這讓她對於究竟要不要結婚、永遠安頓下來，有時會感到遲疑。本來她試著找理由，或許是因為自己來自有悠久文化的種族，而這些吉普賽人很無知，和野蠻人差不多。有一天晚上他們問她關於英格蘭的事，她忍不住驕傲地描述她出生的宅邸，總共有三百六十五個房間，而且四、五百年來都是由她的家族擁有的。她還說，她的先人不是伯爵、就是公爵。這時她注意到吉普賽人不太自在；但是不像她先前讚美大自然那樣生氣。他們表現得生疏客氣，就好像出身高貴的人發現陌生人揭露了自己低賤或貧困的出身一樣，顯露出關切的神色。洛斯敦單獨跟著她走出帳篷外，對她說不用在意自己的父親是公爵、或是擁有那些她所描述的房間和家具。他們不會因此看不起她。這時她心裡感到一陣前所未有的羞愧，洛斯敦和其他吉普賽人顯然覺得只有四、五百年歷史的傳承實在是太可悲了，他們的家族起碼都有兩、三千年的歷史。對這些吉普賽人來說，他們的祖先在耶穌誕生前幾百年就已經建了金字塔，英格蘭顯赫的霍華德家族和金雀花王朝家族，和一般的瓊斯、史密斯姓氏沒什麼兩樣，根本不值得一提。何況，一個牧羊男孩有那麼古老的家族，並沒有特別好紀念或羨慕的；流浪漢或乞丐也都有。而且，儘管他太客氣而沒有明講，但很顯然吉普賽人認為，當你擁有整個大地時（他們說話時正站在山頂上；此刻已經入夜；群山聳立環繞著他們），夸言擁有數百間房間真是最鄙俗的事了。歐蘭多了解到，從吉普賽人的觀點來看，公爵不過是從不看重財富的人手中掠奪土地錢財的奸商和搶匪，明明一個房間就已夠住，而且沒有房間又更勝過一個房間，但是他們不知道如何處理財富，於是就建了三百六十五間臥房。她無法否認她的祖先累積了一片又一片的土地；一棟又一棟的房舍；一個又一個的爵位；但是他們沒有一個是聖人或英雄，或是對人類有卓越的貢獻。她也無法反駁（洛斯敦非常有紳士風度，並沒有咄咄逼人，但是她心裡明白），如果現在有人做出三、四百年前她祖先所做的事，那麼肯定會受到譴責——而且她的家族會罵得最大聲——認為這是卑鄙的暴發戶、投機份子、土豪新貴的行徑。

她試著用一般習慣的、拐彎抹角的方式來回應這些歧見，批評吉普賽人的生活粗魯野蠻；所以，在很短的時間裡，他們彼此就開始互相嫌惡。的確，這種意見不和就足以引發流血和革命。為了比這個更小的原因，城鎮慘遭蹂躪，上百萬名殉道者因為不肯在我們這裡所爭執的意見上有半點讓步，而被送上火刑柱上燒死。在人的心中，最為強烈的情感莫過於要別人相信自己所相信的。最能破壞幸福根源、讓人氣憤填膺的，莫過於自己所珍視的一切卻被別人視為敝屣。輝格黨和保守黨、自由黨和工黨——除了他們的聲譽以外，有什麼好爭的呢？並不是出於愛好真理，而是渴望勝利，所以讓一區的人對抗另一區的人，一個教區搞垮另一個教區。他們真正追求的並不是真理的勝利、美德的提昇，而是自我的滿足和對方的臣服——但是這些說教的事還是交給歷史學家吧，這是他們份內的事，反正他們一樣乏善可陳。

歐蘭多感嘆著：「四百七十六間房間對他們沒什麼意義！」

吉普賽人說：「她喜歡日落勝過羊群。」

該如何是好呢，歐蘭多也不知道。離開吉普賽人，回去當大使，她是無法忍受的了。但是永遠待在一個沒有墨水、沒有紙的地方，既不尊重貴族姓氏、也不在乎眾多房間排場，同樣也是不可能的。所以，一個晴朗的早晨，在阿索斯山的山坡上，她一邊顧著羊群一邊想著。就在此時，她所信任的自然，或許是跟她開了個玩笑，或是展現了奇蹟——此處又是眾說紛紜無法判定孰是孰非的事例。正當歐蘭多鬱鬱寡歡地注視著眼前陡峭的山坡，現在是仲夏時分，如果我們一定要把這裡的風景和什麼東西做比較的話，也只能說就好比枯骨、羊的骨骸、被上千隻禿鷹啄得灰白的巨大骷髏頭。天氣非常熱，歐蘭多躺在一棵小無花果樹下，樹蔭僅能在她輕薄的連頭巾外衣上投下枝葉的影子而已。

儘管四下無物可投射影子，突然間，卻有一個影子出現在對面光禿禿的山坡上。顏色瞬間變深，原本只是寸草不生的岩石，現在出現了一個綠色的凹陷。她看著看著，只見那凹陷處愈來愈深、愈來愈寬，接著就在山側上顯現出一個大庭園的空間。在那庭園裡，她可以看見蜿蜒起伏、碧綠如茵的草地；她可以看見橡樹點綴其間；她可以看見畫眉鳥在枝頭跳躍。她可以看見鹿優雅地在樹底下跨步，甚至聽見英格蘭夏日的蟲鳴和輕柔的嘆息與顫抖。就在她看得出神之際，雪花開始落下；不一會兒眼前的景致就從原本黃燦燦的光線，轉而被紫色的光影所覆蓋彰顯。現在她看見笨重的推車滿載著樹幹沿路而來，她知道這些樹幹要被運去鋸成木柴。接著出現她家宅邸的屋頂、鐘樓、高塔和庭院。雪不停地落下，她現在可以聽到積雪從屋頂滑落到地面所發出的窸窸窣窣、劈劈啪啪的聲音。縷縷炊煙從千百根煙囪升起。這一切是如此清晰、如此細微，她甚至可以看見一隻寒鴉在雪地裡啄蟲子。接著，那紫色的陰影愈來愈深，掩沒了推車草地和大宅邸。眼前一切全都被吞沒了。現在那片碧綠凹陷已化為烏有，草地消失無影，只剩下炙熱豔陽下被上千隻禿鷹啄得光禿禿的山坡地。這時，她不禁熱淚盈眶，然後大步走回吉普賽人的帳篷，告訴他們，她明天就一定要啟航返回英格蘭。

幸好她這麼做了。那些年輕人已經密謀要置她於死地。他們說，這是出於榮耀，因為她和他們的想法不一樣。然而真要割斷她的喉嚨也讓他們不好受，因此她要離開的消息也讓他們高興。碰巧當時有一艘英國商船在港口裡張帆待發，正要回到英格蘭，歐蘭多從項鍊上再取下一顆珍珠，不但付了船費，還有一些鈔票收在錢包裡。她本來想把這當作禮物送給吉普賽人，但是她知道他們鄙視財富；因此她僅以擁抱來表達心意，在她而言，倒是全然的真心誠意。

第四章

歐蘭多賣了項鍊的第十顆珍珠後還剩下幾個金幣，她為自己買了當時女性所穿的整套行頭，所以她現在坐在「迷人淑女號」甲板上，穿著打扮合乎英國上層社會的年輕女性。直到目前為止，她幾乎沒有想過自己的性別，這件事實說來相當奇怪，但實情的確如此。或許是因為她原本穿的土耳其長褲讓她根本沒想過這件事；吉普賽女人除了一兩種特殊情況外，和男人幾乎沒什麼兩樣。無論如何，她是因為腿碰到裙子裡的裙環，船長又特別殷勤有禮，提議為她在甲板上撐起涼篷遮陽，她這才吃驚地意識到身為女人的限制及特權。不過這樣的一驚並不是她所能料想得到的。

也就是說，她之所以吃驚，並不僅僅或完全是因為想到貞潔和如何保有貞潔的問題所引發的。在正常情況下，一位貌美年輕的女性若是獨自一人恐怕只能想到這種事情；貞潔是治理女性這整個體制的基石；貞潔是她們的珠寶，她們最重要的東西，必須不惜犧牲一切加以保護，若是不幸遭人蹂躪只能以死明志。但是如果一個人過去三十年是個男人，而且還是個大使，如果一個人曾經擁著女王入懷（如果傳言為真），曾和一兩位地位沒有那麼高的淑女同床共枕，如果一個人曾和羅西娜·佩琵塔那樣的舞者結過婚等等，或許就不會對這種事那麼吃驚。歐蘭多吃驚的理由頗為複雜，一時之間很難用三言兩語說清楚。事實上，從來也沒有人說她反應特別快，可以在瞬間看清問題本末。她足足花了整個旅程的時間，才終於弄明白究竟為什麼她會那麼吃驚。所以，我們也就跟著她的步調，將緣由娓娓道來。

「老天啊，」她從驚嚇中回過神來，好不容易在涼篷底下躺下，她想著，「這的確是愉快偷懶的生活方式。可是，」一面伸了伸兩條腿，「裙子老是在腳跟磨蹭著，真是惱人，不過這東西（她說的是身上穿的印花綾紋綢緞）可真是世界上最漂亮的了。我從來不覺得我的膚色（說到這兒，她把手放在膝蓋上）可以像現在襯托得這麼好看。可是，我可以穿著這身衣服從船上跳下去游泳嗎？不行！所以我得依賴那些穿著藍制服的水手保護。我反對這一點嗎？我不贊同嗎？」她心裡嘀咕著，現在她遇到了這個平順論證的第一個糾結。

她還沒來得及解開這個糾結，吃飯時間就到了。替她把結解開的正是船長本人——尼古拉斯．本尼迪克特．巴托洛斯船長，他的相貌堂堂，親自為她切了一份鹹牛肉。

「小姐，您要不要來點肥的？」他問道，「讓我為您切小小一片，就像您指甲那麼小的一片試試。」聽到這句話，她全身感受到一陣美妙的顫慄。鳥兒歡唱，溪水奔流。這令她回想第一次見到莎夏公主那種無以言喻的喜悅，那已是幾百年前了。當時她追逐，現在她閃躲。哪一種感覺更令她心醉神迷呢？是男人的感覺，還是女人的感覺？還是這兩種感覺其實都一樣？不，她想著——一面向船長道謝，一面婉拒他的好意——這才是最美妙的；拒絕他，然後看著他皺眉。嗯，好吧，如果他願意的話，就來一點點、最小最薄的一點點吧。這真是再美妙不過的事了，欲拒還迎之後，看見他微笑了。「因為，沒有一件事情，」她邊想著，邊回到甲板上的躺椅，繼續著她的論證。「比起先拒絕再讓步更令人覺得美妙無比的了；讓步、拒絕。這讓人感受到一種其他事情無法帶來的陶醉狂喜。所以我還真沒法判斷，」她繼續想著，「我會不會縱身跳下海裡——只是為了享受讓水手把我從海裡救上來的快感呢。」

（我們別忘了她就像是個小孩似的，來到遊樂園或是見到整櫃的玩具；因此她這番論證並不能套用在成熟女性身上，因為成熟女性一輩子都是這樣的，早就習慣了。）

「可是從前在『瑪麗·羅斯號』駕駛艙的那些年輕人，對一個存心要水手救她而跳下水的女人是怎麼說的呢？」她說，「我們那時對她們有個特別的說法。啊！我想起來了……」（可是我們對此一定得略而不提；因為這對女性實在是太不尊重了。而且從一位淑女口中說出來也太不得體了。）「天啊！天啊！」她得到了這個結論後，忍不住心裡又大喊，「那我就得開始尊重另一個性別的人的意見了，不管我覺得那意見有多荒唐？只要我穿著裙子，只要我不會游泳，只要我得讓水手把我救起來，喔！老天啊！」她心裡喊著，「我非跳不可！」想到這裡，她感到一陣鬱悶。她的天性直率，討厭任何形式的模稜兩可，說謊更令她覺得厭煩。她覺得那是拐彎抹角的把戲。可是，她想著，那印花綾紋綢緞——讓一個水手把她救起來的快感——如果這些必須由拐彎抹角的方式才能獲得，她想，那麼我就不得不拐彎抹角地做。她記得，當她還是個年輕男子時，她總是堅持女人一定得順從、貞潔、散發香氣、精心打扮。「現在我自己得為那些欲望付出代價了，」她想著，

「因為女性不是（從我自己這麼短時間成為女人的經驗來看）天生就會順從、貞潔、散發香氣、精心打扮。她們必須經歷過最繁瑣的訓練，才能顯得優雅高貴，如果不是這樣，她們也無從享受人生中的喜悅了。比方說做頭髮吧，」她想，「光是這件事就花掉我早晨一整個鐘頭的時間；然後還要攬鏡自照，這又花掉一個鐘頭；接下來是穿上胸衣、繫上蕾絲；然後是梳洗化妝；然後是脫下絲綢換上蕾絲針織，從蕾絲換上印花綾紋綢緞；而且一年到頭都得保持貞潔……」這時她不耐煩地踢了一下，結果露出一兩吋小腿。在船桅上的一個水手，剛好在這個時候往下一瞧，嚇了一大跳，結果一腳踩了個空，差點兒就掉下來丟了小命。「如果一個誠實的小伙子只是因為看見我的腳踝就可能一命嗚呼，而且他一定有妻小要照顧，那我一定要慈悲為懷，好好地把我的腳踝遮起來。」歐蘭多想著。可是腿是她最迷人的部位了。而且只是擔心一個水手瞥見就會從桅杆上掉下來，所以一個女人的美貌就得遮掩住，這種做法也未免太奇怪了。「去他的！」她說道，她首次體認到，在不同的情況下，她應該從小就得學會這一切，也就是說，身為女人的神聖責任。

「剛才那句罵人的話應該是我最後一次爆粗口了，」她想著，「一旦踏上英國國土，我就再也不能砸人腦袋，不能罵他說謊，不能拔劍捅他，或是和哥兒們同坐，或是頭頂冠冕，或是列隊遊行，或是判人死刑，或是指揮軍隊，不能鞭策戰馬在白廳前面騰跳前進，或是在胸前懸掛著七十二枚不同的勳章。我所能做的，一旦踏上英國領土，就是倒茶，問那些爵爺他們喜歡怎麼喝，要加糖嗎？要加奶嗎？」她扭扭捏捏地說出這些話來，這才驚覺到自己現在竟然對另一個性別、對男子氣

回英國時的歐蘭多

概，評價如此低下，她從前還以身為男性自豪呢。「從船桅上摔下來，」她想著，「只是因為看了一眼女人的腳踝；為了贏得女人的讚美，就打扮得像是蓋伊．福克斯一樣；否定女人的建議，只怕她會嘲笑你；成了穿著襯裙、最脆弱的年輕女孩的奴隸，還洋洋得意、大搖大擺，自以為是創造萬物的造物主。──天啊！」她想著，「她們把我們變成什麼傻瓜了──我們真是大笨蛋！」她這些話聽起來可能有點含糊矛盾，對男女兩性各打五十大板，好像她不屬於任何一方，不過，也的確如此，就目前來說，她似乎是在兩邊擺盪；她既是男的，又是女的；她知道男人和女人彼此的祕密；也兼具了兩者的弱點。這真是令人最困惑混亂的心理狀態了。無知所帶給人的安適自得是她完全無法享受的。她成了狂風下的一根羽毛。難怪她會拿一個性別和另一個性別較量，分別看出兩個性別各自最可悲的缺點，不知自己到底屬於那一邊──難怪當船錨被拋入海中，激起一陣大水花時，她幾乎要大喊她想回到土耳其，重新再回去當吉普賽人。這時船帆落在甲板上，她這才察覺（她一直沉浸在自己的思緒裡，連著好幾天什麼都沒看見）船已經抵達義大利的外海。船長立刻走上前來，邀請她一起乘敞篷艇上岸遊覽。

第二天早上她回到船上，在涼篷下躺下來，以最端莊合宜的方式整理衣飾，確保遮住她的腳踝。

「和另一個性別比起來，我們無知又貧窮，」她想著，繼續著前一天想到一半的事情，「男人用各式各樣的武器來武裝自己，卻連字母都不讓我們學習，」（從開場白這番言語看來，顯然昨天夜裡發生了什麼事，把她朝女性那邊推了一把，因為她現在說話比較像個女人，而不像個男人了，而且還挺滿足的。）「不過——他們從桅杆上摔下來。」這時她打了個呵欠，然後就睡著了。她醒來之後，發現船隻順著微風前行，離海岸非常近，山崖邊的城鎮看起來像是因為一些大石頭或古老的橄欖樹盤根錯節的樹根阻擋，才不至於滑入海裡。桔橙的香味從上百萬棵果實纍纍的樹上飄到甲板，來到她的跟前。二十來隻藍色的海豚旋轉著尾巴，不時從海裡往空中跳起。她伸直了雙臂（她已經知道，手臂不像腿有致命的效果），感謝上天她並沒有騎著戰馬在白廳前威武前行，也不是在判處什麼人死刑。「這樣最好，」她想著，「以貧窮和無知為掩護，這是女性的黑暗衣著；世界上的規則和紀律最好都交給別人煩心；軍事野心、權力的渴求，以及其他所有男子氣概的欲望最好都放棄，這樣一來，一個人或許更能充分享受人類精神所能體會的更美妙的喜悅，那就是，」她大聲地說，這是她一深受感動，就會有的習慣，「沉思、獨處和愛。」

「感謝上帝！我是女人！」她大叫著，而且差點兒鑄成大錯——沒有一件事比這樣的大錯更悲慘了，不管是男是女都一樣——那就是以自己的性別為傲，但就在這個時候，她因為某個特別的字眼停下來，雖然我們盡一切力量讓它回到自己的位置，但它總會悄悄地溜到最後一句話的結尾——那就是「愛」。歐蘭多說道，「愛」，這個字眼立刻——這就是它的急切爆衝——愛就幻化成人形——這就是它的驕傲。因為其他的想法都安於維持抽象的狀態，但是這個想法卻偏要有血有肉才能甘心，並且還要穿上斗篷和襯裙、長襪和無袖上衣。而且因為歐蘭多從前所愛皆為女人，加上人心可恥的因循苟且，現在，雖然她是女人，她還是愛著女人；如果身為同性的意識有任何影響的話，那也是使她身為男人時的各種情感更加激烈強大。因為過去一片黑暗的千百種暗示和神祕不可解，現在都變得清清楚楚、明明白白。現在，那些模糊渾沌，劃分了兩性，並且使無數混淆難辨停留在陰暗之中，都已經被移除了，如果那位詩人所說關於「真」與「美」的話，若有任何可取之處，那就是這種情感在「美」中所得到的，是在「虛妄」之中失去的東西。終於，她大叫著，她看清莎夏了，這項發現令她十分興奮，在追尋所有這些對她揭顯的寶藏時，她是如此全神貫注、沉醉入迷，以至於當一名男子的聲音響起，「容我來吧，女士。」一名男子的手扶著她站起來，一名中指有著三桅帆船刺青的男子指著地平線時，她覺得彷彿有加農砲彈在她耳邊爆裂。

「英格蘭的峭壁，女士，」船長說，原本指向天空的手此時舉起致敬。歐蘭多這時又吃了一驚，而且比第一次更強烈。

「耶穌基督！」她大叫。

幸好很久沒有見到故國土地這件事，足以說明她為何如此驚訝震撼，否則她很難向巴托洛斯船長解釋此刻在她心中激烈而衝突的沸騰情緒。要怎麼告訴他，此刻在他懷裡顫抖的她，原本是公爵和大使？要怎麼向他解釋，一直像百合花一樣包裹在層層綾紋花綢衣裙的她，曾經砍過人頭，還曾在鬱金香盛開、蜜蜂飛舞的夏夜和放蕩的女人躺在沃平老階區附近海盜船的藏寶麻袋堆間？甚至連對她自己，她也無法解釋為什麼船長用堅定的右手指著英倫三島的海岸峭壁時，她竟會如此驚恐。

「拒絕和順從，」她喃喃說著，「多令人開心啊；追求和征服，多令人敬畏啊；領悟和論理，多令人景仰啊。」這些成對搭配的字眼在她看來沒有什麼不對；然而，當那些白堊海崖愈來愈靠近，她卻覺得自己應受懲罰、名譽掃地、輕佻不貞，對於一個從來沒有想過這件事的人來說，這種感覺未免奇怪。他們離岸邊愈來愈近了，憑著肉眼就能看到那些懸在峭壁半空中摘採海蓬子的人。看著他們上上下下地跳動，她感覺心裡七上八下的，彷彿是某個愛捉弄人的鬼魂下一刻會搶走她的裙子，炫耀賣弄然後不見蹤影，失去的莎夏，記憶的莎夏，她剛剛才如此出乎意料看清她真實的樣子——莎夏，她感覺到，對著峭壁和那些海蓬子採拾者做鬼臉和各種不莊重的姿勢；而當水手開始唱著，「那麼再見，再見了，西班牙女士們」，這歌詞在歐蘭多感傷的內心中迴盪著，她感覺到，無論登陸後意味著多少舒適、多少的財富、多大的後果和地位（因為她一定會選某個高貴王子為伴侶，並且統治半個約克郡），如果這一切仍然意味著遵循傳統，意味著供人奴役，意味著欺騙，意味著否定她的愛情，意味著綑綁她的手腳，意味著緊閉她的雙唇，意味著箝制她的舌頭，那麼她就會和這艘船一起掉頭而去，再次揚起風帆，回到吉普賽人那裡。

然而，就在這些思潮奔湧之際，只見眼前升起一個似乎是光滑潔白的大理石圓頂，不知究竟是真是幻，但對於她那極度興奮的想像力而言，它是如此引人入勝，於是她專注地盯著它看，顯然頗為滿意，彷彿是一個人看見一大群生氣勃勃的蜻蜓停在玻璃鐘罩上，無法接觸裡面柔嫩的蔬菜。它的形狀，且冒著狂想的風險，讓她回想起最早、最難以忘懷的記憶——在特威契特的客廳裡那個有著寬額頭的男人，那個男人坐在那兒寫東西，或是看著什麼，但當然不是在看她，因為他似乎根本就沒有注意到她穿戴得整齊漂亮、泰然自若地在那裡，當時她一定是個可愛的年輕人，她可沒法否認這一點——而且只要她一想起他，思緒就會舒展開來，就像是升起的月亮在湍急的河水上照耀，投下一片銀色的寧靜。此刻她的手伸向她的胸口（另一隻手仍由船長的手握著），她的詩篇仍然好好地藏在那兒。她很有可能把一個護身符藏在這裡。性別所引起的紛擾以及性別所代表的意義，此時都已消散平息；她現在只想到詩的榮耀，想到馬羅、莎士比亞、班姜生、米爾頓的偉大詩句開始轟轟作響、迴蕩不已，好比是大教堂鐘樓裡金色的鐘錘撞響了金色的鐘，那塔樓正是她的心靈。實情是她的眼睛起先發現的那座大理石圓拱頂的模糊形象，它的形狀像是詩人的額頭，於是引發一連串不相干的念頭，但那個形象不是幻想，而是現實；當這艘船沿著泰晤士河順風而行，這個形象和它所引發的種種聯想全都一一讓位給真實的情景，原來這景象不多不少，恰恰是大教堂圓頂，在精雕細琢的白色尖塔中升起。

「那是聖保羅大教堂，」站在她身旁的巴托洛斯船長說道，他接著又說，「那是倫敦塔，格林威治醫院，那是已故的威廉三世，為了紀念妻子瑪麗女王而建造的。那是西敏寺，那是國會大廈。」他說著的當下，每座著名的建築便一一映入眼簾。這是九月裡一個晴朗的早晨。岸邊的小船櫛比鱗次。對重返家園的旅人來說，沒有什麼能比這樣的景象更令人感到愉快、或是更加有趣的了。歐蘭多倚靠著船頭，沉浸在驚喜之中。長久以來她的眼睛看慣了野蠻自然的景觀，這些城市的輝煌氣象令她目眩神迷。那麼，那個就是她不在的時候，雷恩先生所建造的聖保羅大教堂的圓頂。附近，突然有一撮金髮從柱子旁竄出來——原來是巴托洛斯船長在旁邊告訴她，那是倫敦大火紀念碑；他說，她不在的這段時間，倫敦曾鬧過一場瘟疫和一場大火。雖然她極力克制，但還是忍不住熱淚盈眶，接著她想起，女人哭泣是天經地義的事，她就讓眼淚流下來了。這裡，她想起，曾經舉行過盛大的嘉年華會。這裡，浪花猛力拍打的岸邊，正是皇家帳篷矗立之處。在這裡她初次遇見莎夏。大概是在這裡（她俯首望著波光粼粼的水面），她曾經看見那個凍僵的小販船女人，膝蓋上還擺著她賣的蘋果。所有這一切燦爛光華和腐朽敗壞都已逝去。那個黑暗夜晚也已消逝了，那可怕的傾盆大雨，那遽然暴漲的洪水。這裡，曾經有黃色冰山被急流沖刷打著轉兒，上面載著驚恐萬分的可憐人兒，現在則是一群天鵝自在悠遊、顧盼自雄、俯仰生姿、好不美妙。她最後一次所見到的倫敦，和眼前所見現在已經完全不同了。這裡，她記得，曾經是一堆侷促雜亂的黑色房屋。聖殿門尖塔上掛的叛徒頭顱兀自獰笑著。鋪著鵝卵石的人行道下散發出垃圾和糞便的臭氣。現在，船隻駛經沃平，她瞥見其間寬闊開展、井然有序的道路。一隊隊肥壯馬匹拉著華麗的馬車停在房屋門口，房子的凸肚窗、厚玻璃板、擦得發亮的門環，在在顯示了住戶的生活財富、謙沖高貴。淑女們穿著印花絲綢（她拿起船長的望遠鏡湊到眼前）走在墊高的人行道上；穿著繡花外套的市民在街角的路燈下吸著鼻煙。她看見各式各樣繪有圖案的標誌在微風下擺動，很快就從圖案看出店裡賣的是菸草、布料、絲綢、金子、銀器、手套、香水，還有成百上千件各式貨品。船駛到倫敦橋下準備下錨時，她勉強瞥見咖啡館的櫥窗，因為天氣很好，在陽台上有很多打扮體面的民眾悠閒地坐著，眼前擺著精緻的瓷器，旁邊擺著陶製的菸斗，其中一個人把報紙讀出聲來，不時被旁人的笑聲和評論所打斷。這些是酒館嗎？那些人是才子、這些是詩人嗎？她問巴托洛斯船長，船長很熱心地告訴她，即使是現在——如果她稍微把頭轉向左邊一點點，順著他第一根手指指的方向望過去——對，那裡——他們正經過可可樹咖啡館，在那兒——沒錯，他就在那裡——妳可以看見艾迪森先生在喝咖啡；另外兩位紳士——「在那兒，女士，在街燈右邊一點點，有位先生駝背，另一位和您我沒什麼兩樣。」——那是德萊登先生和波普先生。「倒楣鬼，」船長說道，他的意思是他們兩個是天主教徒，「儘管如此，他們可是重要人物，」他補充道，然後就匆匆忙忙走向船尾，監督水手準備登陸。

「艾迪森、德萊登、波普，」歐蘭多重複著，彷彿這些詞是咒語。似乎在剎那間她看見了布魯沙的高山，下一刻，她就已經踏上久別的故土。

⸸ ⸸ ⸸

可是現在歐蘭多不得不體會到，無論是多麼興奮的返鄉之情，在對抗冷酷如鋼鐵般的法律時，也是於事無補的。這些法律比倫敦橋的石塊還要頑固，比大砲口徑更加兇狠。她一回到倫敦黑衣修士區的老家，弓街警官及皇家司法院那些不苟言笑的特使就接二連三來通知她，她不在國內的這段期間，有三件重大官司指控她，另外還有無數小的訴訟案件，有些小案子是因大官司而起，有些則是受其牽連。這些官司的主要原因是：（一）被告已歿，因此不得持有任何財產；（二）被告為女性，因此結果大致同上；（三）被告為英國公爵，和一名為羅西娜．佩琵塔之舞者結婚；兩人育有三子，其子聲稱被告已歿，因此有權繼承其所有遺產。這些官司如此重大，自然需要耗費時間和金錢才能解決。現在她所有的財產都由大法官法庭暫行保管，她的各種頭銜封號在訴訟進行期間也遭中止。這麼一來，她就處在一個模稜兩可的情況，不確定她究竟算是生或是死，究竟是男人還是女人，是公爵還是平民，所以她回到鄉下的房子暫且住下，在法院做出判決之前，她得以用男無名氏或女無名氏的身份存在，靜待法院的決斷。

這是十二月裡一個清朗的夜晚，她回到了祖居，天空飄著雪，紫色的陰影灑下，和她從布魯沙的山頂上所見沒有什麼兩樣。豪門大宅看起來更像是個城鎮，而不是房舍，在雪地裡褐藍粉紫，色彩斑斕，所有的煙囪都冒著煙，彷彿各自有各自的生命，忙得不可開交。當她見到這祥和而宏偉的宅邸，雄倨在草地上，她終於忍不住大叫了起來。黃色馬車駛進庭園，沿著林間道路前行，紅鹿彷佛期待著她似地抬頭張望。而且牠們一反害羞的天性，反而跟著馬車走，當馬車停下來時，牠們就站在庭園四周。當車上的踏板放下來，歐蘭多走下馬車，有些鹿揚起了角，有些鹿則用爪子扒地。據說，有一隻鹿真的就在她面前跪下來。她還沒來得及伸手去拉門環，大門的左右兩扇就倏地敞開，就在那兒，明亮的火炬和燈光在頭頂上照耀著，格林斯迪奇太太、杜波先生和所有僕役全都列隊歡迎。但是這井然有序的隊伍馬上就被那頭獵麋犬凱努特的心急魯莽所破壞，牠縱身一躍撲向女主人身上，結果力量過大，差點把她撞倒在地；接下來，格林斯迪奇太太也興奮得不能自己，她原本似乎想要行屈膝禮，但是因為情緒過於激動，只能忙不迭地喊著，少爺！小姐！小姐！少爺！直到歐蘭多熱情地在她臉上親吻，這才讓她平靜下來。接著，杜波先生開始朗誦一份羊皮紙文件，但是狗不停地吠叫，管獵犬的僕役吹著號角，還有那些昏了頭而來到庭園的鹿群，也對著月亮呦鳴，結果文件也沒唸完，當大家圍繞著歸來的女主人，用各種方法表達了他們心中的喜悅之後，就各自散去。

沒有人有片刻懷疑這個歐蘭多不是他們所認識的歐蘭多，而且就算有任何人有一絲絲不信任，鹿和狗的反應也足以使人消解疑慮，因為儘管人們知道動物不聰明，但是卻比我們更擅長判斷人的身份和性格。此外，格林斯迪奇太太那天晚上邊用瓷器喝茶，邊對著杜波先生說，如果少爺現在變成了小姐，那麼主人也是她所見過最漂亮的小姐，不管是少爺或小姐，都沒有什麼好挑剔的，反正他或她都是一樣好；就像是生在同一根樹枝上的兩顆桃子；說到這裡，格林斯迪奇太太神祕兮兮地說，她其實一直都疑心（這時她故作玄虛地點點頭），所以她並不覺得驚訝（這時她又一切了然於心地點了點頭），對她來說，這倒是極大的安慰；因為那些毛巾破了得修補，牧師接待室的窗簾邊都被蟲蛀了，也該是有個女主人來管管的時候了。

「在她之後還會有小少爺和小小姐呢，」杜波先生補了一句，他仗著自己的職務特權，對於這樣敏感的話題也不忌諱說出心裡話。

就在這些老傭人聚在僕人休息室閒聊八卦時，歐蘭多手持著銀燭，再度在大廳、走廊、庭院、臥室間遊蕩。她又看到先人們，這裡一位吉波爵士、那裡一個錢柏林爵士，暗沉的臉龐朝她逼近；有的端坐在莊嚴的寶座上，有的斜倚在舒適的躺椅上；注視著掛毯，看它如何搖曳；凝望著畫上獵人追逐，達芙妮奔逃；當月光透過雄豹徽章的窗戶照進室內時，她把雙手沐浴在這黃色光芒中，這是她從小就喜歡做的事。沿著畫廊磨光打亮的木板上滑動，另一側則是粗糙的木板；她摸摸這兒的絲綢，碰碰那兒的錦緞；幻想著那些木雕的海豚在游泳；用詹姆斯一世留下的銀梳梳頭；把臉埋在幾百年前征服者威廉教給他們的祕方所製成的百花香裡，而且是用同一株玫瑰做的。她看著花園，想像著正在沉睡的番紅花，以及休眠的大麗花；她看見嬌弱的寧芙在雪地裡閃爍著白色光芒，看到雄偉的紫杉樹籬，像房舍般厚重，後面襯著一片漆黑；她看見柳橙園和高大的歐楂果——她所見的這一切，所有的景象和聲音，我們只能草草記錄下來，但是卻使她的心裡充滿無比的喜悅和渴望，最後，她終於筋疲力盡，走進了教堂，陷進那張古老的紅色扶手椅裡，這是她歷代祖先聆聽佈道時所坐的椅子。這時她點燃一根方頭雪茄（這是她從東方帶回來的習慣），然後翻開了祈禱書。

這是一本小書，以天鵝絨包覆、金線裝訂，蘇格蘭的瑪麗女王上斷頭台時手裡就是拿著它，虔誠信徒會發現上面有一塊褐色汙漬，據說就是女王受刑時的血滴濺到的。但是此刻它在歐蘭多心裡所引發的虔誠想法，在睡眠中又安撫了什麼樣的惡欲，誰敢說呢？畢竟人與神的交流是最神祕不可解的。小說家、詩人、歷史學家全都在這扇門前顫抖著；就連信徒自己也沒法啟發我們，因為他是那個比起其他人更能夠面對死亡、或是更願意分享財產的人嗎？他難道不是和其他人一樣蓄養著眾多的女侍和拉車的馬匹嗎？然而，即使是擁有這一切，他說，堅守著信仰會讓人視所有財富為虛幻、把死亡看作是令人嚮往的。在瑪麗女王的祈禱書裡，除了那血漬，還有一撮頭髮和一點糕餅屑；歐蘭多現在又為這些小小紀念品裡加了一絲菸草，因此，邊看書邊吸著菸，她被這人性的瑣碎雜什——頭髮、糕餅、血漬、菸絲——所感動，以至於陷入了沉思冥想之中，反而營造出一種很合乎情境的敬畏氣氛，不過據說呢，她和一般所說的上帝倒是沒有什麼交流的。然而，恐怕沒有什麼比這更加狂妄自大的了，雖說這也是一件再普通不過的事，每個人都認為自己的神是獨一無二的，每個人都認為只有自己的宗教才是宗教。看起來呢，歐蘭多也有她自己的一套信仰。此刻懷著世界全部的宗教熱誠，她反省著自己的罪孽和所有潛入她精神狀態的一切不完美。她想到「S」這個字母正是詩人伊甸園的那條蛇。她盡了最大的努力，但是她的詩作〈橡樹〉第一節裡仍然有太多這些有罪的爬蟲物。但是「S」這個字母，她的看法是，比起詞尾「ing」來說，根本就不算一回事。她認為，現在分詞就是魔鬼的化身（現在我們正處在一個相信惡魔的地方）。避免這樣的誘惑是詩人當務之急，她的結論是，因為耳朵是靈魂的前廳，那麼詩誨淫和毀滅的力量，一定遠遠超過情欲和火藥。所以，她接著推想，詩人是所有行業中最崇高的。他的文字無遠弗屆，是其他人無法比擬的。莎士比亞隨便一首歌對窮人或壞人所起的作用，比起世上所有傳教士和慈善家所做的一切來得大得多。因此，只要能避免傳遞我們訊息的工具遭到扭曲，無論花多長時間、付出多少精力，都不嫌過份。我們一定要字斟句酌，讓我們的思想能夠不受阻礙，獲得最適切的表達。思想是神聖的，諸如此類的。由此可見，她又回到她自己的宗教窠臼裡，她在離開的這段時間裡信念變得更加堅強，而且很快就發展到無法包容其他信仰的程度。

「我成長了，」她想著，終於拿起那根蠟燭，「有些事情我不再有幻想了，」她合上瑪麗女王的小書。「但或許也產生了新的幻想，」然後慢慢地走下墳塚，這兒是她的祖先骸骨安息之處。

但即使是她祖先的骸骨，不管是邁爾斯爵士、傑維斯爵士，還是其他人，自從那天晚上在亞洲的山上洛斯敦·埃爾薩迪向她揮了揮手之後，這一切就已失去了某種神聖不可侵犯的地位了。不過三、四百年前這些骸骨都還是活生生的人，在這個世上就像任何一個當代新貴一樣，準備闖下一番事業，他們的確也靠著攫取房舍和權位、勳章和綬帶而發跡了，就像其他所有新貴土豪一樣，然而詩人，或許還有那些有高貴心靈和教養的人，他們寧可在鄉間過著平靜的生活，為了這樣的抉擇，他們的代價就是生活極度貧窮，可能是在倫敦的河岸街賣報紙，或是在田野間牧羊，這令她感到慚愧。她此刻站在教堂的墓穴地下室，想到埃及的金字塔和埋在塔底下的骸骨；那俯瞰著馬爾馬拉海的遼闊蒼茫的高山，在這一瞬間，似乎是一個更好的棲身之處，勝過這個有眾多房間的宅邸，這兒每個房間都有鋪好的床單，每個銀盤都有銀色的蓋子。

「我成長了，」她想著，拿起那根蠟燭。「失去了一些幻想，或許也產生了一些新幻想，」

的女人！這裡就是那個下流禿鷹的巢穴——這就是那可怕大鳥本尊！一想到她一路逃到土耳其，就是要躲開她的誘惑（現在變得極度乏味），歐蘭多不禁哈哈大笑。這幅景象令人感到一種說不出的可笑。她真像一隻可怪的兔子，歐蘭多從前就這麼覺得。她瞪著眼睛、兩頰瘦長，高聳髮飾就像兔子的長耳似的。她現在停止不動，就像隻野兔直直地坐在玉米田裡，自以為沒有人看見，直盯著歐蘭多，歐蘭多也從窗邊回瞪她。她們倆互瞪了一段時間，歐蘭多不得不請她進來，兩人立刻互相恭維，公主則一邊拍落斗篷上的雪。

「女人真該死，」歐蘭多一邊對自己說，一邊走到酒櫃倒了杯酒，「她們從來不讓人有片刻清靜，沒有人比她們更擅長糾纏打聽、更加愛管閑事的了。我當初就是為了躲這根五月節花柱才離開英格蘭的，結果現在呢」——想到這裡，她轉向公主把托盤的酒給她，卻瞧見——站在那裡的是個全身黑衣的高大紳士。壁爐圍欄邊放了一堆衣服。她單獨和一名男子在一起。

這時她突然想起來自己是個女人，剛才她完全忘記了這一點，也想起了他的性別和之前的身份，過去一切雖然遙遠但同樣惱人。歐蘭多頓時覺得頭暈。

「哎喲！」她叫道，把手放到旁邊，「你嚇到我了！」

「可人兒啊，」公主喊著，屈膝跪下，同時熱情地吻了歐蘭多的雙唇，「請原諒我對你的欺騙！」

歐蘭多喝了口酒，大公跪著親吻她的手。

總之，他們兩人花了十分鐘賣力地扮演男人和女人的角色，然後才開始自然地對話。公主（但之後我們一定得稱之為大公）說了他的故事——他是個男人，從以前到現在一直都是；他曾經見過歐蘭多的肖像，於是無可救藥愛上了他；為了要達到目的，他不惜假扮成女人，住在麵包店樓上；歐蘭多逃到土耳其後，他孤單心碎；他聽說她的變身，於是立刻趕來效勞（這時他不由自主地嘻嘻呵呵傻笑起來）。因為，對他來說，哈利大公表示，她現在是、永遠是她的性別那個最漂亮、最珍貴、最完美的代表。要不是那個最奇怪的嘻嘻呵呵傻笑一直打斷這番告白，那麼這三個「最」或許還有點說服力。「如果這是真愛，」歐蘭多對自己說，同時望著在壁爐圍欄另一側的大公，現在從一個女人的角度來看，「那麼愛情有種非常荒謬的成份。」

哈利大公雙膝下跪，發表最熱情的求愛告白。他說在他城堡裡的保險櫃有兩千萬金幣，他擁有的土地比英國任何一個貴族都還要多。他有一流的狩獵場，保證可以給她滿滿一整袋的松雞野禽，這是英格蘭和蘇格蘭的沼澤地絕對比不上的。真的，他不在的這段期間，松雞得了張口病，母鹿不顧小鹿，不過這些都不是問題，只要有她的幫助，他們一起住在羅馬尼亞，就可以解決。

他說這番話的時候，斗大的淚珠就在他那雙凸眼裡凝聚，然後沿著狹長瘦削的臉龐流下來。男人和女人一樣愛哭，而且會莫名其妙地哭，這是歐蘭多身為男人時憑著自身經驗就知道的事，但是她開始意識到，一個男人在女人面前表露情感時，女人應該要顯得驚慌失措，所以她就表現出驚嚇的樣子來。

大公道了歉。他有效地克制了自己，說他現在就不打擾了，但是明天會再來，希望得到回覆。

那天是星期二。他星期三來；星期四來；星期五來；星期六來。每次拜訪都會在一開始、中間或結束時展開一段愛情告白，但在這之間則會有長長的靜默。他們兩人分別坐在壁爐兩側，有時候大公會弄翻火鉗，歐蘭多就把它們撿起來。然後大公就會說他在瑞典怎麼樣獵到一頭麋鹿，歐蘭多就會問，那是頭很大的麋鹿嗎？大公就會說，沒有他在挪威獵的那隻馴鹿大；接著歐蘭多就會問，他有獵捕過老虎嗎？大公就說，他射過一隻信天翁，於是歐蘭多就會問（半掩著呵欠），那信天翁像大象一樣大嗎？大公就說——他一定說了什麼很合理的話，可是，毫無疑問的是，歐蘭多沒聽進去，她望著她那張書桌，望向窗外，望著門口。這時候，大公就說，「我愛慕著妳。」與此同時，歐蘭多說著，「你看，開始下雨了。」此時兩人都非常尷尬，臉孔漲得通紅，都想不出來接下來該說什麼。的確，歐蘭多已經絞盡腦汁，再也不知該說什麼了。要不是她這時想起來有個「看蒼蠅」的遊戲，她搞不好就得嫁給他了。這個遊戲不太需要費神，但是很容易就輸掉一大筆錢。因為究竟要如何擺脫他，她還真是無法可想。不過，藉由這個遊戲，而且是個簡單的遊戲，只需要三塊糖和幾隻蒼蠅，就足以克服聊天的尷尬和避免求婚的話題。現在，大公和她賭五百鎊，看看蒼蠅會停在那一塊糖上。這樣一來，整個早上他們就盯著蒼蠅（在這個季節，蒼蠅總是無精打采地，常常有一個小時左右在天花板下面打轉），直到最後終於有隻綠頭蒼蠅做出選擇，於是有一方就贏了。幾百鎊的錢財就在這場遊戲裡數度流轉易手，大公天生是賭徒，發誓說這和賭馬一樣精采，而且說他可以永遠玩下去。可是歐蘭多很快就厭倦了。

「身為芳華正盛的年輕貌美女子，」她問道，「如果我必須整個早上陪著大公看綠頭蒼蠅，這有什麼樂趣？」

她開始討厭看到糖，蒼蠅更令她頭暈。總有辦法可以擺脫這種困境，她想著，不過她對女性所能採取的手段還不太熟悉，而且她現在不能敲男人的腦袋，或是用短劍刺穿對方，她實在是想不出什麼別的方法。她抓住一隻綠頭蒼蠅，輕輕地捏死牠（牠本來就已經半死不活，否則以她的慈悲之心，絕計下不了手），然後用一滴阿拉伯膠把牠黏在一塊糖上。大公朝上看天花板時，她很快地用這塊糖換下她原來壓寶的那塊糖，然後叫著「看！看！」宣布她贏了這場賭注。她的想法是這樣的，既然大公對運動和賽馬這麼在行，一定很快就發現她耍詐，而玩這個遊戲耍詐又是最令人不齒的，有人因為這種罪行而被逐出人類社會，永遠貶謫到熱帶叢林去與猿猴為伍，她揣想他一定會像個男子漢大丈夫，拒絕和她再有任何瓜葛。但是她錯估了這位性格溫和大公的單純憨厚，他並不擅長判斷蒼蠅。在他眼裡，蒼蠅的死活沒有什麼差別。她這招騙術對他用了十二次，贏得了一萬七千二百五十英鎊（相當於現在的四萬零八百八十五英鎊六先令八便士），直到她實在是太直接粗糙，連他也騙不過為止。等到他終於明白一切，接著就是令人痛苦的場面。大公站起身來，滿臉通紅。眼淚大顆大顆地滾落兩頰。她從他這裡贏了一大筆錢不算什麼——他希望她贏，可是她這樣欺騙他，就非同小可了——她居然能做這樣的事，委實傷透了他的心；她竟然是在玩看蒼蠅這樣的遊戲欺騙他，這就實在太過份了。他說，要愛一個遊戲作弊的女人是不可能的。這時他就徹底崩潰了。然後，他稍微振作起來，說道，幸好沒有其他人看到。他說，畢竟，她只是個女人。簡而言之，他憑著騎士的俠義精神準備好原諒她，並請她原諒他激烈的言詞。她為了盡快解決這件事，趁他低下高傲的頭時，她把一隻癩蛤蟆丟進他的衣服和皮膚之間。

這裡要替她說句公道話，我們得說她絕對是想用短劍來解決這一切。一整個早上要在身邊藏著一隻黏答答的癩蛤蟆可不是件容易的事。但是如果不能使用短劍，也就只好借助癩蛤蟆了。更何況癩蛤蟆和彼此間的大笑有時可以做到冷冰冰的短劍所做不到的事。她大笑著。大公臉紅了。她笑個不停。大公爆粗口。她還笑。大公奪門而出。

「謝天謝地！」歐蘭多大喊著，還是笑個不停。她聽見馬車輪轆轆疾駛，憤憤然地離開庭院。她聽見車輪呼嘯而去，那車聲愈來愈模糊，終致完全聽不見了。

「我是一個人了，」歐蘭多說，大聲地喊著，反正沒有人聽得見。

在噪音之後的寂靜是更深刻沉遠的，這樣的說法仍有待科學證實。但是一個人曾獲求愛，隨之而來的孤寂的確更加鮮明，許多女人會因此而以身相許。隨著大公的馬車聲漸行漸遠，歐蘭多感覺到，此刻離她愈來愈遠的是大公（她對此並不在意）、是財富（她對此並不在意）、是頭銜（她對此並不在意）、是婚姻生活的保障及條件（她對此並不在意），但是她也聽到生活，和一個情人，也正在離開她。「生活和情人，」她喃喃唸著；走向書桌，把筆沾滿墨水，寫著：

「生活和情人」——這一行字並不符合前面詩句的節拍，也沒有什麼意義上的連結——前面說的是為避免羊兒生癬得用藥水浸洗之類的。她讀了一遍，不禁臉紅起來，又重唸一次。

「生活和情人。」接著她放下筆，走進臥室，站在鏡子前面，整理脖子上的珍珠項鍊。因為小碎枝花葉棉布晨服襯不出珍珠的美，所以她換上了鴿子灰的府綢；然後又換了件桃紅色的；又換了件酒紅色的錦緞。也許得敷點粉，如果她的頭髮在額頭這邊梳起，應該比較適合她。接著她又換上那雙尖頭的便鞋，手上戴上一枚綠寶石戒指。「現在」，她覺得一切就緒，鏡子兩側的銀燭台都點亮了，有哪個女人不會點亮了燈去看看歐蘭多那時所見雪地裡燃燒的東西——因為那鏡子周圍是一片白雪覆蓋的草地，她就像是一團火焰，熊熊燃燒的灌木，在她頭上點燃的燭火就像是銀色的樹枝；又或者，鏡子就像是碧綠湖水，她是隻美人魚，披戴著珍珠，像是洞穴的女妖，哼唱著歌，船員被迷得身體前傾、掉到水裡，掉下來擁抱她；如此黑暗，如此明亮，如此堅硬，如此柔軟，她是如此魅惑迷人，竟然沒有人能在場用簡單的英文，直接地說「該死，小姐，妳真是美麗的化身」，這的確是實情。就算歐蘭多（她對自己的容貌並不自負）也心知肚明，因為她不由自主地微笑起來，就像所有的女人對自己的美貌彷彿不屬於自己似的，像一顆水珠那樣落下，或是像泉水噴起，突然間在鏡子裡一目瞭然，她笑了這樣的微笑，然後傾聽了一會兒，只聽見樹葉吹動、麻雀啁啾，於是她嘆息著，「生活，情人」，然後她突然飛快地轉過身；從脖子上扯下珍珠項鍊，脫下身上的綢緞，換上普通貴族穿的黑色絲綢燈籠褲，按鈴喚來僕人。僕人過來後，她吩咐立刻備好六駕馬車。她有急事要到倫敦，大公離開不到一個小時，她就上了路。

⸙ ⸙ ⸙

當她坐在馬車裡疾駛之際，我們正好利用機會，反正外面的景色就是一般的英國景致，因此毋須贅言，且容我們向讀者特別指出一些值得關注之事，先前在敘事裡已經不時在這兒那兒有所透露。比方說，讀者大概觀察到，只要一有人闖入，歐蘭多會馬上把手稿藏起來。還有，她會意味深長地注視著鏡子；而現在，她驅車前往倫敦，有人或許注意到，馬兒如果跑得太快，不如她意的時候，她會驚嚇到，然後壓抑著不叫出聲來。她對自己的作品所表現出來的謙抑，對自己的外貌所表現出來的虛榮，對自己的安危所表現出來的焦慮，似乎暗示著先前所說，歐蘭多身為男人和歐蘭多身為女人，完全沒有改變的這件事，其實並不完全正確。她變得比較謙虛，就像是個女人對自己的腦袋一樣；她變得比較虛榮，就像是女人對自己的容貌一樣。有些感受變得更加敏銳，有些則逐漸消失。某些哲學家或許會說，穿著改變可能造成了若干影響。儘管穿著似乎是虛榮瑣事，但他們說，衣服的功用不只是保暖而已，還有更重要的功能。穿著改變了我們對世界的看法，也改變世界對我們的看法。比方說，當巴托洛斯船長看見歐蘭多的裙子，馬上就為她撐起了涼篷，請她多吃一塊牛肉，邀請她一起乘艇上岸。如果她的裙子剪裁得像是男人的馬褲緊緊地貼著雙腿，那麼他當然就不會對她這麼殷勤。可是當別人對我們大獻殷勤時，我們也得有所回報。歐蘭多對他行屈膝禮，溫柔順從，對這個好男人的脾氣大灌迷湯，反之，如果他挺直的馬褲是女人的裙子，他的鑲邊外套是女人的錦綢胸衣，她就不會如此對待他了。因此，是衣服在穿我們，而不是我們在穿衣服，這個觀點還挺有道理的；我們或許是依著手臂和胸部來裁剪衣服，但是衣服也塑造了我們的感情、我們的頭腦和我們的語言。所以，歐蘭多現在既然已經穿著裙子有一段時間了，某種變化明顯可見，如果讀者看看本書所附的圖片（見第一三五頁），就可以發現這一點，甚至連她的面容也有些變化。如果我們拿男人歐蘭多的肖像和女人歐蘭多的肖像做比較，我們就會發現，雖然兩張肖像明顯是同一個人，但是還是有些改變。男人歐蘭多的手是不受拘束的，隨時會去抓住劍柄，女人歐蘭多的手則得抓著身上的綢緞，以免它滑下肩膀。男人正視著眼前的世界，彷彿這世界是為他打造，隨他喜好而設計出來的。女人側目而視，眼神意味深長，甚至帶點不信任。如果他們都穿上同樣的衣服，或許他們的外在就會變得一模一樣了吧。

這是某些哲學家和智者的看法，但總的來說，我們傾向另外一種觀點。幸好，性別的差異是一種非常深刻的差異。衣著只不過是某種深藏事物的象徵代表而已。那是歐蘭多自身的變化讓她選擇了女性的衣著和女性的性別，也或許她只是比平常更坦率地表達——坦率的確是她的本性——某種大部分的人都會遇到、但不會如此明白地表達的東西。在這裡，我們又遇到了另一個難題。雖然性別不同，但是會交互影響。在每個人身上都會從某個性別擺盪到另一個性別，而且往往只是由衣著決定了男性或女性間的相似，但骨子裡也許根本和他們的外在性別表象是全然相反的。結果所造成的複雜混淆的情況是我們每個人都經歷過的；但現在我們先撇開這個普遍的問題不談，只專注在歐蘭多這個特定例子上所造成的奇特影響。

正是因為她身上出現了男人和女人的混合，先是最極致的男性，然後是最極致的女性，因此常常會讓她在行為上有突如其來的轉折。比方說，和她自己同性別的好奇者會說，如果歐蘭多是個女人，那她為什麼穿著打扮的時間從不超過十分鐘？她的衣服不是都隨便挑一件，而且有時候看起來還挺破舊寒酸的？然後，她們會說，畢竟她沒有男人那套禮數，或是男人對權力的熱衷。她心腸非常軟，見不得驢子被抽打或是小貓被淹死。可是，她們又說，她討厭家務事，天一亮就起床，夏天甚至太陽還沒升起，她就跑到原野去了。關於作物的事，沒有半個農人懂得比她多。她可以和最會喝酒的人暢飲，喜歡冒險競賽。她騎術甚精，可以駕著六匹馬拉的馬車馳騁倫敦橋。不過，雖然她像男人一樣勇敢主動，但也有人說，她一看到有人置身險境時，她又展現出最女性化的驚嚇反應。一點點刺激就會令她馬上哭了起來。她對地理一竅不通，數學令她頭痛，而且還有些異想天開的念頭，通常這在女人身上比男人更常見，比方說往南走就是往下坡走。所以，歐蘭多究竟比較像個男人還是女人，這實在很難說，現在也無法判定。因為現在她的馬車在鵝卵石鋪路面上嘎嘎作響。她已經抵達位在倫敦的家了。馬車的踏板被放了下來；鐵柵門被打開了。她走進父親在黑衣修士區的房子，雖然這一帶現在已經失去昔日風華，但這房子仍然是個舒適寬敞的大宅，花園一直延伸到河岸邊，還有一處美麗的胡桃樹林可以散步。

她在這兒安頓下來，而且立刻朝四周張望，尋找她到這裡想找的東西——也就是說，生活和情人。關於前者，或許還有點不確定；至於後者，她抵達後兩天就毫不費力地找到了。她是星期二到城裡的。星期四她到林蔭道上散步，那是當時高尚人士的習慣。她才走了不到一兩個彎路，就有一小撮低俗的人觀察著她，這些人的目的就是想去搜尋名流。她走過他們身邊時，有個胸前抱著小孩的普通女人走向前來，靠近歐蘭多的臉左看右看，然後大叫，「來看喲，這可不是歐蘭多小姐嗎！」她的同伴全部一擁而上，歐蘭多發現自己瞬間變成了一群販夫走卒、婆婆媽媽的焦點中心，每個人都想一睹轟動一時的訴訟案件的女主角風采。這件案子在當時是一般人最感興趣的事情。要不是有一名高大的紳士立刻朝前走了一步，伸出手臂來保護她，她可能會被這群人所造成的壓力弄得非常不開心——她忘了淑女不應該單獨在公眾場合散步。結果是大公出現，她見到他一方面覺得沮喪，但一方面也覺得有趣。這位寬宏大量的貴族不僅原諒了她，而且為了表示對她用癩蛤蟆來捉弄他不以為意，他還找人用這個爬蟲動物做了個首飾，當他扶她上馬車時，硬把這件禮物送給她，再一次表示對她的追求。

她驅車回家時，想到那些群眾、想到大公、想到那件首飾，心情壞到極點。難道她就不能一個人去散步，不要受差點兒讓她窒息的群眾包圍，不用接受綠寶石所打造的癩蛤蟆首飾，不需要聽到大公向她求婚嗎？不過，第二天早上她看到餐桌上好幾封來自全國最高貴的夫人的短箋，包括了索福克夫人、索斯貝里夫人、切斯特費爾德夫人、塔維斯塔克夫人等等，她們以最客氣禮貌的方式提醒她彼此的家族歷來一直有著緊密的聯繫，希望能有認識她的榮幸，於是她對前一天的事情有了比較寬宏大量的看法。第二天，這天是星期六，這些高貴淑女有幾位都親自接待她。到了星期二，大概中午左右，這些夫人的男僕紛紛送來邀請函，請她參加近期內的各種時髦聚會、晚餐、宴會；所以歐蘭多毫無延遲立馬亮了相，而且還在倫敦社交圈頗為轟動，激起了不少漣漪水花。

要對當時或任何時候的倫敦社交圈作一番真實的紀錄，恐怕不是本傳記作者或歷史學家做得到的事。只有那些不太在乎真相，還有那些不尊重真相的人——詩人和小說家之流——大概才寫得出來，因為倫敦社交圈就是那種真相根本不存在的例子。什麼都不存在。整件事就是團迷霧，是個幻影。把話說得直白些，歐蘭多從這種時髦聚會回到家大概是凌晨三、四點了，兩頰燦爛得像是聖誕樹，眼睛發亮如天上繁星。她會解開鞋帶，在房間裡來來回回走上幾次，然後解開另一隻鞋的鞋帶，停下來，再在房間來回踱步。直到太陽高高曬到薩瑟克的煙囪上，才勉強自己上床，可是她躺在床上輾轉反側，一會兒傻笑一會兒嘆氣，過了一個小時或更久，她才終於睡著。究竟為了什麼她搞得如此激動呢？社交圈。社交圈到底對一位有理智的淑女說了或做了什麼，讓她如此興奮難安呢？用大白話說，啥也沒有。歐蘭多很努力地回想，但是到了第二天她根本記不得有半個字是有具體意義的。O公爵很殷勤，A公爵有禮貌，C侯爵很迷人，M先生很有趣。但是當她試著回想他們到底在那些方面殷勤、禮貌、迷人和機智，她卻不得不懷疑自己的記憶力有問題，因為她什麼都想不出來。而且每天都一樣。到了第二天就統統給忘了，但是當時情緒的確是非常激動的。因此，我們不得不推論說，社交就像是聖誕節時分，經驗老到的管家趁熱端出來的那種飲料，它的味道取決於十多種不同成份混合攪拌得當。若是取出其中一種成份，那飲料就會變得淡然無味。如果把O公爵、A公爵、C侯爵，或是M先生個別來看，每一個都沒什麼特色。把他們放在一塊兒攪拌，就會散放出最令人著迷的風味、最令人沉醉的香氣。然而這種沉醉和誘惑卻是完全無法分析的。所以，社交同時是一切，又什麼都不是。社交是世界上最具威力的大雜燴，但又根本不存在。這樣的怪物只有詩人和小說家可以對付；他們的作品裡充斥著這些有什麼、沒什麼的東西，竟也蔚然成章；對他們，且讓我們獻上最大的祝福，把這件事留給他們去處理。

因此，追隨著前輩的榜樣，我們只想說，在安妮女王統治時期的社交圈，盛況空前絕後。每個出身良好的人無不希望躋身其中。優雅風度至關重要。父親教導他們的兒子，母親教導她們的女兒。無論男女，如果沒有學會這門學問，教育就算不上完整。這包括了應對進退的知識、鞠躬行禮和屈膝致敬的藝術、手握寶劍和手持扇子的姿態、牙齒的保養、腿部的動作、膝蓋的彈性、進入和離開房間的合宜舉止，此外還有千百種注意事項，讓人一眼就可以看穿你在社交圈的斤兩。既然歐蘭多在還是個男孩時就因為獻上玫瑰水的儀容舉止贏得伊莉莎白女王的讚美，我們大可以猜想她在這方面一定相當內行，絕對可以達到標準。然而，她確實有點兒心不在焉，有時不免顯得有些笨拙；在她應該想到府綢的時候，她卻想著詩歌；或許她的步伐以女人來說，也稍嫌跨得太大，她的動作有時太過突然，不免會打翻茶水什麼的。

無論這類美中不足的小缺陷是否會使她的高貴舉止稍有遜色，或是她遺傳到的家族血統裡陰鬱成份是否稍嫌太多，總之可以確定的是，她在社交圈裡應酬不到二十來次，要不是除了她的西班牙獵犬皮平之外，沒有別人在場，否則大概就會聽到她自己問自己：「我這是在幹什麼？」這天是星期二，一七一二年六月十六日，她才剛從阿靈頓宅邸的盛大舞會回家，天色微亮，她正在脫掉長襪，大喊著，「就算這輩子再也碰不到什麼人，我也不在乎。」然後就哭了起來。她有許許多多的情人，但是，生活，畢竟也有它的重要意義，她卻遍尋不著。她問道，「難道這個，」——雖然當時身旁並沒有人可以回答，「難道這個，」她還是把整個句子說完，「就是人們所說的生活嗎？」西班牙獵犬舉起了前爪表示同情，用舌頭舔舔她。歐蘭多則摸了摸狗，又親親牠。簡而言之，他們之間存在著女主人和小狗之間最真摯的情感，但不可否認的是，動物不會說話，這確實是彼此交流的一大障礙。牠們會搖尾巴，會前彎鞠躬，或是翹起屁股，牠們打滾、跳躍、扒地，牠們哀號、吠叫，牠們流口水，牠們有自己一套禮儀和技藝，但是牠們不會說話，所以這一切也只是徒勞無功。她一邊把狗輕輕地放在地板上，一邊想著，這就是她對阿靈頓宅邸那些高貴人士有所不滿的原因。因為他們也搖著尾巴、鞠躬、打滾、跳躍、扒地，流口水，但是他們不會說話。歐蘭多說，「我踏進社交圈的這幾個月來，」一邊把一隻襪子丟到房間另一頭，「我聽到的全都是皮平如果開口會說的話，我很冷，我很高興，我很餓。我抓了一隻老鼠，我埋了一根骨頭。親親我的鼻子。」但是這是不夠的。

為什麼在這麼短的時間裡，她會從心醉神迷轉變為全然厭惡，我們只能假設說，這個我們稱之為社交圈的神祕結構，本身並無絕對的好壞，但是它有一股氣，這股氣反覆無常但卻強而有力，如果你覺得它很有趣，就像歐蘭多一開始覺得那樣，那麼你就會覺得醺然陶醉，如果你感到厭煩，就像歐蘭多後來的感覺，那麼你就會覺得頭痛不已。至於說話能力和這種轉變有什麼關係，我們不妨存疑。往往沉默的一小時是最令人迷醉的時刻；而機智雋語可能令人生厭到無法形容的地步。但是我們還是把這個問題留給詩人去探討吧，且讓我們繼續來講故事。

歐蘭多把另一隻襪子丟到第一隻襪子旁邊，心情十分鬱悶地上了床，她決定從此和社交圈斷絕往來。但是事實再次證明，她的決心下得太過倉促。因為第二天早上醒來，她發現在餐桌上除了那些例行的請柬之外，有一份請柬來自某位貴婦，R伯爵夫人。前一晚她才決定再也不要參加任何社交活動，可現在她派了信差以最快的速度去R宅回報，她萬分榮幸接受這份邀請，我們只能解釋歐蘭多的行為是因為她搭乘「迷人淑女號」，緩緩駛進泰晤士河時，船長尼占拉斯．本尼迪克特．巴托洛斯在甲板上對她提到的三個迷人字眼，她迄今仍為這幾個名字大受震盪。那時他一邊指著可可樹咖啡館，一邊念著艾迪森、德萊登、波普。從此以後艾迪森、德萊登、波普這三個名字就像是咒語一樣一直在她腦中盤旋。誰會相信有這種傻事？但事實就是如此。她和尼克．格林打交道的經驗平安無事。她的圈子籠罩了美麗的幻覺罩子，妥貼無縫，就像是R夫人的圈子同樣也有這樣一個罩子。賓客們覺得很快樂、很機智、很深刻。他們自己這麼想，外面的人更是這麼看他們。因此大家都相信沒有什麼聚會比R夫人的圈子更好玩；每個人都嫉羨能夠進入到那個圈子裡的人；每個進到那個圈圈的人也嫉羨自己，因為其他人嫉羨他們；所以這似乎沒完沒了——除了我們現在要說的這件事例外。

大概是在歐蘭多第三次參加這個聚會時，這個圈子發生了一件事。她當時還是受到幻覺的影響，覺得自己正在聆聽世上最機智聰明的雋語，然而，事實上，只不過是老將軍C喋喋不休地說著他的痛風怎麼從左腳跑到右腳，而L先生則是一聽到別人提到任何人的名字就要打岔，「R？喔！我認識比利．R，我對他像是我對自己一樣熟得不得了。S？那是我最要好的朋友了。T？在約克郡的時候，我在他家住了兩星期。」——幻覺就是有這種力量，讓人聽了以為這是最機智幽默的巧談妙語，對人生最鞭辟入裏的評論，使賓客哄堂大笑；這時門打開了，有個個子矮小的紳士走進來，歐蘭多沒聽清楚他的名字。但很快地就感受到一種不愉快的古怪氣氛。從其他人的臉色看來，顯然他們也開始感受到了。有位先生說刮了一陣風。C侯爵夫人擔心沙發底下死了一隻貓。彷彿是他們做了個美夢之後，眼睛慢慢睜了開來，結果只看到廉價的臉盆架和骯髒的床罩。就好像是某種美酒的濃郁氣味正緩緩地飄散而去。可是將軍仍然說個不停，L先生仍然在回憶他所認識的人。但是，很明顯的是，將軍的脖子愈看愈紅，L先生的頭愈看愈禿。至於他們所說的話呢——再沒有比他們所說的話更沉悶無聊的了。每個人都坐立難安，有扇子的就躲在扇子後面打呵欠。最後，R夫人用她的扇子敲了敲大椅子的扶手，兩位紳士停止說話。

於是那個矮個子的紳士說，

他又說，

他最後說，[9]

他說的這些，毋庸置疑，是真正的機智、真正的智慧、真正的深刻。在場的人全都沮喪得半死。這種雋語說一個已經不得了了，還連說了三個，一個接一個，在同一個晚上！沒有一個社交圈承受得住。

「波普先生，」年老的R夫人語帶諷刺、聲音氣得顫抖地說，「您倒是以機智為樂。」波普先生臉都紅了。沒有人說半句話。大概有二十分鐘，所有人一片死寂地坐著。然後，一個接一個，他們站起來，悄悄溜出房間。在經歷過這樣的事件，他們恐怕是不會再回來了。負責執火把的小廝叫嚷著馬車來接主人，聲音響徹整條南奧特萊街。車門砰地關上，馬車離開了。歐蘭多發現自己和波普先生在樓梯上，距離很近。他瘦弱畸形的身軀因為百感交集而顫抖著。他的目光發射出怨恨、憤怒、勝利、機智和恐懼（他像一片樹葉一樣抖動著）。看起來像是某種蹲踞的爬蟲，額頭上有個燃

9 作者註：波普在這裡說的機智妙語大家都太熟悉了，所以毋須重複，而且也都可以在他的出版作品裡找得到。

燒發亮的黃寶石。同時，最奇怪的暴烈情緒突然攫住倒楣的歐蘭多。不到一個小時前，一場幻景的徹底幻滅，讓她的心靈左右地振盪擺動。每件事都顯得比從前十倍地赤裸醜陋。這是人類心靈最危險的時刻。就是在這種時刻，女人變成修女，男人變成修士。在這種時刻，有錢人簽字放棄財富，快樂的人用切肉刀割斷自己的喉嚨。歐蘭多也會心甘情願地做出這些事情來，不過還有更莽撞的事等著她去做，而她竟然真的做了。她邀請波普先生跟她一起回家。

因為，如果手無寸鐵闖進獅子洞穴是莽撞，划著小船橫渡大西洋是莽撞，單腳站在聖保羅大教堂的尖頂是莽撞，那麼單獨和詩人回家就是件更加莽撞的事了。詩人集大西洋和獅子於一身。前者把我們淹死，後者把我們咬死。我們就算逃得過獅子的牙齒，也逃不過巨浪的吞噬。可以摧毀幻象的人既是猛獸，也是洪水。幻影之於心靈，就好比大氣之於地球。取走那層柔軟的空氣，植物就會死亡，色彩就會褪去。我們行走其上的大地是一片焦土，我們踩的是泥灰岩，而火熱的圓石會灼燒我們的腳。要仗著真相，我們就完了。人生就是一場夢，夢醒才真的要命。奪走我們夢想的人，也奪走了我們的生命——（如果你願意的話，我可以繼續寫上六頁，不過這種風格實在太囉嗦了，我們就省省吧。）

如果真的是這麼一回事的話，那麼當歐蘭多的馬車駛到黑衣修士區的宅邸前，她應該早就化成一堆灰燼了。但是她雖然筋疲力盡，卻仍然保有血肉之軀，其中緣由就在我們先前敘述已提過的一項事實。我們見得愈少，就信得愈多。介於梅菲爾和黑衣修士區的街道在當時照明很簡陋，沒錯，這時的照明比起伊莉莎白時期已經有很大的改善。以前夜行的旅人必須要依賴星辰或是某個守夜人的紅色火光，才不至於掉到公園巷的碎石坑，或是走進托登罕宮路的橡樹林裡，那裡有野豬用鼻子在地上亂挖。但即便如此，這時的照明仍缺乏現代的效率。大概每隔兩百碼才有一盞點著油的路燈，但兩根燈柱間就是一大段漆黑的路。所以歐蘭多和波普先生會有十分鐘的黑暗，然後有大約半分鐘的燈光。於是歐蘭多由此萌生出一種非常奇怪的心態。隨著燈光漸漸淡去，一種最甜美安適的情緒油然而生。「對一名年輕女子來說，能夠與波普先生同車的確是很大的榮幸，」她這樣想著，一邊望著他鼻子的輪廓。「我是所有女性之中最幸運的一個。距離不到半英吋的地方——真的，我可以感覺到他的膝蓋飾帶結抵著我的大腿呢——這可是英國女王領土上最偉大的才子呀。未來世代會對我們充滿好奇，而且一定羨慕死我了。」這時出現了一根燈柱。「我多蠢啊！」她想著，「根本就沒有什麼名氣和榮耀。後世的人根本不會想到我或是波普先生。再說，到底什麼是『時代』啊？什麼叫做『我們』？」他們經過柏克萊廣場時，就像兩隻盲目的螞蟻般摸索著，彼此沒有什麼共同的興趣與關心的事，只是暫時地被湊在一起穿越漆黑的沙漠。她打了個冷顫。這時又陷入黑暗。她的幻想又鮮活起來。「他的額頭多麼高貴，」她想著（其實是黑暗中她誤把坐墊凸起的部分當成是波普先生的額頭）。「其中蘊藏了多麼偉大的聰明才智啊！何等的機智、智慧、真理——這些珍貴至寶多麼豐厚，是人們願意以性命來交換的！您的智慧是永遠照耀人間的唯一光芒。要不是您，人們就必須在全然黑暗之中摸索。」（此時馬車卡住公園巷的一處溝痕而大大顛簸了一下。）

「沒有天才指引，我們會翻車、會完蛋。最神聖、最清明的光芒啊，」她這是直接對著坐墊凸起部分在說話，此時他們駛到了柏克萊廣場其中一盞街燈下，她發現自己弄錯了。波普先生的額頭並不比任何一般人來得大。「可惡的人，」她想，「你竟然騙了我！我把坐墊凸起當成你的額頭。我現在看清楚了，你其實是個毫不起眼、寒酸可鄙的傢伙！畸形瘦弱，沒有一點令人肅然起敬之處，倒是令人覺得可憐，更多的是令人瞧不起。」

馬車再度駛入黑暗，除了詩人的膝蓋之外，她什麼都看不見，這時她的怒氣又立刻緩和了。「我才是真的可惡吧，」他們一進入一片黑暗，她又反省著，「也許你很卑賤，但我難道不是更加卑賤嗎？是你滋養、保護我，你嚇退野獸、嚇阻野蠻人，讓我穿蠶絲做的衣服、用羊毛編的地毯。如果我想崇拜你，你不是提供了形象，把它高掛天空嗎？您對我的關心不是隨處可見嗎？所以我怎麼能不因此而謙卑、感謝、溫馴？且讓我全心喜悅地侍奉您、榮耀您、服從您？」

這時馬車來到現在是皮卡迪利圓環那個街角的大燈柱下。強烈的燈光在她眼中閃爍，然後她看見除了幾個墮落的女人外，在一塊極度荒涼的地方，有兩個可憐的侏儒。他們赤身裸體、孤單無助。這兩個人都自顧不暇，根本無力去幫助對方。她現在看著波普先生整張臉，心裡想著，「如果你以為你能保護我，或是以為我會崇拜你，這兩者都是虛榮心作崇。真理之光會讓我們無所遁形，而真理之光可是該死地不適合我們兩個人。」

當然，在這段路程中，他們一直愉快地談著話，就像兩個家世良好、很有教養的人通常會做的，討論著女王的脾氣和首相的痛風，馬車來到乾草市場街又從光亮駛入黑暗，沿著河濱大道，到了艦隊街，最後終於來到她位在黑衣修士區的宅邸。有一段時間街燈和街燈之間的黑暗變得比較亮些，街燈本身沒有那麼亮——換言之，太陽已經升起，夏天清晨那種平和卻又模糊的光線讓你什麼都看得見，卻又什麼都看不分明，他們在這樣的光線裡下了車。波普先生攙扶著歐蘭多下車，歐蘭多則向波普先生行了屈膝禮，以最慎重其事的姿態展現優雅風度，讓波普先生走在前面，進入了她的宅邸。

從前面這段文字看來，我們不必假設天才（不過這種疾病在英倫三島已經根絕了，據說已故的丁尼生爵士是最後一個罹病的人）永遠在熊熊燃燒，如果真是如此，那麼我們就能夠看清一切事情，而且可能在過程中就化為灰燼了。其實天才倒更像是燈塔，它發出一道光芒，接著就停下來一陣子；不過天才要比燈塔更隨性些，它也許會接連迅速地放出六、七道光芒（波普先生那天晚上就是那麼做的），然後可能就陷入黑暗一整年，甚至永遠不再發光。因此要靠它的光線來導航是不可能的，而且據說天才處於黑暗狀態時，和常人無異。

雖然歐蘭多一開始有些失望，但這對她而言未嘗不是好事，因為她從現在起大部分的時間都有天才作陪。他們不見得和我們這些普通人有什麼兩樣。她發現，艾迪森、波普、斯威夫特喜歡喝茶。他們喜歡涼亭。他們收集小小的彩色玻璃器皿。他們熱愛洞穴。他們並不反對高貴身份。讚美令他們開心。他們一天穿紫紅色的衣服，第二天就穿灰色的。斯威夫特先生有一根精緻的藤杖。艾

我們且把這位紳士、三角帽和所有一切都放在手心裡。再次看看水晶球。難道他看不清襪子上的皺痕嗎？他機智雋語的每個波紋、每道弧線，還有他的親切、怯懦、文雅，以及他會娶一個女伯爵為妻，臨終時受人景仰，不都暴露在我們眼前嗎？一切都再清楚不過。艾迪森先生說完他想說的話，突然有人用力敲門，斯威夫特先生未經通報就闖進來，他總是這麼霸道專斷。等一下，《格列佛遊記》在哪裡？喔，在這兒！讓我們來讀一段主人公到慧駰國旅行的文字吧：

「我的身體非常健康，心靈也十分平靜；我沒有發現有任何朋友背叛或不忠，也沒有任何祕密的或公開的敵人來傷害我。我沒有幹過賄賂、拍馬屁或拉皮條，來討好任何大人物或他們的寵嬖。我不需要圍欄去防護欺詐或壓迫；這裡既沒有醫生來毀壞我的身體，也沒有律師來損害我的財產；沒有監視我的言行、受僱偽造證詞陷我於罪的告密者；這兒沒有會嘲笑、責難、背後中傷別人的人；沒有扒手、攔路搶劫的盜匪、闖空門的小偷、律師、老鴇、政治人物、才子、脾氣壞又囉嗦的長舌公……」

好了，好了，停止用那鐵皮般的字眼來攻擊我們，不然你會把我們全都活活打死，連你自己都活不了！沒有什麼會比那個暴力的人更加坦白了。他是如此粗魯，但又如此乾淨；如此殘暴，又如此仁慈；嘲諷全世界，卻對女孩說著童言童語，而且最後死在——我們能懷疑這點嗎——瘋人院裡。

所以歐蘭多為他們一一倒茶；有時候，天氣好的話，歐蘭多會帶他們到鄉下去，並且在圓廳裡以王室高規格的待遇宴請他們，把他們的肖像高掛在圓廳裡，這樣波普就不會說艾迪森排在他前面，或是艾迪森說波普排在他前面這類的話。他們也都非常機智（不過這些在他們的書裡都看得到），傳授她風格最重要的部分，那就是說話腔調的自然轉折——這種特質如果沒有聽過是模仿不來的，就連技藝高超的格林也做不到；因為這出自空氣，像浪潮碰到家具一樣，會碎裂、翻滾、消逝，永遠無法再得，更不用說隔了半世紀豎起耳朵要嘗試的人了。他們只是憑著說話聲音的抑揚頓挫來教她這一點；所以她的風格有了轉變，她寫了一些非常美妙慧黠的詩句，以及用散文描寫了一些人物。因此，她非常慷慨地用美酒招待他們，晚餐時把鈔票放在他們的盤子底下，他們也非常體貼地收下，接受他們作品的題獻，並且認為這樣的交換對她是極大的榮幸。

於是時間一天天地過去，人們常常聽到歐蘭多喃喃自語，她語氣中有些特別強調的地方，反而令聽者不免有些生疑，「天啊，這是多麼美好的生活啊！」（因為她仍然在尋找那件商品。）不過，情況很快有了變化，使得她不得不更仔細地去思考這件事。

有一天她正在為波普先生倒茶，而他，任何人都可以從前面所引的詩句看出來，坐在旁邊的椅子上，身子縮成一團，目光炯炯，觀察敏銳。

她拿起夾糖的夾子，心裡想著，「天啊，未來好幾個世代的女性一定會羨慕我！可是——」她停下來；因為波普先生需要她的關注。可是——讓我們為她完成這段思緒——當有人說，「未來的世代都會羨慕我，」我們可以肯定的是，他們現在的生活一定非常不自在。回憶錄作家在做過研究後，果真會覺得這種生活像是聽起來那樣教人興奮、那樣得意、那樣光輝燦爛嗎？先說一點，歐蘭多對茶深惡痛絕；其次，才智固然神聖、也令人崇拜，但是習慣卻住在最齷齪的軀殼裡，而且，唉，還不惜吞噬其他能力，所以才智往往使得理性變得最大，而情感、知覺、慷慨、慈悲、包容、和善，以及其他能力幾乎連喘息的空間都沒有。還有詩人都覺得自己最了不起，覺得別人一文不值；還有憎恨、傷害、嫉妒、一刻不停歇地機敏應答；還有他們能言善辯絮絮叨叨沒完沒了；還有他們勉強別人同意他們時所表現出來的貪婪霸道；所有這一切，我們得小聲地說，以免那些才子聽見，都使得她為他們倒茶這件事要比平常情況來得更加艱難、更加辛苦。此外（我們還是得小聲地說，以免女人會聽見），這裡還有一個所有男人都知道的祕密，切斯特費爾德勳爵悄悄告訴他兒子，並且嚴加訓令要他一定得保密：「女人不過是長得比較大的孩子，……有頭腦的男人只是跟她們鬧著玩玩，逢場作戲一番，遷就她們、捧捧她們，」因為孩子往往會聽見不該聽的話，而且，有時候，等他們長大了，不知怎的就洩漏了祕密，所以倒茶這整個儀式就變得相當地奇怪。女人知道地非常清楚，雖然才子會把詩獻給她，讚美她很有鑑賞力，徵求她的評論，喝下她所沏的茶，但這絕不代表會尊重她的意見、佩服她的理解力，或者不會用筆刺穿她的身體（因為他是不會使劍的）。這一切，我們盡可能低聲地說，但是現在可能已經傳出去了。所以即使牛奶罐已經拿在手裡，懸在半空中，夾糖的夾子已經伸出去，女士們還是可能遲疑了一下，看一會兒窗外，打一個呵欠，然後糖就啪地一聲，歐蘭多現在就是這樣，掉進了波普先生的茶裡。但是從來沒有一個人像波普先生那樣反應激烈，認為這是對他的侮辱，並且立即予以報復。他轉身面對歐蘭多，馬上送給她〈女人的特性〉草稿中一個名句。他後來對這句話多加潤飾，不過即使是最初的詞句也是夠令人側目的了。歐蘭多行了一個屈膝禮接受了這句詩。波普先生鞠了個躬就離開了。歐蘭多為了消消兩頰的熱氣，因為她真的覺得那個矮個子打了她，她走到花園盡頭長著堅果樹的小樹林裡散步。涼風很快就發揮了作用。令她驚訝的是，她發現自己孤單一人竟然鬆了一口氣。她望見滿載的船隻快樂地溯河而上。這個景象無疑使她想起過去的一兩件事情。她在一棵美麗的柳樹下坐了下來，陷入沉思。一直坐到天空出現了星星。然後她站起來，轉身回到屋裡，走進臥室鎖上房門。她打開衣櫃，裡面掛著許多當她是個時髦年輕男子時所穿的衣服，她從裡面挑選了一套鑲滿威尼斯花邊的黑色天鵝絨衣服，款式確實稍微有點過時，可是十分合身，穿起來就十足是個高貴的勳爵。她在鏡子前轉了一兩圈，確信平常穿的襯裙並沒有讓她走起路來放不開腳步，然後就偷偷溜出了大門。

這是四月初一個天氣晴朗的夜晚。滿天星辰和一輪新月的光芒交織在一起，再加上一盞盞的街燈，使得這光線映照出人的面容和瑞恩先生所設計的建築份外好看。世間萬物莫不呈現出最柔美的形貌，然而，就在這形體似乎要消融之際，某種銀光似乎又撒下來，使得這景象再度鮮活起來。歐蘭多想著，人與人之間的談話理當如此（沉溺在傻氣的幻想之中），社會應該如此，友情應該如此，愛情也應該如此。因為，天知道是什麼緣故，正當我們對人性交流失去望之際，偶然見到穀倉和樹木、乾草堆和運貨馬車隨意的排列組合，反而會帶給我們完美的啟示，讓我們體會到某些難以企及的事物，於是我們繼續尋尋覓覓。

她這麼想著的時候，已經走到了萊斯特廣場。這裡的建築現在看起來有一種白天所沒有的精巧而對稱的感覺。天空像是經過最巧妙洗滌的蒼穹，填滿了屋頂和煙囪的輪廓。有個年輕女人一手垂在身旁，另一隻手擱在大腿上，無精打采地坐在廣場中央一棵法國梧桐樹下的椅子上，活脫脫是優雅、單純和淒涼的化身。歐蘭多脫下帽子瀟灑一揮，像個殷勤有禮的男士在公共場合向一位時髦淑女致意。這名年輕女子抬起了頭。那是最姣好精緻的臉孔。她抬起了雙眼，歐蘭多見到那雙眼睛的光澤，有時可以在茶壺裡見到，但卻難得出現在人的臉上。穿過這銀色光輝，這年輕女子抬起頭看著他（因為她看到的是個男人），露出懇求、期盼、顫抖、畏懼的神情。她站起來，接受了他的手臂。因為——我們還需要強調這點嗎？——她屬於那種一到晚上就要把貨品擦亮，然後依次放在櫃台上待價而沽的那種人。她帶著歐蘭多到她在傑拉德街的住處。感覺到她的手臂輕輕地挽著自己，但又若有所求的姿態，歐蘭多的心裡油然生起男人的情感。她的樣子、她的感受和說話方式都像個男人。然而，她最近成為女人，她懷疑這個女子的嬌羞和欲言又止的回答，以及她在門口找鑰匙開門、她外套的皺褶、垂下的手腕，都是為了要滿足歐蘭多的男子氣概而裝出來的。他們上了樓，這個可憐的人兒費盡心力布置房間，想要掩飾她別無所有的事實，但一點也騙不了歐蘭多。

這樣的欺騙令歐蘭多不屑，但真相又令她覺得同情。由某件事看出另一件事，衍生最奇怪的複雜情緒，讓她有些哭笑不得。這時候，妮爾，這女孩說她叫這個名字，解開了手套，小心翼翼地遮住左手套姆指的破洞；接著她躲在一個簾幕後面，或許她在那兒上粉、整理衣服，在脖子上圍一條新的方巾——同時嘴巴也沒停過，一直像女人一樣叨叨絮絮著，討情人的歡心，可是歐蘭多敢發誓，從她說話的語氣聽得出來，她的心思根本不在這上頭。終於一切都準備就緒，她從簾幕後面走出來——可是歐蘭多再也忍不住了，混合著憤怒、愉快和憐憫的最奇怪的情緒，她拋開一切偽裝，承認自己是個女人。

聽到這番告白，妮爾哈哈大笑，聲音大得簡直對街都聽得到。

「嗯，親愛的，」她好不容易恢復平靜以後，說：「聽你這麼說我一點都不難過，因為我老實告訴你（很驚人的是，她一發現她們兩人性別相同，她的態度馬上有一百八十度的轉變，原來楚楚可憐、哀哀祈求的樣子立刻消失了），因為其實我今晚一點也不想和男人打交道。老實說，我現在有個大麻煩。」她一邊說著話，一邊撥弄著火爐，調了一杯潘趣酒，把自己一生的故事全告訴歐蘭多。不過。我們目前要說的是歐蘭多的一生，所以就不需要敘述另一位小姐的遭遇。然而可以確定的是，歐蘭多從來沒有覺得時間怎麼過得這麼快，聊得有這麼開心。雖然妮爾小姐沒有一丁點機智才氣，而且在聽到波普先生的大名時，她還無知地問道，他是不是和傑敏街同姓的老闆有親戚關係。不過，對歐蘭多來說，這正是一種自在的魅力和美麗的誘惑，這個可憐的女孩用的是街頭最普通的詞語，但是比起她過去習慣聽到的精雕細琢的辭彙，這簡直是甘醇如酒。於是她得出了一個結論，在波普先生的冷嘲熱諷、艾迪森先生的降尊紆貴，還有切斯特費爾德勳爵的祕密裡，有些什麼東西令她失去了對才智社交圈的興趣，儘管她還是得對他們的作品奉若圭臬。

這些可憐人兒啊，她確信，因為妮爾介紹她認識了普露，普露介紹了吉蒂，吉蒂介紹了蘿絲，有一個自己的社交圈，而現在她也被選為會員。每個人都要說說自己的遭遇，為什麼她們現在會過這種生活。其中有幾個是伯爵的私生女，有一個和國王的關係還比歐蘭多親近得多。她們還不至於太過悽慘、或是太過貧困，所以總還是有個戒指或袋子裡有塊手帕，像是家族譜系似的彰顯她們的身份。於是她們圍著潘趣酒大碗，歐蘭多大方地供應甜酒，說了許多精采的故事，提出許多有趣的觀察。因為，不可否認的，女人聚在一起的時候——不過，噓——她們總是小心翼翼地檢查房間是否關好，別讓她們說的話見報。她們想要的是——不過，噓——樓梯間是不是有男人的腳步聲？她們想要的是，我們正要說出來的時候，那位先生就搶著說話了。他說，走進妮爾的前廳，女人沒有欲望，只有裝模作樣而已。沒有欲望（她已經侍候了他，現在他離開了），她們的談話就不會有任何人感興趣。S．W．先生說，「大家都知道，如果沒有男人的刺激，女人之間就沒有什麼好聊的。單純只有女人聚會時，她們不聊天，只是抓癢而已。」因為她們無法一起聊天，彼此抓癢也抓不了多久，所以大家都知道（T．R．先生已經證明了），「女人之間無法產生任何情感，而且還對同性充滿仇恨到極點。」所以當女人自成社交圈時，我們能猜想她們到底在幹些什麼呢？

由於有頭腦的男人不會對這個問題感興趣，且讓我們因為身為傳記作家和歷史學家而享有不受任何性別影響的特權，就此忽略這個問題，只是單純地陳述歐蘭多在這個女性社交圈裡獲得了極大的愉快，至於此事絕無可能，就留待那些紳士去證明，反正他們這是最愛做的。

不過，要確切精準地描述歐蘭多這段時間的生活變得愈來愈困難，我們試著要在當時傑拉德街和德如利巷燈光昏暗、路面不平、通風欠佳的院子窺伺、摸索，一會兒看見她，一會兒又失去了她的蹤影。那時候她為了方便起見，常常更換衣服，這又使得我們的任務變得更加困難。在當時的眾多回憶錄裡，人們常稱她為某某「勳爵」，但其實是她假冒堂弟身份，她的慷慨都歸在他頭上了，而人們認為是他所創作的詩，其實都是她寫的。看來她在扮演不同角色上遊刃有餘，因為她的性別更換的頻率，遠比那些始終只穿著同一性別服裝的人能夠想像得來得更加頻繁。毫無疑問地，這樣的手段一定也讓她獲得了雙倍的好處。生活的樂趣快感因此增加了，人生經驗也變得更加豐富了。穿馬褲時表現得誠實正直，換上裙子嬌媚迷人，同時享受來自男女兩性的愛情。

因此我們不妨試加描繪，她在早上穿著一件難辨性別的中國式罩袍埋首書堆，然後穿著同一件衣服接見一兩位因公造訪的客人（因為有幾十個人有求於她）；然後她會到花園裡轉轉，修剪一下胡桃樹——這時穿著及膝馬褲才是最方便的；接著她會換上一身印花塔夫綢，這適合乘著馬車到理奇蒙兜風，會見某位要向她求婚的貴族；等她再回到倫敦城裡，她會換上一件像是律師袍服一樣的黑褐色袍子，去法院聽聽她案子的進展——因為她的財產每個小時都在損失浪費，而那些案件結案的時間卻和一百年前一樣遙遙無期；於是，終於到了晚上，她會從頭到腳做貴族打扮，在路上走來走去，尋求冒險刺激。

從這些探險中回來——當時有關這類尋幽探險的傳聞很多，比方說她有一次和人決鬥，在國王的船艦上當艦長，有人看到他在陽台裸體跳舞，和某位淑女私奔到荷蘭、盧森堡或比利時，還被這個女人的丈夫跟蹤（對這些故事的真實與否，我們不予置評），總之，不管她做了什麼回到了家，她有時會刻意地經過某個咖啡館的窗戶前，從那兒她可以看見那些才子，但他們看不到她，這樣她可以從他們的手勢和動作，猜想出他們說了什麼聰明的、機智的或者輕蔑的話，但是又不需要聽見半個字；這應該是件好事；有一次她站了半個小時，望著波爾特街一幢房子窗簾後映著三個人一起喝茶的影子。

從來沒有任何戲劇這麼引人入勝，她真想大聲喝采，太棒了！太棒了！因為這真是一齣好戲啊——從最厚的一本人生大書所撕下來的一頁！有個矮個子的影子噘著嘴，在椅子上坐立難安的樣子，焦躁浮動、頤指氣使；有個彎著腰的女人身影，用手指試杯子裡茶水深淺，因為她眼睛看不到；在一張大椅子裡坐著一個樣子像羅馬人、身體不停轉動的人影——古怪地扭著手指、左右晃動腦袋，咕嚕咕嚕地喝著茶。詹森博士、鮑斯威爾夫人、威廉斯夫人——這就是那些影子的名字。她看得如此全神貫注，忘了未來各個時代會是多麼羨慕她，雖然看起來這一次的確是令人羨慕的。她很滿足地看著看著。最後鮑斯威爾先生站起來了。他冷漠粗暴地向那位老太太行了個禮。可是在那個魁偉的羅馬人的影子面前，他卻以十足謙卑但又不致自貶身價的態度行了個禮，這個身影此時站起身來，站在那兒身體有些搖晃，一面說出有史以來最冠冕堂皇的詞藻；歐蘭多心裡是這麼想的，因為那三個影子坐在那兒喝茶時所說的話，她一個字也聽不見。

一天晚上，她在經歷過這樣的漫遊之後，終於回到家裡，上樓進了臥室。她脫下鑲有蕾絲花邊的外套，穿著襯衫和馬褲，站在那兒望著窗外。空中以乎有些騷動，讓她沒有上床就寢。城市上空籠罩著一層白霧。這是隆冬霜重的一個夜晚，四周景致極為壯觀。她可以看見聖保羅大教堂、倫敦塔、西敏寺，所有教堂的尖塔和圓頂、銀行平滑巨大的輪廓、廳堂和聚會所華麗飽滿的弧線。北面升起的是漢姆斯特德區光滑平整的山丘，在西面則是梅菲爾區的街道和廣場，閃亮著一道清澈的光芒。星辰在萬里無雲的晴空裡閃爍，俯照著這片寧靜有序的景致，燦爛堅定、強硬不屈。整個大氣極度地清晰純淨，每個屋頂的線條、每個煙囪的通風帽都清楚可見；甚至連路上的鵝卵石也顆顆分明，歐蘭多不由得把倫敦現在這秩序井然的景象，和伊莉莎白時期那個雜亂擁擠的模樣相比。她記得那個時候的城市，如果我們可以把它稱為城市的話，從她在黑衣修士區的房子窗戶往外看，只見到處擁擠不堪，只不過是許許多多的房舍雜亂無章地擠在一起罷了。那時的星星只能在街道中央一灘灘深陷的死水裡反射出星光。以前在街角那兒原本是家酒店，有個黑影躺著，八成是遭人殺害的屍體。她還記得，在那時夜晚鬧事許多人受傷後哭喊的聲音，她當時只是個在保母懷中的小男孩，在菱形的玻璃窗格裡望外看。成群惡棍流氓，男女都有，不堪入目地交纏在一起，腳步踉蹌地走在路上，放情高歌狂笑，耳朵上戴著閃亮的珠寶耳環，手上則握著眩目的刀刃。像今天這樣一個夜晚，在高門區和漢姆斯特德區濃密森林，在天空下呈現出纏繞糾結的輪廓。在倫敦附近的山丘上，這裡那裡，不時就能看見一個簡陋的絞刑架，有個屍體被釘在上面的十字架，聽其腐爛枯乾；因為，危險和不安、情欲和暴力、詩歌和汙穢，充斥著伊莉莎白女王時代曲折蜿蜒的公路，喧囂嘈雜、散發惡臭——即使到現在歐蘭多都還記得在悶熱夜晚時那股臭氣熏天——從倫敦城市裡的小房間和窄巷弄裡傳出來。現在——她探身向外——一切都是那麼明亮、有秩序、安靜祥和。她聽見馬車輪子在鵝卵石上轆轆而行的微弱聲響，遠處一個更夫叫著——「午夜十二點整！清晨有霜！」話才出口，午夜的鐘聲就敲響了第一下。歐蘭多這時才第一次發現在聖保羅大教堂的圓頂後面有一朵小雲凝聚。隨著鐘聲敲響，這朵雲也愈變愈大，她看著雲朵以飛快的速度變深、擴散，同時，吹起了一陣微風，到午夜第六道鐘響時，雖然西邊和北邊的天空還是一片清朗，東邊的天空已布滿不規則的、迅速移動的黑影。接著烏雲向北邊擴散，城市上方天際被一一吞噬。只剩下梅菲爾區，一片燈火通明，相較之下，似乎比平常更加燦爛奪目。當鐘聲敲到第八響時，疾馳的碎片殘雲籠罩著皮卡迪利廣場。烏雲似乎以非比尋常的速度大量聚集，急急地往倫敦西區移動。到了第九響、第十響、第十一響時，整片黑影鋪天蓋地遮蔽了整個倫敦。到了午夜的第十二響，黑暗已經完全包覆。混亂紛擾的雲層布滿整個城市。一切都是黑暗；一切都是懷疑；一切都是混沌。十八世紀結束了；十九世紀業已開始。

第五章

十九世紀的第一天，巨大的烏雲不只籠罩著倫敦，也籠罩著整個不列顛群島，而且還停留在那兒，或者說，也不能算是停留，因為一直不斷地有狂風把它吹來颳去的，但這時間長久到對生活在這陰影下的人莫不受到其異乎尋常的影響。英格蘭的氣候似乎改變了。老是下雨，總是一陣一陣的，才剛停一會兒又開始下了。太陽還是照著，當然囉，但是卻被厚厚雲層裹住，空氣又十分潮溼，使得光線黯淡，暗沉的紫色、橘色、紅色取而代之，不復見十八世紀比較活潑的景致樣貌。在這個陰鬱青灰的蒼穹之下，捲心菜的綠色沒有以往的鮮翠，冬雪的白色也變得渾濁了。更糟的是，溼氣現在開始滲透到每間屋子裡——溼氣是所有敵人中最陰險狡詐的，因為陽光可以用窗簾遮擋，霜寒可以用熱火融化，溼氣卻趁我們熟睡時偷偷潛入；無聲無息、難以捉摸、無所不在。溼氣會讓木頭膨脹，讓水壺長毛，讓鐵器生鏽，連石頭都會爛掉。這個過程逐漸發生，直到有人拉開抽屜或是搬動煤桶，結果它們在我們的手上分離瓦解，我們都還不太相信究竟是不是溼氣作怪。

於是，神不知鬼不覺地，沒有任何的標記指出到底改變是在哪一天或哪個時辰開始的，英國的結構發生了變化，而且沒有人發現。但是所有地方都可以感覺到變化所帶來的影響。從前強壯耐寒的鄉下紳士可以開開心心坐在一個經過設計的房間裡，或許是當時知名建築師亞當兄弟的作品呢，很有老派尊嚴地享受著一頓麥酒牛肉的飽餐，然而，現在他卻覺得寒意逼人。因此，毯子出現了；鬍子留長了；褲子長度到足弓褲腳收緊。他雙腿所感覺到的寒意很快就轉移到整個屋子；家具都上了罩，牆壁和桌子也加了蓋；沒有東西是直接裸露的。接著飲食也必須做改變。英國鬆糕問世了，小圓餅也出現了。咖啡取代了晚餐後的波特酒，而且，因為要喝咖啡，所以要有客廳，因為有客廳，所以有玻璃櫃，因為有玻璃櫃，所以有人造花，因為有人造花，所以有壁爐台，因為有壁爐台，所以有鋼琴，因為有鋼琴，所以有客廳小曲，因為有客廳小曲（此處省略一兩個步驟），所以有無數的小狗、墊子和瓷器裝飾品，家——已經變得萬分的重要——也完全改變了。

房子外面——這是溼氣造成的另一個效果——常春藤長得空前茂盛。本來光禿禿的石造房舍現在被濃密的枝葉壓得透不過氣來。所有的庭園不管之前的設計多麼重視形式，現在都有了一座灌木叢、一片荒野、一個迷宮。光線穿透到生兒育女的臥室，現在自然地呈現出一種黑渾的墨綠色，光線穿透絨布窗簾照到成年男女日常作息的起居室，呈現厚重的褐色和紫色。不過，改變不只是發生在外在事物上。溼氣也侵襲到內在。男人心裡感覺到寒意；腦子則感覺到溼氣。他們迫切地想要感受到一絲絲溫暖，因此想出一個又一個花招。愛情、誕生與死亡，全都讓形形色色的漂亮詞彙給包裝起來。男人和女人之間的距離愈來愈遠。甚至不能公開交談。男女雙方都謹慎戒懼地彼此閃躲、遮掩隱匿。就像常春藤和常綠植物在外面潮溼土地上滋長暴動，在室內同樣也不遑多讓。普通女人的一生就是不斷地生小孩。她們十九歲結婚，到三十歲左右大概有十五或十八個小孩；有不少是雙胞胎。因此大英帝國鼎然而立；也因此——因為溼氣根本無法阻擋，它進到墨水瓶裡，就像進到木器一樣——於是句子膨脹了，形容詞拚命地繁殖，抒情詩變成了史詩，本來是寫寫瑣事大約一欄長度的散文，現在變成十冊或二十冊的百科全書。尤瑟比斯・楚柏可以替我們作證，對於一個敏感的男人來說，完全無法扼止這種趨勢，確實造成了若干影響。在他的回憶錄裡快到結尾的段落，他描寫有一天早上寫了三十五張對開大紙、「無事呻吟」的文字之後，他把墨水瓶蓋子扭緊，到花園轉一轉。他很快就發現自己被灌木叢團團圍住。數不清的葉子在他頭頂上嘎吱作響、晶瑩閃亮。他感覺自己「腳下踩扁百萬多個黴菌」。花園盡頭有一個潮溼的火堆冒著濃煙。他想到，這世間沒有什麼火焰可以燒盡這整片廣大的植物所形成的障礙。不管他往哪個地方看，植物幾乎是無所不在地狂生亂長。小黃瓜「穿過了草地舒展蔓延到他腳下」。巨大的花椰菜一層層地往上拔高，在他錯亂的想像裡，甚至可以和榆樹匹敵。母雞不停地生出沒有什麼特別光澤的蛋。接著，他想到自己的多產和可憐的妻子珍，嘆了一口氣，現在珍正在屋裡分娩第十五個孩子，想到這裡，他問自己，怎麼能責怪母雞不停生蛋呢？他仰望天空。天堂本身，或者天堂那個宏偉的門面，也就是天空，不就代表了天堂其實是贊同，或者說鼓勵這樣的階層次第嗎？因為在天上，無論是冬天或夏天，年復一年，雲朵就像鯨魚一樣翻滾轉身，他細細思量，或者更像大象吧；可是，不對，上千英畝大的天空令他無法不想到一個明喻，在英倫三島的上空伸展開來的天空不是別的，正是一個巨大的羽毛床；花園裡、臥室裡和雞棚裡那些無法區別的繁衍多產，都在天空裡照樣翻板。他走進屋裡，寫下我們上面所引述的這段話，把頭放進煤氣烤箱裡，等到有人發現時，他已經無法復生了。

當這一切在英國各地發生的時候，歐蘭多倒挺好的，她窩在黑衣修士區的家裡，假裝什麼也沒改變；照樣愛說什麼說什麼，愛穿及膝馬褲或裙子都隨自己高興。但甚至連她到最後也不得不承認，時代真的是不一樣了。在十九世紀初期的某個下午，她駕著她那輛老舊的鑲板窗馬車穿過詹姆斯公園，有一絲光線，竟然掙扎著透過雲層，以少見的彩虹色澤映照雲朵，呈現出多彩的斑紋，照射在地面上，這種景象偶爾會有，但並不常見。在看慣十八世紀晴朗而單調的天空之後，這的確是個奇景，因此歐蘭多把窗戶拉開，仔細地瞧瞧這景象。那紫紅、粉橘色的雲朵令她既喜且憂，這證明了她已經在不知不覺中受到溼氣影響，她想到死在愛奧尼亞海的海豚。可是令她吃驚的是，當這光線照到地面上，似乎召喚出、或是照亮了，一座金字塔、一場大獻祭，或是一個戰利品（因為它看上去像是大宴會桌似的）——是由各式各樣毫不相干、亂七八糟的東西組合而成，隨便堆成小山，就在現在維多利亞女王雕像矗立的地方！在一個斑駁腐蝕有著花卉雕飾的巨大黃金十字架上，懸掛著寡婦的喪服和新娘的面紗；鉤附在其他多餘東西上的還有水晶宮殿、嬰兒搖籃、軍用頭盔、紀念花圈、長褲、絡腮鬍、結婚蛋糕、大砲、聖誕樹、望遠鏡、絕跡的怪獸、地球儀、地圖、大象和數學儀器——這一大堆東西像是巨大的家族徽章，右邊是一位白衣飄逸的女性雕像；左邊則是一個穿大禮服和正式長褲的肥胖紳士。這些東西很不協調，衣著整齊正式和隨意披掛遮蓋，不同顏色所表現出來的俗豔、像格子花紋般的堆疊並置，令歐蘭多深感嫌惡沮喪。她一輩子從沒同時看到這麼醜陋粗鄙、這麼大而無當的東西。這或許是，不，這一定是陽光照射充滿水氣的空氣所造成的；只要微風一吹，這些就會消失；但是，當她駕著馬車經過時，它看上去似乎註定會永遠留存。她沉陷到馬車座位的角落，心裡想著，無論是刮風、下雨、日曬或打雷，都無法摧毀這浮誇的聳立物。雕像的鼻子或許會斑駁，號角可能會生鏽；但是會一直在那裡，指著東、西、南、北，永垂不朽。她的馬車疾駛向憲法山時，她回頭望了望。沒錯，它還在那裡，仍然平靜地在陽光下閃耀著——她掏出懷錶——當然，現在正是中午十二點的光線。沒有其他時間的光線會是如此平淡、如此務實，對任何拂曉或日落的影響都如此無動於衷，好像是打定主意要永遠這樣持續下去。她決定不要再看第二眼了。她已經覺得血液流動變得遲緩。更奇怪的是，當她經過白金漢宮時，她突然覺得臉一陣熱，臉頰紅豔得引人注目，似乎有一股強大力量強迫她的眼睛俯看自己的膝蓋。突然間，她很驚訝地發現自己穿著黑色馬褲。臉上的紅暈一直到她返抵鄉間莊園才消退，如果考慮到這是四匹馬跑了三十哩路的馬車行程，我們希望，這足以證明她的貞潔自愛。

一回到家，她立刻遵照現在已經變成是天性裡最迫切需要滿足的需求，從床上抓起錦緞被子把自己盡可能密不透風地裹了起來。一邊向寡婦巴索羅謬太太（她接替老好人格林斯迪奇太太當管家）解釋說，她覺得很冷。

這寡婦深深嘆了一口氣說，「小姐，我們大家都一樣。」她帶著一種好奇的、愁眉苦臉、又有些自鳴得意的語氣說，「這牆都出汗了。」當然，她只要把手放在橡木門板上就可以留下手印了。

常春藤長得如此茂盛嚴實，甚至把許多窗戶都封住了。廚房暗得幾乎讓人分不出茶壺和濾鍋了。有隻可憐的黑貓被當成煤炭鏟進火爐裡，雖然現在是八月，可是大部分女傭都穿了三、四件紅色法蘭絨裙子。

「小姐，這是不是真的？」這位善良的女人問道，她雙手環抱胸前，金色的十字架在胸前起起伏伏，「女王，願老天爺保祐，是不是真的穿著那個你們叫什麼的，一件——」，她說得吞吞吐吐，臉都紅了。

「裙撐。」歐蘭多替她說出來（因為這個詞已經傳到黑衣修士區了）。巴索羅謬太太點了點頭。眼淚從她的兩頰流下，但是她是邊微笑邊流淚。因為哭泣也是件令人愉快的事。她們不全都是軟弱的女人嗎？穿著裙撐更能掩飾這件事實；非常重要的事實、也是唯一的事實；不過，也是可悲的事實；每個謙抑的女性都會想盡辦法去否認、直到這事實再也無法否認為止；這事實就是她即將要生小孩了。而且是生十五個或二十個小孩，所以絕大部分謙抑女人的一生就是花在否認（至少每年有這麼一天）事實再明顯不過、無法再否認的事情上。

「鬆糕還熱著呢，」巴索羅謬太太擦了擦眼淚說，「放在書房裡。」

所以歐蘭多現在裹著錦緞被子，對著一碟鬆糕坐下來。

「鬆糕還熱著呢，在書房裡。」——歐蘭多裝模作樣地學著巴索羅謬太太修飾過的倫敦東區腔，說出這句討人厭的倫敦東區用語，一邊喝著茶——但是，不對，她不喜歡這個淡而無味的液體——她的茶。正是在這個房間，她記得，伊莉莎白女王手裡拿著一大壺啤酒，大步跨過火爐站著，柏格利勳爵和女王說話時，很不得體地用了命令的語氣而不是禮貌的假設語氣，女王突然猛地把啤酒朝桌子扔過去。「小子，小子，」——歐蘭多現在好像還能聽見她說——「『必須』是你可以對女王用的詞嗎？」酒壺砰地一聲打在桌子上，那痕跡到現在都還留著。

可是當歐蘭多突然站起來時，因為只要一想到偉大的女王，她就不由自主這麼做，結果被裹在身上的被子給絆倒。她咒罵了一聲，跌到椅子上。她想著，明天她得去買二十碼或更長的黑色棉紗來做裙子。然後（這時她臉紅了），她得買裙撐，然後（她臉紅了），一個嬰兒搖籃，然後另一個裙撐，等等……隨著她心中最微妙的端莊自持與害羞壓抑的情緒輪番交替起伏，她的臉一陣紅、一陣白。我們或許可以看見時代的精神吹動著，一會兒熱、一會兒冷，拂過她的臉龐。如果時代精神吹動得不太均衡，因為先想到裙撐，臉就紅了，然後想到丈夫，那麼她曖昧不明的地位（即使是她的性別都還有待商榷）和她過去那種不合常規的生活，或許可以作為臉紅的藉口。

她的臉頰終於恢復正常神色，時代精神——如果這真的是時代精神的話——暫時沉潛下來。歐蘭多在上衣胸前摸索著，好像是在尋找過去愛情的某個盒式吊墜或是什麼聖物，結果掏出來的並不是這種東西，而是沾染過海水、血跡、行旅風塵的一卷紙——她的詩篇「橡樹」手稿。她隨身攜帶這手稿到現在已經許多年了，而且又歷經各種艱難險阻，所以很多頁都汙損了，有幾頁撕破了，在和吉普賽人生活的時候，因為沒有紙張可寫的窘困，迫使她不得不利用手稿邊緣，還得劃掉詞句，使得這整部手稿看起來像是最細針密縫完成的針織品。她翻到第一頁，上面是她稚氣的筆跡，唸出當時所寫的日期：一五八六年。到目前為止，她已經在這首詩上花了三百年的時間。是該結束的時候了。她開始翻閱，有些草草看過，有些仔細讀，有些跳過去，她邊讀邊想著，這麼多年來她其實沒有什麼改變。她曾經是個鬱鬱寡歡的男孩，像一般男孩一樣，對死亡著迷；然後她變得貪於色欲、浮誇虛矯；然後她又變得精神抖擻、總是話裡帶刺；有時候她試著寫散文，有時候她試著寫劇本。她回想著，雖然經歷過這些變化，但本質上她並沒有什麼改變。她一直保持著喜歡沉思默想的氣質，還是愛好動物和自然，還是對鄉村和四季充滿熱情。

「畢竟，」她想，一面起身走向窗邊，「到頭來什麼都沒變。房子、花園都還是跟以前一模一樣。椅子沒有搬過，也沒有半件小小裝飾品被賣掉。還是同樣的小徑、同樣的草地、同樣的樹木、同樣的池塘，我敢說，同樣的鯉魚仍在池裡游著。沒錯，現在在位的是維多利亞女王，不是伊莉莎白女王，但是哪有什麼不一樣……」

正當她才理出一點頭緒，彷彿是為了反駁她似的，房門突然大開，男管家巴斯基特大步走進來，後面跟著女管家巴索羅謬，來收拾茶具。歐蘭多才剛把筆沾了墨水，正要把對萬物永恆的感觸寫下來，卻被筆尖滴下的墨水漬打斷而大為惱怒，這墨水漬向旁擴散延伸出去。她猜想，這是因為鵝毛筆老舊不堪用了，筆尖分叉或是髒了。她再沾了一次墨水。墨水漬變得更大了。她回想剛才自己說過的話，卻什麼都想不起來。接下來她就在那滴墨水漬上塗鴉，加上翅膀和絡腮鬍，結果就變成了一個圓頭怪物，有點像蝙蝠，又有點像毛鼻袋熊。至於寫詩，以巴斯基特和巴索羅謬在房間的情況下，那是絕對不可能的。她才一說「不可能」，結果令她大吃一驚的是，這筆就開始以最平順流暢的方式迴旋轉彎，在紙上以最工整的斜體字呈現出她生平所讀過的最枯燥乏味的詩句：

我自己無非是生命這令人厭倦的鏈子上
一個無足輕重的鏈環
但是我曾說過空洞的話語，
哎，可別說了等於白說啊！

那妙齡少女，當她的眼淚，
孤單地在月光下閃亮，
為那不在場的和那些被愛的所流的眼淚
呢喃——

巴索羅謬和巴斯基特在房間裡嘀嘀咕咕，一邊加添柴火，一邊收拾吃剩的鬆糕，歐蘭多卻振筆疾書，毫無停頓。

她又沾了沾墨水，繼續寫著——

她改變許多，那溫柔的粉紅色雲朵
曾經遮掩她的臉龐，恰似那天傍晚
高懸天際，發出玫瑰紅的光芒，
如今消褪成一片蒼白，毀於
光亮燃燒的紅暈，墳墓的火炬。

寫到這裡，她突然碰翻墨水瓶，墨水濺到紙上，把她不希望別人看到的都蓋住了。她又氣又惱，全身發抖。沒有什麼比這個更令人難受的了，讓突如其來的靈感奔流帶著墨水肆意流竄。她怎麼了？是因為溼氣嗎？還是巴索羅謬？巴斯基特？究竟是怎麼回事？她問道。可是房間裡沒別人，沒有人回答她的問題，除非是把落在常春藤上的雨聲當作是一種回答。

同時，她站在窗邊，開始意識到全身有一種非常尋常的刺痛感和不住的振動，彷彿她的身體是由上千根弦線組成，而一陣微風或四處探索的手指撥弄弦音。現在她的腳趾發麻；現在來到她的骨髓了。她的大腿骨感覺到最奇特的刺激。她的毛髮都豎起來了。她的手臂唱著歌、叮叮咚咚地響起來，就像是二十年後電報線路那樣唱歌、叮叮咚咚響。不過這一切躁動最後都集中在她的雙手；先是一隻手，然後是那隻手的一根手指，最後一陣收縮，集中到左手無名指，感覺到某種顫動興奮的刺激。她舉起手來，想看看是怎麼一回事，但又什麼都看不出來——只看見伊莉莎白女王賜給她的那顆巨大的單顆綠寶石。這還不夠嗎？她問道。這顆寶石有最漂亮的水色。至少值一萬英鎊。那股震動以一種最奇怪的方式（但是別忘了，我們現在討論的是人類心靈最黑暗神祕的現象），似乎在說「不，這樣不夠」；而且，還更進一步，帶點審訊的意味，彷彿在追問著，這是什麼意思，這個中斷、這奇怪的疏忽？直到可憐的歐蘭多對自己的左手無名指感到非常羞愧，但卻完全不明所以。就在此刻，巴索羅謬進到房裡，詢問歐蘭多晚餐時想穿那件衣服，歐蘭多此時感官變得敏銳許多，很快地就瞥見巴索羅謬的左手，很快地感覺到她以前沒注意到的地方——在她第三根手指上有一個暗黃色的厚重戒指，而她自己那根手指上卻什麼也沒有。

「讓我看看妳的戒指，巴索羅謬，」她說道，一邊伸出手去接。

巴索羅謬一聽，好像胸前被流氓揍了一拳似的，向後倒退了一兩步。她握緊了手，用一種至尊高貴的姿態把手甩開。「不行，」她說，神情極為莊嚴，小姐如果要看請隨意，至於要她把婚戒拔下來，就連主教、教宗或是在位的維多利亞女王都別想強迫她。她的湯瑪斯二十五年六個月又三週前在她手指上套上戒指；她睡覺時戴著；幹活的時候戴著；洗澡、禱告時也戴著；死後下葬也要戴著。事實上，歐蘭多明白她說的話，但是她的聲音卻因情緒激動而顯得斷斷續續的。她的意思是，她婚戒的光澤將來會決定她在天使之中的地位，即使她的戒指只是離開手一秒鐘，那光澤就會永遠黯淡失色了。

「老天保祐，」歐蘭多說，她站在窗前望著嬉戲的鴿子，「我們生活在什麼樣的世界啊！什麼樣的世界呀，真的是！」這世界的複雜令她驚愕。她覺得現在這整個世界似乎都鑲著黃金。她去吃晚餐。到處都是結婚戒指。她到教堂去，結婚戒指無所不在。她駕馬車出門。黃金，或是金色黃銅，細的、粗的，簡單的、素面的，所有人的手上都發出無聊黯淡的光澤。珠寶店裡都是戒指，不像是歐蘭多記憶中那種閃亮燦爛的寶石和鑽石，而是沒有任何寶石的簡單指環。同時，她也開始注意到都市人一種新的習慣。在從前，人們還滿常可以看見男孩子在山楂樹叢圍籬下逗弄女孩。歐蘭多那時會用馬鞭輕拂他們，一邊笑一邊駕著馬車往前。現在，這一切都不同了。年輕男女在馬路正中央愛走不走地，緊緊貼著彼此分都分不開。女人的右手一定要穿過男人的左手，他的手緊緊地抓著她的手。通常要等到馬的鼻子都要撞到他們了，才稍微移動一下，而且，就算他們移動了，也一定是兩人緊貼在一塊兒，舉步困難地靠向路邊一側。歐蘭多只能假設，對於這個種族有了某種新發現；那就是其實他們都是黏在一起的，雙雙對對，但這是誰造成的，而且是從什麼時候開始，她就猜不出來了。這看起來不像是大自然的傑作。她觀察鴿子和兔子和獵鹿犬，大自然並沒有什麼改變，或是去修正什麼，至少從伊莉莎白時代開始就是如此。就她所見，這些畜牲並沒有結合為不可分割的聯盟。所以這是維多利亞女王，還是墨爾本勳爵造成的？是不是從他們開始，偉大的婚姻大發現就此展開？然而，女王，她心想，據說很喜歡狗，至於墨爾本勳爵，聽說很喜歡女人。那就奇怪了——這簡直令人反感；真的，身體緊緊貼住這件事實在有違她對端莊及衛生的看法，令人很不舒服。不過，她心裡這許多轉折，卻是伴隨著那根手指不時感受到刺痛糾結的折磨，讓她很難專心整理思緒。那些想法十分折騰人、但又一直擠眉弄眼，就像是女僕的春夢。讓她不禁臉紅了。她真不知該如何是好，或許應該去買個很醜的指環，就像其他人一樣套上就沒事了。她真那麼做了，滿懷羞愧地在窗簾的遮蔽下把指環套上手指；可是一點用也沒有。那種麻麻的刺痛感反而變本加厲，比之前更加強烈。那天夜裡她根本無法入睡。第二天早上她拿起筆來寫東西，要不就是什麼都想不出來，鵝毛筆尖凝成一個又一個巨大哀傷的墨水漬，要不就是令人更加不安，筆尖從容不迫平順流暢地寫下關於早夭和墮落的文句，這比完全不思考更糟。因為這就像是——她的例子足以為證——我們書寫，並不是用我們的手指，而是全身投入。控制筆的神經環繞著我們存在本有的每一條纖維，交織著心臟，穿透肝臟。雖然惹事的禍端看起來是她的左手，她可以感覺到全身都徹徹底底地中了毒，最後她被逼得不得不考慮採取最極端手段。那就是完完全全地臣服於時代精神，去找一個老公。

這樣的行為完全違背她的天性，這應該是再清楚不過了。當大公的馬車車輪聲逐漸消逝，她嘴邊喊出的第一句話是「生活！情人！」，而不是「生活！丈夫！」，為了追求這樣的目標，她到城裡去，盡情遊戲人間，如前章所述。然而，時代精神具有不屈不撓的特性，若是有人膽敢反抗，比起那些退讓的人，前者一定會遭到窮追猛打，直到妥協為止。歐蘭多的天性比較傾向伊莉莎白時期的時代精神，傾向王政復辟時期的精神，所以幾乎沒有察覺到時代的改變。但是十九世紀的精神和她完全水火不容，她被這精神所席捲、無所遁逃，她被瓦解了，她意識到一種前所未有、不得不任其擺布的挫敗。人類精神在歷史的階段有其相應的位置，這應該是大有可能的；有些人適合這個時代，有些人是那個時代；對歐蘭多來說，她現在是女人，年紀也有三十一、二歲，個性差不多是定形了，硬要她朝相反的方向改變，她是無法接受的。

所以她哀傷地站在客廳窗前（巴索羅謬已經給書房施了洗禮，讓她在那兒只想得到結婚和戒指），她不得不配合順從地穿上裙撐，那重量拖得她直往下沉。她從沒有穿過這麼笨重單調的衣服。從來沒有衣服讓人如此舉步維艱。她再也不能和狗一起大步走過花園，或是輕盈地登上高高的山丘，將身一縱，倒在橡樹下。她的裙擺收集了潮溼的樹葉和麥稈。以羽毛裝飾的帽子被微風颼起來。薄鞋底很容易就浸溼，沾滿泥巴。她的肌肉失去了彈性。她變得神經兮兮，總覺得護壁板後面躲著強盜，而且生平第一次害怕走廊上有鬼。這些點點滴滴讓她一步步向這項新發現屈服，不管是維多利亞女王的想法也好，其他人的點子也罷，每個男人和每個女人都會有命中註定要共同終老一生的對象，互相扶持，至死方休。她覺得，能夠有個人倚靠倒也是個慰藉；坐下來；躺下來，還錯；永遠、永遠不要再起來了。所以，時代精神確實對她產生影響，她從前是多麼自負自滿啊，現在在她從感情的階梯上滑下來，來到這卑微低下、令人不慣的棲身所在，情緒像是滑梯一樣跌到谷底，而先前那些刺痛糾結曾經是如此地吹毛求疵、咄咄逼人，現在竟化為最甜美的旋律，彷彿是天使用雪白手指撥弄豎琴琴絃，她全身上下都沐浴在天使般的和聲美樂之中。

但是她可以倚靠在誰身上呢？她向狂野的秋風探問。因為現在是十月，仍然像往常一樣一直下雨。奧國大公爵可不行；他已經娶了一個非常尊貴的淑女，這許多年來都在羅馬尼亞獵野兔呢；M先生不行，他已經皈依天主教了；C侯爵不行；他現在在澳洲做麻袋呢[11]；O勳爵也不行，他向來只吃魚。不管怎麼樣，她從前那些密友現在都不在了，至於在德瑞利巷那些妮爾和凱慈呢，無論她再怎麼喜歡她們，她們可不是可以倚靠的對象。

「誰？」她問道，眼睛看著天上變化幻莫測的雲，她在窗台前雙手緊握，看起來分明就是活脫脫極有魅力的最佳女性形象，「能讓我倚靠呢？」她的話是自己吐出來的，她的手是自己緊握的，並不是由她作主，就像她的筆自己寫下要寫的文字。這不是歐蘭多自己在說話，而是時代精神借她的口說出來的。禿鼻烏鴉在秋天狂亂暴風中跌跌撞撞、胡亂飛舞著。雨終於停了，天空中出現了虹彩，讓她想要戴上有羽毛裝飾的帽子，穿上小小的繫帶鞋子，在晚餐前散個步。

「除了我以外，所有人都成雙成對的。」她想著，鬱鬱寡歡地拖步穿過庭院。就連禿鼻烏鴉也是；連獵鹿犬和狗都是——就算牠們的結盟很短暫，但至少這個晚上，大家都有自己的伴侶。「而我呢，這一切的女主人，」歐蘭多心想，她一邊走過大廳裝飾繁複的無數窗戶，一邊看著，「獨身

11 譯註：他犯了罪被送到澳洲去。

一人，形單影隻，孤零零的。」

以前她的腦袋裡從來沒有出現過這樣的念頭，現在卻把她逼得無處可逃。她並沒有用力推開門，而是用戴著手套的手輕輕拍拍門房，讓他效勞。一個人必須得找個人倚靠，她想，即使是門房也好；一方面她有點希望留下來幫他在一桶火紅的炭火上烤肉，但是又太害羞而不好意思開口。所以她一個人慢慢地走進公園，剛開始還有些畏畏縮縮，擔心也許會有偷獵者或看守獵場的人或甚至是小廝，看到地位尊貴的淑女竟獨自一人散步而大吃一驚。

她每走一步就緊張地東張西望，深怕某個男人會躲在荊豆叢裡，或是某隻母牛會用牛角頂她。但是只有禿鼻烏鴉在天空中招搖。其中一隻烏鴉藏青色的羽毛掉落在石南叢裡。她衷心喜愛野生鳥類的羽毛。還是個小男孩時，她會搜集羽毛。她撿起這根鳥羽，插在自己的帽子上。她的精神讓空氣拂掠過而振奮起來。烏鴉在她頭頂上迴旋打轉，羽毛一根根地閃亮落在紫色的空氣裡，她跟著這些羽毛，她長長的外套在後方飄飄然，越過了荒野，走上山坡。她已經好多年沒有走那麼遠了。她從草地上和手指間撿拾了六根羽毛，她把羽毛放在脣邊感受那滑順閃亮，這時她看見，在山坡上有東西晶瑩閃爍，一座銀色的池子，神祕得有如貝德維爾投擲亞瑟之劍的那座湖。有根羽毛在空中顫動，掉進了湖中央。這時，她突然感受到某種奇特的狂喜。她有個瘋狂的念頭，想要跟著鳥群來到世界邊緣，然後縱身投入像海綿一樣的草坪，然後飲盡遺忘之水，而烏鴉那沙啞的笑聲在她頭頂上兀自響著。她加快了腳步；她跑了起來；她絆倒了；堅硬的石南根害她跌倒在地。她的腳踝扭到了。她站不起來。但是她很滿足地躺在那兒。她的鼻孔裡滿是沼澤桃金孃和繡線菊的香氣，耳朵聽到的盡是禿鼻烏鴉那沙啞的笑聲。「我找到我的伴侶了，」她喃喃自語，「那就是荒野。我是大自然的新娘。」她低聲說道，歡天喜地把自己投向草地冰涼的擁抱，躺在池子旁邊的小坑洞用外套把自己包起來。「我要躺在這裡（一根羽毛掉在她的眉毛上）。我已經找到比月桂更青翠的桂冠。我的額頭會永遠清涼。這些是野鳥的羽毛——貓頭鷹的、夜鷹的。我應該做狂野的夢。我的手才會不要戴什麼結婚戒指，」她繼續說著，把手上的戒指脫下來。「哎，應該是樹根纏繞我的手指。」她嘆息著，把頭舒服地壓著鬆軟的青草地。「我已經花了幾個世紀追求幸福，都還沒有找到；追求名聲，但卻錯過了；追求愛情，但不知道愛為何物；生活——看啊，還比不上死亡。我認識很多男人和很多女人，」她接著說；「我卻一個人也不了解。我最好是躺在這裡安息，只有藍天在上——許多年前吉普賽人就跟我說過了。那是在土耳其。」她朝上看著雲彩翻騰攪動，變成是美妙的金黃色泡沫，接下來看到其中有一條通道，駱駝排成一列穿過紅塵雲彩岩漠；接著，駱駝走過了，只剩下高山連綿，山很高，到處都是裂縫，岩峰聳立，她想像自己聽見山羊鈴走過時叮噹作響，在牠們的羊圈裡長滿了鳶尾花和龍膽花。天空千變萬化，她的視線緩緩地往下移動，直到她看到被雨淋溼變成黑色的大地，看到南部丘陵大大的圓丘，像是海岸邊的一個大波浪；陸地的盡頭就是大海，海上有船隻經過；她想像自己聽見遠處海上傳來槍聲，她第一個念頭是，「那是西班牙無敵艦隊，」接著又想，「不對，那是尼爾遜。」繼而才想起那些戰事早就結束，那些船隻應該是商船；在那蜿蜒的河流上航行的風帆都是遊艇。她也看到點綴在深色原野上的牛，綿羊和母牛，然後她看到農舍窗戶的燈一盞一盞的點亮，牛群間有移動的燈火，那是牧羊人和牧牛人在巡邏；接著燈光熄滅了，星星升起，在天空上星羅棋布、交織閃爍。真的，她就睡著了，溼羽毛在她臉上，耳朵緊貼著地面，她聽到，在內心深處，好像有鐵錘敲打著砧板，或者其實是心跳聲？滴答滴答，不斷地敲著，不斷地打著，鐵砧板，或是大地中央的心跳；她傾聽著，直到她覺得這聲音變成了馬蹄聲；一、二、三、四，她數著，然後她聽到有人絆倒的聲音；接著，那聲音愈來愈近，她可以聽到樹枝斷裂，馬蹄陷在溼沼澤的聲音。馬幾乎踏到了她。她坐起身來，在拂曉的黃色光束中矗立著巨大黑影，鴴鳥在這身影四周盤旋，她看見一個男人騎在馬上。他嚇了一跳，馬就停下來了。

「女士，」這男人大叫了一聲，跳下馬來，「您受傷了！」

「不，我死了，先生！」她答道。

幾分鐘後，他們訂婚了。

次日早晨，他們坐著吃早餐時，他把姓名告訴她，他是一個鄉紳，名叫馬爾瑪杜克．邦索洛普．薛爾梅汀。

「我就知道！」她說，因為他有一種憂鬱浪漫、體貼但又堅毅的氣質，和這個粗獷而令人聯想

1840年左右的歐蘭多

有一種驚人的美感。因為根據自然明智的經濟規律，我們的現代精神幾乎可以不需要語言；因為沒有任何表達行得通，那麼最簡單的表達就夠了；所以最普通的對話往往是最詩意的，而最詩意的往往也是無法以文字記錄的。基於這些理由，我們就在此留下大段空白，希望讀者自行想像這是填滿的。

連著好幾天他們還是一直聊著。

「歐蘭多，我最親愛的，」薛爾開始說，這時外面傳來一陣騷動，巴斯基特進來通報說，樓下有兩名巡警送來女王令狀。

「請他們進來，」薛爾簡短地說，彷彿是在他船上的後甲板一樣，憑著直覺，雙手背在背後站在壁爐前。兩名穿著深綠色制服、警棍掛在臀部的警官走進來，立正敬禮。在一番行禮如儀之後，他們把一份看起來很不得了的法律文件親手交給歐蘭多，這是他們的任務，從封蠟大小、緞帶、誓詞和簽署的方式看來都非同小可，絕對是最重要的文件。

歐蘭多很快地看了內容，然後用右手第一根手指指著，唸出以下與事件最直接相關的事實。

「官司已經了結了，」她唸出來……「有些判決對我有利，比方說……有些則不。土耳其的婚姻無效（我當時是駐君士坦丁堡大使，薛爾，」她解釋著）。「子女被判為非婚生子女（他們說我和西班牙舞者佩琵塔生了三個兒子）。所以他們沒有繼承權，這太好了……。性別？什麼！這跟性別有什麼關係？我的性別，」她嚴肅地繼續唸著，「被裁定為，毫無爭議、毫無任何懷疑餘地的（薛爾，我剛才是怎麼跟你講的？），女性。那些被扣押的房產現在已解除扣押，得以永遠流傳後代，但繼承者僅限於我親生的男性子嗣，或是在沒有婚姻的情況下」——她這時開始對那些瑣碎冗長的法律用語感到很不耐煩，然後說，「但是現在沒有這個問題，也不會有男性子嗣的問題，所以剩下的就當作是讀過了。」於是她就在派默史東勳爵的簽名下面簽下自己的名字，從那一刻開始，她就可以名正言順地擁有自己的頭銜、宅邸和產業了——但因為訴訟費用驚人，所以產業大幅縮水，雖然她可以永遠恢復貴族身份，但是也變得非常窮。

判決結果傳開之後（謠言要比後來取而代之的電報迅度飛快許多），整個倫敦都高興極了。（馬兒套上了馬車，只是為了出去晃晃。空著沒坐人的雙馬四輪大馬車和敞篷的四輪大馬車不停地在大街上穿梭。公牛俱樂部發表演說。公鹿俱樂部做出回應。整座城市都照得燈光通明。黃金珠寶盒穩穩當當地封在玻璃櫃裡。錢幣妥妥適適地放在石頭底下。醫院一一創辦了。鼠雀俱樂部也紛紛成立了。有數十張土耳其女人的畫像，還有幾十張農家男孩樣子的畫像，嘴巴下面垂著標語論是，只有風格最為深奧的大師才能說出真理，如果我們讀到一個只愛用單音節單詞的作家，我們就可以說，完全不用懷疑，這可憐的傢伙滿嘴謊話。）

所以他們說著話；然後，當歐蘭多的腳給斑駁的秋葉蓋滿時，她會站起身來，獨自漫步到樹林深處，讓邦索洛普一個人坐在蝸牛殼之中，做著合恩角模型。「邦索洛普，」她會說，「我離開了，」當她這麼叫他的時候，「邦索洛普，」讀者必須明白此時她正處於一種遺世獨立的心情，覺得他們兩人都是沙漠裡的沙子，她只想獨自面對死亡，因為每天都有人死去，死在餐桌上，或是像這樣，在戶外置身於秋天的森林裡；而篝火正在熊熊地燃燒，派默史東夫人或達爾比夫人每天晚上都邀請她去吃飯，而死亡的欲望令她動彈不得，所以一說「邦索洛普」，她實際上是在說，「我死了」，然後像幽靈似地在鬼魅般慘白的山毛櫸樹林間搖曳前行，讓自己深深地划進孤寂之中，彷彿忽起忽落的細小噪音和動作都結束了，她現在終於可以隨心所欲——這一切讀者都可以從她一叫「邦索洛普」的聲音就聽得出來；而且，我們最好再說明這個詞的意思，讀者應該還要再想到，對邦索洛普來說，一聽到這個稱呼，很神祕地，就意味著分離、孤立，還有脫離了肉身的靈魂在變幻莫測的海洋中飄流的那艘雙桅橫帆船的甲板上徘徊。

經歷了數小時的死亡之後，突然一隻樫鳥尖叫著「薛爾梅汀」，她彎腰去採一朵秋天的番紅花，對某些人來說，這就代表了那個特別的字眼，然後把花和穿過山毛櫸樹林飄落下來的藍色樫鳥羽毛，放在她的胸前。然後她叫了一聲「薛爾梅汀」，然後這個名字就會穿過樹林向四面八方射出去，然後擊中坐在草地上用蝸牛殼做模型的他。他看見了她，然後聽見她朝著他走來，胸前有著番紅花和樫鳥羽毛，然後叫了一聲「歐蘭多」，這個意思是（我們別忘了當鮮豔的顏色如藍色和黃色在我們眼前混雜出現時，那顏色的某些東西會影響我們的思想）一開始歐洲蕨俯首搖擺，彷彿是什麼東西要衝過來似的；結果原來是一艘船張滿風帆，做夢似地上下移動、左右搖擺，彷彿她有一整個夏天的時間要去航行；於是那艘船好努力呀，這邊搖搖、那邊晃晃，很高貴地、懶洋洋地，乘著這個浪頭而上，順著那個波浪沉入谷底，然後呢，突然間就聳立在你面前（而你置身於海扇貝一般的小船，仰首看著她），她的風帆顫抖著，接著呢，看啊，一堆全落在甲板上了——就像歐蘭多現在落在他身旁的草地上一樣。

這樣的日子大概過了八、九天，到了第十天，這天是十月二十六日，歐蘭多躺在歐洲蕨上，薛爾梅汀正在背誦雪萊的詩句（他可以背誦他全部的作品），這時有一片葉子從樹梢上緩緩飄落，很快地掠過歐蘭多的腳邊。接著是第二片，然後是第三片。歐蘭多顫抖著，臉色變得蒼白。有一陣風。薛爾梅汀——這時候叫他邦索洛普可能更適合些——從地上一躍而起。

「有風！」他大喊著。

他們一起奔跑著穿過森林，風不停地用樹葉拍打著他們，他們來到了大庭院，穿過大庭院來到一個個小庭院，受驚的僕人們拋下掃把和鍋子，跟著他們一起跑，直到來到了小教堂，他們以最快的速度點上一盞盞燈，有個人踢倒了長椅，有個人吹熄了一根蠟燭。鐘聲響了。人們都被召集來了。最後杜波先生抓著白領結的兩端，問祈禱書放在哪裡。然後他們就把瑪麗女王那本祈禱書塞進他手裡，於是他匆匆忙忙地翻找書頁，然後說，「馬爾瑪杜克．邦索洛普．薛爾梅汀，歐蘭多小姐，跪下。」於是他們就跪下，隨著光線和陰影在彩繪玻璃窗上凌亂地跳躍閃爍，他們看起來忽明忽暗；無數扇門關上時砰砰作響，還有個聲音像是在敲打銅壺，風琴奏起了樂曲，低低的琴音忽強忽弱，杜波先生現在已經很老很老了，他試著把聲音提高好壓過這些喧嚷，但是大家都聽不見，然後突然有片刻安靜，然後有一個詞語——也許是「鬼門關」——嘹亮清晰，所有的僕人手裡拿著耙子和鞭子不斷地擠進來聽，有些人大聲唱著歌，有些人祈禱，這時一隻鳥兒撞上玻璃窗，然後又有一聲轟然雷響，結果沒有人聽見有人說出「服從」這個詞，除了金光一閃，也沒有人看見戒指從一隻手傳到另一隻手。只見移動和混亂一片。然後風琴轟鳴，雷電大作，雨勢滂沱，他們全都站起來，歐蘭多小姐的手指上戴著戒指，穿著單薄的禮服走到外面的庭院，抓住搖晃的馬鐙，因為這匹馬已經上了馬勒和籠頭，側身還冒著泡沫，好讓她丈夫縱身上馬，他一躍而上，馬向前一跳，而歐蘭多站在那兒，大叫著馬爾瑪杜克．邦索洛普．薛爾梅汀！他也叫著歐蘭多來回應！然後這些名字就像是野鷹一樣一起在鐘樓之間衝撞迴旋，愈飛愈高、愈飛愈遠、愈飛愈快，直到它們互相撞擊成為碎片，像陣雨般落在地上；然後她就進屋了。

第六章

歐蘭多走進屋裡。裡面一片沉寂，非常安靜。那兒是墨水瓶；那兒是筆；那兒是她的詩稿，正寫到對永恆的致意一半時被打斷。巴斯基特和巴索洛謬進來收拾茶具時，她正要寫到萬物恆常不變。然後，在那三秒半鐘的空間裡，一切都變了——她扭到腳踝，陷入愛河，和薛爾梅汀結為夫婦。

她手指上戴的婚戒證明一切。沒錯，她在遇見薛爾梅汀之前就自己戴上戒指了，但其實戴了之後卻比以前更糟。她現在對那戒指懷著迷信的敬畏，把它轉來轉去，小心翼翼地，以免戒指滑出指關節。

「婚戒必須戴在左手的第三根手指上[12]，」她說著，像是小孩子認真地複習功課一樣，「要不然就沒意義了。」

她這麼說著，聲音很大，而且比平常誇張做作，好像要讓她想討好的人能偷聽到。沒錯，現在她終於能夠整理思緒，她確實想著，她的行為會對這個時代精神有所影響。她非常殷切地期盼，想

12 譯註：原文是「the third finger of the left hand」，但依照西方習俗應該是無名指，左手從小指算過來的第二根手指。

要知道別人對她和薛爾梅汀訂婚、結婚這樁事上所採取的步驟，到底有什麼想法，是否贊同。她現在平靜多了。自從她到荒原那天晚上以來，她的手指沒有再刺痛發麻過。但是，她也不能否認心中仍有疑慮。沒錯，她是結婚了。但是如果丈夫老是繞著合恩角航行，這算是結了婚嗎？如果只是喜歡他，這是婚姻嗎？如果喜歡上別人，這是婚姻嗎？還有，最重要的，如果在這世界上，你最想做的事還是寫詩，那算婚姻嗎？她有很多疑慮。

不過她還是會讓婚姻接受考驗。她看看戒指。看看墨水瓶。她敢嗎？不，她不敢。但是她必須。不，她不能。那麼她應該怎麼辦？如果可能的話，乾脆昏倒。但她這輩子從來沒有覺得這麼健康過。

「去他的！」她喊著，帶著一點從前的脾氣，「開始吧！」

她把筆尖深深插進墨水裡，很驚訝地發現竟然沒有爆炸。她把筆尖抽出來，是溼的，但墨水沒有滴下來。她開始寫。詞句隔了好一陣才出來，但是確實是寫出來了。哎！這些詞句有意義嗎？她很納悶，心中突然一陣惶恐，擔心她的筆又開始玩起從前那無法控制的花招，她唸著：

然後我來到一片田野，綠草蓬勃生長
貝母花倒掛的杯子讓草相形失色
陰沉沉的、奇怪怪的，像蛇般的花朵，

包在暗紫色之中，像是埃及女孩——

她邊寫，邊覺得背後有某種力量（別忘了我們是在討論人類精神裡最為隱晦的表現）讀著她所寫的東西，當她寫下「埃及女孩」時，這力量叫她停住。綠草，這力量似乎在說，像是家庭女教師手裡拿著戒尺，指著開頭，這個詞用得不錯；貝母花倒掛的杯子——很巧妙；像蛇般的花朵——這個概念，出自淑女筆下頗為強烈，或許吧，但是渥茲華斯一定會讚許的；但是——女孩？女孩這個詞有必要嗎？你說你有個丈夫在合恩角是吧？哎，好吧，那這樣可以了。

於是時代精神就走了。

歐蘭多現在在精神上（因為這一切都是在精神上表現出來的）對她的時代精神百依百順，比方說——就拿小事來和大事相比吧——一名旅客，知道自己行李箱的角落裡放著一堆雪茄，走到海關官員那裡，他熱心親切地在行李箱蓋上用粉筆做了記號。因為她非常懷疑，假使時代精神仔細檢查她腦袋裡裝了什麼，就會發現一些絕對禁止的違禁品，那麼她就得付出全額罰款。她只是僥倖而已。她只不過設法運用某個巧妙手法，藉由戴個戒指、在荒原上找個男人，藉由愛好自然，不要變成諷刺作家、憤世嫉俗者或心理學家——這種貨色都會立刻被發現——表達對時代精神的尊重，所以才能順利通過檢查。她不由得深深地呼了一口氣，真的，她也確實該慶幸，因為作家和時代精神之間的交易極其微妙，作家作品整個發展全憑彼此之間的妥善安排而定。歐蘭多的安排十分恰當，因此她非常非常高興；她既不需要反抗時代，也不需要屈從於它；她是時代精神的一部分，但是仍保有自我。她寫著，寫著，寫著。

現在是十一月。十一月過了就是十二月。然後是一月、二月、三月，接著是四月。四月之後是五月、六月、七月，接下來是八月。然後是九月，十月，然後，你看，我們又回到了十一月。整整一年過去了。

這種撰寫傳記的方式雖然有優點，但或許有點枯燥，如果我們一直這樣下去的話，讀者可能會抱怨，他自己就能背出這些月份，何必付給霍加斯出版社[13]為這本書訂下的價錢。但是傳記能怎麼辦呢？他的傳主讓他陷入這樣的困境，而這正是歐蘭多現在讓我們陷入的困境？生命，任何有見識、意見值得參考的人都同意，是小說家或傳記作家唯一值得寫的主題；生命，同樣的權威人士也認為，和動也不動地坐在椅子上思考，完全是兩碼子事。思考和生命可說是天差地別。所以——既然坐在椅子上思考正是歐蘭多現在正在做的事——所以我們除了把月份列出來、數念珠、擤鼻涕、撥柴火、看窗外，直到她做完這件事，別無他事可做。歐蘭多安靜地坐在那兒，連一根針掉下去大

13 編註：本書當時由霍加斯出版社（The Hogarth Press）出版。

馬爾瑪杜克·邦索洛普·薛爾梅汀先生

概都聽得到。但願真有針掉下去！這樣至少也是種生活。或者，再不然，一隻蝴蝶從窗口飛進來，停在她的椅子上，我們也有點東西可寫。或者她站起來打死一隻黃蜂，那麼，我們可以馬上拿筆寫下來。因為這就是流血事件了，哪怕是黃蜂的血。有血就有生命。就算打死一隻黃蜂和殺一個人比起來是微不足道的小事，對小說家或傳記作家來說，也好過只是做白日夢、沉思默想、一天到晚枯坐在椅子上，守著一根香菸、一張紙、一隻筆和墨水瓶。我們可能會抱怨（因為我們的耐心快要消磨殆盡了），主人翁也該為傳記作者著想吧！你已經為傳主花費這麼多時間和精力，但是她卻完全脫離你的掌握，沉迷在根本不值一顧的事情上——你看她又是嘆息又是喘氣，她的臉色忽紅忽白，眼睛一會兒明亮如燈，一會兒又昏暗如晨光——還有什麼更令人生氣？我們明知其中原因，卻還是眼睜睜地看著這種感情和激動情緒搬演著，還有什麼比這個更令人沒面子呢？

但是歐蘭多是個女人——派默史東勳爵不久前已經證實了。所以當我們撰寫一名女人的生平時，大家都同意，我們可以用愛情來代替關於行動的描述。詩人說過，愛情是女人生命的一切。如果我們稍微看一下歐蘭多在桌前寫作的樣子，我們就會承認，世上從來沒有一個女人比她更適合寫作。當然，既然她是個女人，而且是個漂亮的女人，一個芳華正盛的女人，很快就不會再以寫作和思想為藉口，至少會開始想著獵物看守人（而且只要她想的是男人，就沒有人會反對女人思想）。然後，她會寫字條給他（只要她寫的是小小的字條，就沒有人會反對女人寫東西）約他星期天黃昏見面，星期天黃昏到了，獵物看守人會在窗戶底下吹口哨——這一切當然都是生活的素材，也是小說唯一可能的主題。歐蘭多當然做過這類事情？哎呀——上千次了吧，哎，歐蘭多一次也沒做過。那麼我們就一定得承認，歐蘭多是那種不懂愛情、不通人情的怪物？她對狗很仁慈，對朋友很忠實，對十幾個快餓死的詩人非常慷慨，對詩充滿熱情。但是愛情——如同男性小說家所定義的——畢竟，誰有更大的權威來說呢——和仁慈、忠實、慷慨或是詩一點關係也沒有。愛是脫掉襯裙，然後——可是我們誰都知道愛是什麼。歐蘭多有這麼做嗎？真相讓我們得說沒有，她並沒有做。如果一部傳記裡的主人翁既不戀愛，也不殺人，只是一味地思考和想像，那麼我們的結論就是他或她和行屍走肉差不多，也就沒什麼好寫的了。

我們現在唯一的辦法就是看看窗外。窗外有麻雀；有椋鳥；有許多鴿子，有一兩隻禿鼻烏鴉，全都忙著自己的事。有隻鳥找到一隻蟲，另一隻鳥找到蝸牛。有隻鳥鼓動翅膀飛上枝椏，另一隻鳥在草地上跑著。然後有個穿綠色粗呢圍裙的男傭穿過庭院。也許他和食物儲藏室裡的女僕密謀什麼勾當，但是我們看不到任何證據，在庭院裡，我們只能往好處想，不再深究了。厚厚薄薄的雲朵飄過，底下的草坪顏色也就忽亮忽暗起來。日晷循著一貫神祕的方式報時。我們的心裡開始對這一成不變的生命拋擲出一兩個問題，懶洋洋地、徒勞無功地。生命，它唱著，或者更像是哼著，如同爐架上的水壺，生命啊，生命，你是什麼？是光明或是黑暗，是那個男傭的粗呢圍裙，還是在草地上的椋鳥影子？

那麼，讓我們去探索一下這個夏日的早晨吧，所有人都在欣賞著李花和蜜蜂。嗡嗡作響聲中，讓我們來問問椋鳥（牠比雲雀擅交際），牠站在垃圾桶邊，在夾雜著傭人頭髮的樹枝間挑挑撿撿，我們且聽聽牠的想法。什麼是生命，我們問道，身體靠著農家庭院的門；這鳥彷彿聽到我們的問話，大叫著，生命，生命，生命！似乎完全明白我們的意思，知道我們這種令人討厭、喜歡刺探別人隱私，裡裡外外地問問題，就像作家一樣，如果接下來不知道要說什麼，就到處偷看、採摘雛菊。然後牠們來到這裡，鳥兒說，然後就問我生命是什麼；生命，生命，生命！

這時我們吃力地走過荒原步道，來到酒藍、深紫色山崖上，猛然撲倒在地，在那兒做夢，看著蟋蟀馱著一根稻草回到在低窪處的家。然後牠說（如果牠的鋸齒翅翼震動聲可以用這樣神聖而溫柔的字眼來描述的話），生命是勞動，或者說這是我們對牠那被灰塵哽塞的食道所發出的唧唧聲所做的詮釋。螞蟻和蜜蜂都表示贊同。但是如果我們在這兒躺得夠久，我們就可以問問傍晚出來、在比較蒼白的石南花鐘裡偷蜜的飛蛾，它們會在我們的耳邊低聲說著異想天開的無聊話，就好像是在暴風雪時聽到電報電線聲音似的嘻嘻呵呵，笑聲，笑聲！飛蛾說著。

問過了人，問過了鳥，也問過昆蟲，至於魚呢，人們說，魚住在綠色的洞穴裡，孤孤單單地許多年，從來沒有說過話，因為從來不說話，或許牠們明白生命是什麼——我們全都問過了，但並沒有變得比較有智慧，只是愈來愈老、愈來愈冷（因為我們不是曾經一度強烈地希望，只要能全心投入一本非常艱澀、非常稀有的書，然後就可以發誓找到了生命的意義？）不過我們必須回到主題，坦白告訴那些踮著腳尖殷殷期盼的讀者，生命究竟是什麼——哎呀，我們不知道啊。

就在此刻，剛好來得及拯救這本差點消失的書之際，歐蘭多推開椅子，伸了個懶腰，放下筆，來到窗前，叫了聲，「寫好了！」

她一眼瞧見窗外那不尋常的景象，差點兒跌倒在地。眼前是花園，還有一些鳥兒。這世界一切照舊。在她寫作這段期間，世界持續運作著。

「如果我死了，世界也還是一樣！」她驚呼著。

她心情激動到甚至能夠想像自己已經敗壞崩解，或許她確實感到有點頭暈。有一刻她瞪大了眼睛，站著注視著眼前那個美麗而冷漠的景象。最後以一種奇妙的方式恢復神智。放在她心臟上方的那份詩稿像是一個活的東西似的，開始不安份地跳動著，更奇怪的是，這也顯示他們之間有一種微妙的同理心，歐蘭多側著頭就可以聽見手稿在說什麼。它希望有人閱讀它。它一定得讓人閱讀。如果沒有人閱讀它的話，它就會死在她的胸前。她生平第一次對自然暴力相向。她身邊多的是獵鹿犬和玫瑰叢。但是獵鹿犬和玫瑰叢都不會閱讀。她以前從來沒有想過，這是上帝令人遺憾的失誤。只有人類具有這樣的天賦。因此人類變得不可或缺。她搖鈴，要僕人為她準備馬車，立刻送她去倫敦。

「夫人，您正好趕上十一點四十五分的車，」巴斯基特說。歐蘭多還不知道蒸汽機這項發明，因為她太專注於某個生靈所受的苦難，雖然這個生靈並不是她自己，但卻是全然依賴著她，所以她有生以來第一次見到火車，找到車廂座位坐下，把毛毯鋪在膝蓋上，一點兒也沒有想到「在過去二十年間使歐洲風貌（根據歷史學家所說）全然改觀的重大發明」（其實，這種改變要比歷史學家所說的來得更加頻繁）。她只注意到這東西把一切薰得烏七八黑，發出可怕的轟隆聲，而且窗戶都給卡住了。一路上她陷入沉思，不到一小時就風馳電掣地給送到了倫敦，她站在查令十字口的月台上，不知道該往那兒走。

在黑衣修士區的那棟老房子，十八世紀時她不知在那兒度過多少愉快的時光，現在已經賣掉了，一部分變成了救世軍總部，一部分變成了雨傘工廠。她在梅菲爾另外買了房子，有衛生設施、地點方便，位在時髦地段。但是她的詩想要讓人閱讀的願望會在梅菲爾實現嗎？老天保祐，她心想著，記起了那些淑女眼睛發亮的模樣，還有那些勳爵好看的雙腿，那兒的人向來不喜歡閱讀。這實在是萬分的可惜。那時在R夫人家裡。她深信，同樣的話題一定還持續進行著。將軍左腳的痛風大概跑到右腳了，L先生或許在R那裡待了十天，而不是T那裡。然後波普先生會走進來。喔！不過他已經作古了。那麼現在哪些人是才子呢，她很好奇——但你可不會拿這樣的問題問挑夫，所以她就繼續往前走。她的耳朵現在讓繫在無數馬匹頭上無數的鈴鐺響給分了心。一隊隊最稀奇古怪的小箱子裝了輪子移動到人行道旁，她走到濱河大道。這裡更加地喧囂嘈雜。各種大小的交通工具，由純種馬和挽馬拉著，車子裡有的坐著孤零零的年老貴婦，有的連車頂都擠滿了頭戴絲帽、留著絡腮鬍的男人，無法逃離地交織在一起。她長久以來習慣看著大裁白紙，所以這些馬車、推車和公共馬車在她眼裡簡直是亂糟糟地嚇人；她本來習慣了筆在紙上沙沙作響，街道上的車水馬龍、人聲鼎沸聽在耳裡簡直是暴亂刺耳的噪音。每一吋人行道都擠滿了人。川流不息的人潮摩肩接踵項背相望，以無比驚人地敏捷一會兒閃躲、一會兒前進，不斷地從東從西洶湧而來。在人行道邊站著男人，手邊拿著一盤盤的玩具，大聲叫賣著。在街角，女人坐在一大籃一大籃春天的花朵旁，大聲叫賣著。男孩在馬鼻子前跑進跑出，手上抱著大頁大頁的印刷紙，也大聲地叫著，大災難！大災難！一開始歐蘭多以為她來得不巧，此刻面臨了什麼全國的大事件；但究竟是好事或是壞事，她無從判斷。她不安地看著人們的臉孔。卻覺得更加困惑。這裡走來一個男人臉色沮喪，嘴裡唸唸有辭，彷彿經歷了沉痛的悲苦。從他旁邊竄出來一個胖胖的、開開心心的傢伙，用肩膀推推擠擠，彷彿要趕去參加什麼世界的慶典一樣。的確，她得到的結論是，這毫無道理可言。每個男人和每個女人都為了自己的事汲汲營營，那她該往哪兒去呢？

她什麼都沒想就往前走，走了一條街又一條街，經過了堆著手提包、鏡子、浴袍、鮮花、大櫥窗、釣魚竿、午餐籃的巨大櫥窗，形色互異、厚薄不一的各種商品物件都打上飾結、綁了彩帶、纏上氣球，滿滿地到處都是。有時候她穿過兩旁都是安靜宅邸的巷弄，這些住宅只標示了「一」「二」「三」，一直編到兩、三百號，每棟房子都長得一模一樣，都有兩根大柱子、六個階梯，一對整齊對稱拉開的窗簾，桌上擺著午餐，有一隻鸚鵡從一扇窗戶往外看，有一名男傭則從另一扇窗

做衣服的帳單，他們就什麼垃圾都寫得出來。這個時代，」他邊說著，邊拿了點前菜，「特色就是充滿浮誇做作的譬喻和荒唐無稽的實驗——伊莉莎白時代對這種情況一定片刻都無法容忍。

「不，我親愛的女士，」他繼續說著，一面對侍者送來讓他評定的焗烤比目魚點頭表示認可，「偉大的時代已經結束了，我們活在每況愈下的年代。我們必須珍惜過去；推崇那些作家——還有少數幾個還活著——他們的創作師法古人，不是為了錢財寫作，而是為了——」聽到這裡，歐蘭多差點兒喊出「森譽！」她敢發誓，這些話和三百年前所聽到的一模一樣。當然，他提到的名字不同，但是精神是完全一樣的。儘管受封為爵士，但是尼克．格林並沒有改變。不過，多少還是有點變化。當他滔滔不絕地說要把艾迪森當作模範時（以前他舉的是西塞羅，她心想著），說他早上躺在床上（這時她得意地想起，正是她每季給他的生活津貼，才能讓他如此過活）花上至少一小時熟讀最優秀作家的最傑出作品，然後才開始寫作，所以當今的粗俗不文和我們母語令人喟嘆的現況（他一定在美國住了很久，她想著）才能夠變得比較純正——正當他以和三百年前相去無幾的方式喋喋不休之際，她趁機問自己，他跟當年有什麼不同？他變胖了；不過他也快七十歲了。他變得體面了；顯然文學令他名利雙收；但是從前那種坐立不安、焦躁和活力已經消失了。他說的故事雖然還是相當有趣，卻不像從前那樣自由奔放、無拘無束了。的確，他每隔一秒鐘就要提到「我親愛的朋友波普」或是「我那有名的朋友艾迪森」，但是他有一種令人肅然起敬的神情，這令人感到壓抑，而且他似乎很喜歡告訴她關於她們家族的所言所行，而不是像從前那樣，跟她聊詩人的蜚短流長。

歐蘭多有一種莫名所以的失望。這麼多年來她一心把文學（她的離群索居、她的身份地位和性別，必須是她的理由）看作是狂如風、熱如火、迅如電；文學是捉摸不定、無法衡量、出乎意料的東西，你看，現在文學變成了一個身穿灰色西裝，一直談論著公爵夫人的老紳士。她是如此失望，以致於她的前胸如此激烈起伏，上衣的一顆扣子或是衣服鉤子竟然綳開來，於是〈橡樹〉，一首詩，掉在桌上。

「一部手稿！」尼可拉斯爵士說道，一面戴起了他的金邊夾鼻眼鏡。「太有趣了，真是太有趣了！請容許我過目一番。」再一次地，歷經了三百年的空檔，尼可拉斯拿起了歐蘭多的詩，然後，把詩稿放在咖啡杯和餐後酒酒杯之間，開始讀了起來。可是這一回他的評語和過去大不相同。他一面翻閱詩稿，一面讚賞著，這部作品讓他想起艾迪森的悲劇《卡托》，和湯姆森的《季節》相較毫不遜色。他很欣慰地說，這部作品一點都沒有現代精神的痕跡。這是詩人觀照真理、觀照自然、受人類心靈召喚而創作出來的，這在毫無節制追求古怪、特立獨行的今天看來，真是一件稀世珍品，這部作品一定要立刻出版。

其實歐蘭多根本不懂他的意思。她一直都把詩稿貼在胸前隨身帶著。想到這一點就令尼古拉斯爵士心癢難耐。

「那版稅（royalties）怎麼算呢？」他問道。

歐蘭多想到的是皇室，她的腦子飛到了白金漢宮和某些剛好現在正住在那裡的陰鬱的統治者。尼古拉斯爵士腦筋轉得很快，他解釋說，他的意思是他寫封信給出版商（他提到了一個有名的出版社），請他們把這部作品列入出版計畫，某某先生會很高興。他大概可以安排版稅訂為兩千本以內抽一成；超過兩千本就抽一成五。至於書評呢，他自己可以寫封信給某某先生，他是最有影響力的；然後是致意的言辭——為自己的詩說些吹捧的話——獻給某雜誌主編的妻子——這絕對沒有什麼壞處。他會去拜訪某某。他不停說著。可是歐蘭多一點也聽不懂他在說什麼。而且根據過去的經驗，她並不完全信任他的好心，不過這顯然是他的願望，而且也是那首詩本身強烈的欲望，所以她也無可奈何，只得聽任他的安排。於是尼古拉斯爵士把這份沾有血跡的手稿裝進整齊的包裹；攤平以後放在胸前的口袋，以免影響筆挺的外套線條；然後兩人互相恭維一番，這才分道揚鑣。

歐蘭多走到街上，現在詩稿已經不在了——她覺得胸前原來放詩稿的地方變得空空的——她無事可做，於是隨意地想東想西——人類命運中非比尋常的機運。現在她來到聖詹姆斯街；一名已婚女性；手上戴著戒指；從前是一家咖啡店的地方現在變成了餐廳；現在是下午三點半；太陽好大；有三隻鴿子；有一隻雜種小獵犬；兩輛單馬雙輪馬車和一輛雙馬四輪大馬車。那麼，生命是什麼？這念頭猛烈地、無來由地（要不就是老格林不知怎麼引發的）從她的腦袋裡冒出來。也許這可以看作是評論，不論是好是壞，讀者可以自行評斷她和丈夫（他現在在合恩角）的關係，無論什麼時候，只要她的腦袋裡突然出現什麼強烈的念頭，她就直奔最近的電報局裡發電報給他。剛好這附近就有一個。「我的上帝薛爾，」她寫著，「生命文學格林今天——」，她在這裡用的是他們兩人之間發明的密碼語言，這樣一來最複雜的整個精神狀態可以用一兩個字就能傳達，而電報局的發報員再怎麼聰明也看不懂。她再加上了「拉庭根．格魯姆佛布」（Rattigan Glumphoboo），這就精確地總結一切了。因為她在這天早上遇到的許多事情不僅令她感觸很深，而且讀者一定也注意到歐蘭多成熟了——變得成熟不一定變得更好——而「拉庭根．格魯姆佛布」正是描述一種非常複雜的精神狀態——如果讀者耗費所有精神智力的話，應該就能理解這是什麼了。

她得過好幾個小時之後才會收到他的回電；的確，她想著，看著天空，較高的雲層迅速地飄動著，合恩角那兒說不定有一陣大風，那麼她丈夫就會爬到桅杆頂上，或者砍掉爛掉的桅杆圓木，或是獨自一個人坐在小船上只有一片餅乾。所以，她離開了郵電局，轉身走進隔壁的商店消磨時間，這樣的商店在我們這個時代如此普遍，原本不需多費筆墨來描述，不過，對她來說，這卻是稀奇到了極點；一家店竟然在賣書。在歐蘭多漫長的一生裡，她只知道手稿；她手裡曾經拿過粗糙的褐色紙張，上面是詩人史賓塞用他那細小難辨認的字跡所寫的詩；她曾經見過莎士比亞和米爾頓的手稿。事實上，她還擁有不少四開本和對開本手稿，裡面往往附有一首讚揚她的十四行詩或是一綹頭髮。但是書店裡無數的小冊，顏色鮮豔，每本都一模一樣，印在薄紙上、用厚紙板裝訂，似乎難以永存，這令她驚異不止。全套莎士比亞作品只要花上半克朗，就可以放到口袋裡帶回家。的確，那字體那麼小，幾乎沒法閱讀。但是不管怎麼說，實在是太不可思議了。「作品」——所有她知道的、聽過的作家的全部作品，還有更多更多，從長長的書架這頭延伸到另一頭去。在桌子上、椅子上，更多「作品」堆疊亂放，她眼前所見這些，隨意翻了一兩頁，大多是尼古拉斯爵士和另外二十個左右的人寫的關於其他人的作品，她對這些作家一無所知，不過既然他們的作品已經印刷裝訂成冊，想必也是非常偉大的作家。於是她就給書店老闆下了驚人的訂單，請他們把書店裡有價值的書全送到家裡，然後就離開了。

她轉進了海德公園，這是她以前很熟悉的（她記得在那棵有裂縫的樹下，漢彌爾頓公爵被摩洪公爵的利劍刺穿後，倒地不起），她的嘴脣開始唸唸有辭，把電報的字詞變成是無意義的抑揚頓挫；生命文學格林今天拉庭根格魯姆佛布，這事都怪她的嘴脣；好幾個公園管理員狐疑地看著她，後來看到她戴的珍珠項鍊，才確定她的神智清楚，不是個瘋子。她從書店買了一疊報紙和評論雜誌，終於在一棵樹下縱身趴下，把這些報章雜誌在身邊攤開來，仔細研究這些大師撰寫散文的高貴藝術。她還是像從前一樣容易輕信別人；在她眼中，即使是周刊上印刷模糊的文字，仍然具有某種神聖意味。她撐著手肘讀著尼古拉斯爵士所寫的一篇文章，評論某個她以前認識的人——約翰．鄧恩——的選集。但是她沒有注意到她選的地方距離蛇形湖不遠。有上千條狗的吠叫聲在她耳邊響著，馬車輪子不停地在她四周繞圈，樹葉在她頭頂上嘆息。不時有鑲邊裙和鮮紅色緊身長褲走過草地，距離她只有幾步遠。有個超大的塑膠球還跳到她的報紙上。紫色、橘色、紅色和藍色透過樹葉縫隙，照得她手指上的翡翠閃閃發亮。她讀了一個句子，然後抬頭看天空；她抬頭看了看天空，然後又低頭看看報紙。生命？文學？把一個變成另一個？這實在是太難了！因為——這時有條紅色緊身褲來了——

艾迪森會怎麼說呢？這時有兩條狗用後腿跳著舞。蘭姆又會怎麼描述呢？因為讀了尼古拉斯和他朋友們所寫的文章（這是她在東張西望的空檔裡讀的），她有一種感覺——這時她站起來走動——他們讓人覺得——這是令人十分不舒服的感覺——一個人絕對、絕對不要說出心裡所想的。（她站在蛇形湖畔，湖水是青銅色的；蜘蛛般細小的船隻在湖中穿梭著。）他們讓人覺得，她繼續想著，一個人一定、一定要和其他人寫得一樣。（她眼裡都是淚。）因為，說真的，她心想，一邊用腳趾踢開一艘小船，我覺得我沒辦法，（這時尼古拉斯的文章整個出現在她眼前，就像是妳讀完一篇文章十分鐘之後常有的狀況，連同他房間的樣子、他的頭、他的貓、他的書桌、還有他一天所花的時間），我覺得我沒辦法，她繼續想著，從這個觀點來看這篇文章，坐在書房裡，不，那根本不是書房，那是間發霉的起居室，一整天，和漂亮男生說話，告訴他們無關痛癢的趣聞軼事，然後說不能傳出去，什麼塔波說了史邁斯什麼的；然後，她繼續想著，忍不住泣不成聲，他們都是那麼富於男子氣概；然後，我真的很討厭公爵夫人那類的人；我也不喜歡蛋糕；雖然我是夠壞心眼的了，但是我永遠學不會像他們那麼壞，所以我怎麼能當一個評論家，寫出我這個時代最棒的英文散文呢？去死吧！她大叫著，把一艘汽船猛力一推，那艘可憐的小船差點兒在青銅色的波濤裡沉了下去。

其實，真實的情況是這樣的，當一個人處於某種心理狀態（護士都是這麼說的）——眼淚還在歐蘭多的眼眶裡打轉——一個人眼裡所見的，就不是那個東西本身，而變成了別的東西，它變得更大、更重要，可是仍然是同一個東西。如果在這樣的心理狀態下看著蛇形湖，那波濤看起來就像大西洋一樣洶湧；玩具船和海洋巨輪也就沒有什麼差別。所以歐蘭多把那玩具船看成是她丈夫的橫帆雙桅船；她用腳趾踢起的波浪就變成了合恩角的滔天巨浪；她看著那艘小船攀上浪濤，她以為自己見到了邦索洛普那艘船爬呀爬上一道玻璃牆；沖得更高更高，這時一個白色浪頂挾著千百個死亡高高拱起；穿過了千百個死亡，小船消失了——她痛苦地大叫：「船沉了！」——接著，看哪，它又安然無事地在大西洋另一端航行在鴨子群中。

「狂喜啊！」她叫著，「狂喜！郵電局在哪裡？」她想著。「我一定要立刻發電報給薛爾，告訴他……」然後一直輪流重複著「蛇形湖的玩具小船」「狂喜」，因為這兩者的意思可以相互交換，講的是同一件事。她匆匆地朝著公園巷走去。

「玩具船，玩具船，玩具船，」她一直重複著，好把事實強迫自己牢牢記住，重要的是一艘玩具船，而不是尼克・格林所寫的關於約翰・鄧恩的文章，也不是關於八小時工時的法案，也不是什麼盟約或是工廠法案；而是毫無用處、突如其來、猛爆強烈的事情；讓人賠上一生的事情；紅的、藍的、紫的；一個幽靈；一陣水花；就像是那些風信子（她正經過一座漂亮的風信子花圃）；免除汙染、依賴、人性的敗壞或是對同類的關愛；某種魯莽、荒謬，就像是我的風信子，我的意思是我丈夫，邦索洛普；就是這個——蛇形湖的玩具小船，狂喜——狂喜才是最重要的。於是她大聲地說著，在斯坦霍普門那兒等著馬車通過。沒有和丈夫住在一起的結果是，除了風減弱時例外，就是你會一個人在公園大聲地胡言亂語。如果她像維多利亞女王所主張的，一年到頭都和丈夫在一起的話，情況一定大不相同。因為她是突然間想到他，所以她覺得必須要馬上和他說話。她完全不在乎這是多無聊的話，也不在乎這些話把傳記裡的敘述弄得前後脫節、毫不連貫。尼克．格林的文章讓她跌入絕望深淵；玩具小船把她帶到快樂的巔峰。所以她重複著「狂喜，狂喜」，一面等著過馬路。

不過那個春天的下午，交通特別繁忙，所以她只得站在那兒，重複著狂喜、狂喜，或是蛇形湖的玩具船，而整個英國的有錢有勢者坐著，像是雕像一樣，戴著帽子、穿著大衣，坐在四馬馬車、雙人四輪折篷馬車、活頂四輪馬車裡。好像有一條金色河流凝結了，在整條公園巷集成金堆。女士們手指夾著名片盒；男士們在膝蓋中間撐著鑲金手杖保持平衡。她站在那兒凝視著、讚歎著、肅然起敬。只有一個念頭令她心煩，就是那些看見了很大的大象，或是巨大無比的鯨魚的人很容易想到的念頭，就是這些龐然大物顯然對壓力、改變和活動深惡痛絕，那牠們怎麼繁衍下一代呢？或許，歐蘭多望著那些儼然的、靜止的臉孔，心想，他們的繁衍期已經結束了；這就是結果；這就是圓滿。她現在所見的是一個時代的勝利。肥胖華麗地坐在那裡。現在，警察終於把手放下；凝結的河流開始移動；華麗巨大的物體動了起來、散開，消失在皮卡迪利圓環。

於是，她穿過公園巷，回到她在科松街的房子，在這裡，繡線菊開花時，她就會想起麻鷸叫，和一個帶著槍、很老的老人。

◆ ◆ ◆

跨過家門門檻時，她想到她還記得切斯費爾德勳爵曾經說過——不過這時她的回憶被打斷了。在她那十八世紀裝潢低調的大廳裡，她可以看見切斯費爾德勳爵把他的帽子放在這裡、大衣掛在那裡，態度優雅從容，看著就是一種享受，不過現在這裡到處散亂著包裹。當她坐在海德公園時，書店已經把她訂的書都送來了，屋裡塞得滿滿的——有些包裹從樓梯上滑落下來——維多利亞時代所有的文學作品都用灰紙包著、整整齊齊地用線繩綁好。她盡可能地抱起最多的包裹拿到房裡，其餘的就要男傭幫她搬進來，她很快地把無數的線繩切斷，立刻就被無數的書本團團圍住。

歐蘭多習慣的是十六世紀、十七世紀、十八世紀篇幅輕巧的文學，她看到自己訂單的結果嚇了一跳。因為，當然，對維多利亞時代的人來說，維多利亞文學不只是個四個互不相關、作風不同的偉大作家而已，而是四個偉大的作家在亞歷山大．史密斯、狄克森、布萊克、米爾曼、巴寇斯、泰因斯、佩因斯、杜波、詹姆森之類作家中淹沒深埋——全都是能言善辯、不甘示弱、突出耀眼，而且容不得一點怠慢。歐蘭多對印刷品的敬畏，讓她眼前有個艱鉅的挑戰，她把椅子拉到窗前，利用梅菲爾高樓大屋間透過的光線，試圖理出一個結論出來。

很明顯的是，如果要對維多利亞時期文學做出什麼結論，只有兩個方法——一個就是用六十卷的八開本巨著來討論，另一個就是壓縮成和這行文字長度差不多的六行來總結。在這兩種方法中，由於時間寶貴，基於經濟原則，我們選擇了第二種；所以我們就這麼做。歐蘭多於是得出了結論（她看了六本書），她覺得非常奇怪的是，竟然沒有半本書是獻給貴族的；其次（翻閱了一大堆回憶錄之後），這些作者的家族有幾個的家族史只有她的一半長；其次，克莉里蒂娜．羅塞提小姐來喝茶時，她若把一張十鎊鈔票包在糖夾上，那真是沒有禮貌到極點；其次（這兒有六張邀請函，邀請她參加一百週年紀念的晚宴）；文學既然是如此頻繁地邀約晚宴，一定變得腦滿腸肥了；其次（她受邀參加二十來場關於這個影響那個、古典文學復興、浪漫主義延續，和其他同樣引人入勝的主題的諸多演講），文學既然要聽這麼多演講，一定變得非常枯燥無聊；其次（這時她參加了一場貴婦人舉辦的招待會），文學既然穿著那些毛皮披肩，一定變得地位尊貴；其次（這時她參觀了卡萊爾位在雀兒喜的隔音房間），天才既然需要這麼細緻照料，一定變得非常嬌嫩脆弱；所以，她終於得出最後的結論，這是最最重要的，不過我們也早就超過了六行文字的限制。所以我們在此就略而不談了。

歐蘭多既然得到了結論，她站在窗口往外看，過了好久好久。因為，一旦有人得出了什麼結論，就好比是把球丟到網子另一邊，必須等著那個看不見的對手把球丟回來，她想知道，切斯費爾德宅邸上空那個蒼白無色的天空接下來會扔回什麼？她兩手交握，站了好久好久，心裡納悶著。突然間，她嚇了一跳——這時，我們只能像從前一樣，希望純潔、貞節、謙抑女神會把門推開，至少讓我們有個喘息的空間，所以才能把必須要委婉說出的內容稍微整理一下，就像傳記作家應該做的那樣，來完成任務。可是不行！當初她們把自己的白色長袍向赤身裸體的歐蘭多扔過去，在她面前幾吋的距離落下，這些年來這些女士早就放棄和她有任何聯繫了；她們現在去忙別的事情了。如此說來，這個蒼白的三月早晨，先不說這究竟是怎麼回事，難道就沒有什麼事情會發生，來緩和、掩蓋、遮蔽、隱藏這件無法否認的事情？經過那突如其來、猛然一驚之後，歐蘭多——老天保祐，就在這一刻，外面響起了一陣縹緲細弱、裊裊娜娜、咿咿呀呀老派的手風琴聲，有時仍可以在後街裡聽到義大利樂師在表演。讓我們接受這個干擾，雖然它很卑微，且讓我把它當作是天籟之音，允許它以其所有的喘息和呻吟，填滿這一頁，讓這頁充滿聲音，直到我們再也不可能否認它的到來；男傭已經看到它的到來了，女僕也看到了；讀者也將會看見；因為歐蘭多自己很清楚再也無法視若無睹了——且讓那手風琴演奏，把我們的思緒傳送出去，思緒不過是一艘小船，當音樂響起，在音樂的波頭浪尖上高低起伏；乘著思緒，這是所有運載工具裡最笨拙癡傻、最不可捉摸的，越過了屋頂和晾著衣服的後院——這是什麼地方？你認得綠園和它中央的那個尖塔，那扇兩側各有蹲踞的獅子的大門嗎？對，那是倫敦植物園！嗯，植物園很不錯。那麼我們就在植物園了，我今天得讓你看個東西（三月二日），在這李樹下有一串風信子、一株番紅花，在杏樹上還有一個花苞；所以，走到那兒會想到球莖，毛茸茸的、紅通通的球莖，十月時埋進泥土裡；現在都開花了；而且夢想著更多不太容易確切說出來的事情，而且可以從盒子裡取出一根香菸，甚至是雪茄，可以把衣物扔到橡樹下（這樣才有押韻），然後坐下來，等待著翠鳥，據說有人曾經看見牠在傍晚時從河的一岸飛到另一岸。

等等！等等！翠鳥來了；翠鳥沒有來。

在這時候，看哪，工廠的煙囪和冒出來的煙；看看城市裡工作的職員，穿著外出服一閃而過。看看那位老太太遛著狗，年輕女僕第一次戴上她的新帽子，帽子角度不太對。看看他們所有人哪。雖然老天爺很慈悲地讓所有心裡的祕密都隱藏起來，讓我們永遠受到疑心誘惑，以為有些東西其實是不存在的；繼續透過我們香菸所散發出來的那陣煙，我們看見熊熊烈焰，向那渴望一頂帽子、一艘船、在水溝裡的一隻老鼠的自然欲望得到耀眼的滿足成就致敬；如同你曾經一度看著火光——當心靈像這樣滿溢出整個碟子，手風琴演奏著，它就會如此傻氣地像火焰般蹦蹦跳跳的——看見在君士坦丁堡附近的伊斯蘭寺院尖塔襯托下，田野裡篝火熊熊地燃燒著。

自然的欲望！萬歲！幸福！神聖的幸福！萬歲！各式各樣的歡樂，花朵和美酒，雖然花會謝、酒會醉，每逢星期天花半克朗的車票錢到倫敦，在陰暗的小教堂裡詠唱著關於死亡的聖歌，做任何事情，任何可以打斷攪亂打字機滴滴答答聲和把信件歸檔和鑄造鏈環環節，把帝國綁在一起的事。甚至是商店女店員嘴唇上庸俗鮮紅的弓形（彷彿是愛神丘比特笨拙地把大姆指沾進紅墨水，隨意地胡亂塗下他的標記），這也值得歡呼。幸福，萬歲！翠鳥一閃從河的這岸到對岸，所有自然欲望的滿足，無論是不是男性小說家所說的那種滿足；或祈禱；或否認；萬歲！無論是以什麼形式出現，但願有更多、更奇怪的形式。因為有黑暗流過這溪澗——這是真的嗎，因為這和「像是夢幻」剛好押韻——但比我們尋常命運還要沉悶、還要淒慘；沒有了夢，但是生龍活虎，自鳴得意、流暢自如、稀鬆平常，那冷不防突然從這岸飛到那岸的鳥兒一下子就消失了，樹叢的橄欖綠淹沒了翅膀的豔藍。

幸福，萬歲，那麼，在幸福之後，不是向那使得線條鮮明形象變得模糊腫脹的夢境歡呼，它們就像是鄉下旅館起居間裡有斑點的鏡子，照出來的臉變形肥腫；到了晚上我們睡覺時，夢把整體撕碎、把我們扯裂，傷害我們，把我們一分為二；但是睡覺、睡覺，睡得這麼沉，把所有的形狀統統磨成無限柔軟的細塵、化成黯淡無法辨識的水，在那兒，折疊起來，包裹起來，像是木乃伊，像是飛蛾，讓我們俯臥在睡眠底的沙土上。

不過，等等！不過，等等！這一次，我們並沒有離開，前去拜訪那不為人知的地方。藍色，像是對著最內在之眼的眼球擦亮一根火柴，它飛起來，燃燒著，衝破睡眠的封印；翠鳥；所以現在那紅色的、濃厚的生命之溪澗，再次像潮水一樣重新洶湧奔流而返；冒著泡沫、滴著水珠；我們躍升，我們的眼睛（這押韻多方便巧妙呀，讓我們可以安全地通過這從死到生相當棘手的轉折）落在——（此時手風琴戛然而止）。

「是個很漂亮的男孩，夫人。」助產士班庭太太說，把歐蘭多第一個孩子放在她懷中。換句話說，歐蘭多在三月二十日星期四的凌晨三點平安產下一名男孩。

歐蘭多又站在窗前，不過讀者別害怕；今天不會再發生像上回一樣的事情了，而且今天無論如何也不是同一天。不，不是的——因為且讓我們向窗外望去，就像歐蘭多現在正在做的，我們會看到公園巷已經大大改變了。你可以在那兒站上十分鐘或更久，就像歐蘭多現在一樣，卻連一輛活頂四輪馬車也看不到。「你看那個！」她大叫著，幾天後她看見一輛模樣可笑、被截頭去尾的車廂，沒有半匹馬拉，開始自動地到處滑動。這真的是不用馬拉的馬車！她大叫時正好有人找她，她離開一會兒再回來，然後又朝窗外看。這些日子天氣變得很古怪。她不由得想著，連天空都不一樣了。自從愛德華國王繼承維多利亞女王之後，天空不再像從前那樣厚重、那樣潮溼、那樣燦爛多彩——你瞧，他正從那輛漂亮的有篷四輪馬車裡走出來，要去拜訪住在對面的某位夫人。雲層已經縮成薄霧；天空像是金屬做的，一到天氣炎熱，就像金屬碰到霧氣那樣，鏽成銅綠色、黃銅色、或橘色。這有點嚇人——這種萎縮。所有東西似乎都縮小了。她昨天晚上乘車經過白金漢宮，那個她以為會永遠存在的巨大雕像，現在見不到半點蹤影；大禮帽、寡婦的喪服、號角、望遠鏡、花圈等等，全都化為烏有，不留丁點痕跡，人行道上甚至連一灘水都沒有。不過，現在——她被另一件事打斷後，現在又回到她最喜歡的窗前位置站著——現在，到了晚上，那改變是最驚人的。瞧瞧那屋裡的燈光！只要輕輕一碰，整個房間就亮起來了；成千上百個房間就亮起來了；每間都和另一間完全一模一樣；你可以看見在那小小方方的盒子裡所有一切；沒有隱私可言；沒有從前那些徘徊的陰影和畸零的角落；再也看不見那些穿著圍裙的女人手裡拿著搖搖晃晃的油燈小心翼翼地放在這張桌子或那張桌子上。只要輕輕一碰，整個房間就光明燦爛起來。而且天空也是徹夜通明；人行道也很明亮；所有一切都是明亮的。到了中午她又回到窗邊。現在的女人變得多麼瘦啊！她們看起來像是玉米桿，筆直發光、一模一樣。男人的臉像是手掌一樣那麼光滑無毛。乾躁的空氣讓所有事物的顏色更加鮮明，似乎也讓臉頰上的肌肉變得僵硬起來。現在要哭泣更不容易了。只要兩秒鐘，水就熱了。屋外的常春藤都枯萎了，或是被剷掉了。蔬菜不像從前那麼盛產了；家庭人口也少多了。窗簾和罩子都給捲起來，牆上沒什麼裝飾，所以真實東西新穎鮮豔的彩色圖片，譬如街道、雨傘、蘋果什麼的；都給上了框掛起來，或是乾脆就畫在木板上。這個時代給人一種明確肯定的感覺，讓她想起了十八世紀，只不過現在又帶點令人心煩、焦躁的味道——當她想到這裡，她似乎在其中旅行了幾百年的漫無止盡的隧道變寬了；光線灑進來；她的思緒變得莫名其妙緊張起來、繃得緊緊的，像是調音師把鑰匙插進她的背，把她的神經旋得緊緊的；同時，她的聽覺也變得敏銳了；她可以聽見屋裡所有的悄悄話和碎裂聲，所以在壁爐上的時鐘滴答聽起來像是大錘敲打似的。所以有幾秒鐘的時間，光線變得愈來愈亮，所有東西都變得愈來愈清楚，時鐘也愈來愈大聲，直到她耳朵裡突然響起一個可怕的爆炸聲。她嚇得跳起來，好像有人很用力地敲了她的頭。她被敲了十下。其實是早上十點鐘響。這是十月十一日。這是一九二八年。這是現在。

我們不須懷疑，歐蘭多確實嚇了一跳，手按著心口，臉色蒼白。還有什麼比意識到現在這個此時此刻更令人震驚呢？我們之所以沒有被嚇死，只是因為前有未來、後有過去在護衛著我們。但是我們現在沒有時間去思索反芻了。歐蘭多已經來不及了。她衝下樓，她跳進汽車裡，她按了自動起動裝置，就出發了。巨大藍色方塊大樓高聳入雲；紅色煙囪帽不規則地散落在空中；馬路像是銀頭釘子一樣發亮；巍然的公共汽車向她逼近，臉白白的公車司機像是雕像一樣；她注意到海綿、鳥籠、一箱箱綠色防水布。可是這些景象即使連一丁點都不能沉入到她的腦海裡，她正走在現在的這塊狹窄木板上，她得全神貫注，才不會掉入下面的洶湧洪流裡。「你怎麼走路不看路啊？……你不能把手伸出去嗎？」——這是她氣沖沖時唯一說的話，彷彿那些字眼是猛然迸出來的。因為街道擁擠得不得了；人們不看路，隨意穿越馬路；人們熙來攘往、喧囂嘈雜地圍著玻璃櫥窗，櫥窗裡可以看見紅光黃焰，歐蘭多心想；好像是蜜蜂一樣——但是他們像蜜蜂一樣的念頭猛然地被打斷了，她眼睛一眨，重新看清楚了，她發現那些都是人的軀體。「走路為什麼不看路啊？」她忍不住破口大罵。

她最後總算在馬歇爾和史奈葛格夫百貨公司停下來，走進店裡。人影和香水馬上包圍她。「現在」這個念頭馬上像滾燙的水滴消失於無形。上下搖曳的燈光有如夏日微風輕輕吹動著微細的小東西。她從手提包裡拿出清單，開始用古怪而不自然的音調唸了出來，好像她手裡捧著那些文字——男孩的靴子、浴鹽、沙丁魚——放在一個流出彩色水的水龍頭底下。光線照到時，那些東西的顏色就變了。浴鹽和靴子變得渾沌模糊了；沙丁魚像是鋸子一樣有鋸齒。所以她站在馬歇爾和史奈葛格夫百貨公司的一樓；這兒看看那兒瞧瞧；聞聞這個香味那個香味，浪費了幾秒鐘。然後她走進電梯，因為它的門開著；然後很平穩舒適地迅速往上。電梯往上的時候，她心裡想著，現在生活就是靠魔法構成的。在十八世紀，我們知道每件事情是怎麼做成的；但是現在我升到空中；我聽見美國傳來的聲音；我看見人在飛——但這是怎麼辦到的，我連好奇驚訝都來不及。所以我對魔法的信念又恢復了。此時電梯微微震動了一下，就在二樓停住了；她看見無數彩色的東西在微風裡飄盪，傳出獨特奇怪的氣味；每當電梯停住，門一打開，就有世界的另一個天地展現在眼前，伴隨著那世界的所有氣味。她想起了伊莉莎白時代沃平區外的河，那時寶物船和商船都在那裡停泊。那些氣味是多麼強烈而奇特啊！她清楚地記得，當她把手伸進寶物麻袋裡亂抓時，那些尚未磨光的紅寶石在她手指間滑過的感覺！還有那時和蘇琪——還是其他什麼名字——睡在一起，讓坎伯蘭的燈籠照在他們身上的情景！坎伯蘭家族現在在波特蘭廣場有棟房子，前幾天她和他們一起吃飯，對那老人在光彩路的救濟院開了個玩笑。他還眨了眨眼使眼色呢。現在電梯到頂了，不能再上去了，她只好走出電梯——天知道她現在到了那個「部門」。她站定了檢查一下購物清單，可是四處張望，她怎麼也沒瞧見清單上要她買的浴鹽或男孩的靴子。而且，她正要下樓，什麼東西都不買，不過這時她自動把清單上最後一樣東西大聲唸出來，因此避免了一件很不體面的行為；這東西恰好是「雙人床單」。

「雙人床單，」她對著櫃台的男子說，由於命運的安排，剛好這個男人所站的櫃台就是負責出售床單。因為格林斯迪奇，不，格林斯迪奇已經死了；巴索羅謬，不，巴索羅謬也死了；那麼，路易絲吧——路易絲前幾天很激動地跑來告訴她，皇家睡床床單底上有個洞。好幾位國王和女王都睡過那張床——伊莉莎白、詹姆斯、查理、喬治、維多利亞、愛德華；難怪床單會破了一個洞。但是路易絲很肯定她知道那是誰幹的好事。一定是女王的丈夫。

「那德國佬！」她說（因為先前才打完一場仗；這次是和德國人打）。

「雙人床單，」歐蘭多恍惚地重複著，因為雙人床上鋪著銀色床罩，在一間她現在覺得裝飾可能有點俗氣的房間裡——一切都是銀色的；但是那時她瘋狂喜好那種金屬，因此才會這樣裝飾。當那男店員去拿雙人床單時，她拿出了鏡子和粉撲。她一面漫不經心地撲著粉，一面心想，現在女人不再像當年她剛變成女人時，躺在「迷人淑女號」的甲板上那樣拐彎抹角了。她刻意地在鼻子上撲撲粉，色澤才剛好。她可從不在臉頰上妝。老實說，雖然她現在三十六歲，但看起來還是跟以前一樣，連一天也沒老。她還是和以前一樣，一樣地噘著嘴、一樣地繃著臉、一樣地好看、一樣地紅潤（好比莎夏說的：就像是一棵點了百萬根蠟燭的聖誕樹），就跟當年那一日在冰上的風采樣貌，那時泰唔士河結冰、她和莎夏一起去溜冰——

「這是最好的愛爾蘭亞麻床單，夫人。」店員把床單攤在櫃台上——她和莎夏遇到一個老婦人在撿樹枝。她正在這兒心不在焉地摸著床單，這時百貨公司部門之間的門開了，也許是豪華商品部吧，有一陣香味飄來，蠟燭味，彷彿是粉紅色的蠟燭，那股香味有如人體曲線般曲折——是男孩或女孩？——年輕苗條、很有魅力——一個女孩，天啊！穿著毛皮、戴著珍珠，穿著俄羅斯長褲；但是水性楊花、移情別戀！

「水性楊花！」歐蘭多叫道（男店員已經離開了），整間店似乎隨著黃色波濤顛簸飄搖，遠遠地她看見俄羅斯船隻的風帆張起駛向大海，接著，很神奇的（或許是門又打開了），剛才那香味變成的海螺現在變成了平台、講台，接著走下來一位體態肥胖、身披毛皮的女人，她保養得極好、嫵媚迷人、頭戴冠冕，是位大公的情婦；她曾經倚在伏爾加河畔，吃著三明治、看著男人溺死；她現在在店裡朝著她走來。

「喔，莎夏！」歐蘭多叫著。說真的，她很驚訝竟然會發生這種事；她竟然變得這麼胖；這麼慵懶；她低下頭看著床單，希望這個身披毛皮、灰髮女人的幽靈，穿著俄羅斯褲子的女孩，和伴隨著幽靈的所有這些蠟燭、白花和古老船隻的氣味會經過她的背後，而不被看見。

「女士，您還需要餐巾、毛巾和抹布嗎？」那個店員沒完沒了地問著。幸好有購物清單，現在歐蘭多仔細地瞧著，才能夠鎮定自若地回覆，她說她還有一件東西得買，那就是浴鹽；不過浴鹽是在另一個部門。

可是當她再搭電梯下樓——任何場景的重複都是有潛在意義的——她又再度深深陷入距離現在很遙遠的底層了；當電梯到達地面輕彈了一下，她聽到壺罐在河岸邊撞碎了。至於要找到正確的部門，不管究竟是那個部門，她現在站的地方被手提袋包圍了，完全聽不見那些有禮貌、黑皮膚、頭髮梳得整整齊齊、生氣勃勃的店員所給的建議，他們也同樣是祖先代代相傳下來，而且其中有些人的家族也許和她一樣顯赫，他們選擇放下「現在」這個無法穿透的簾幕，所以他們今天只是在馬歇爾和史奈葛格夫百貨公司裡充作店員。歐蘭多猶豫不決地站在那裡。透過那扇巨大的玻璃門，她可以看見牛津街的車水馬龍。公共汽車一輛接一輛重疊在一起，然後又突然分開。所以那一天在泰晤士河裡的冰塊翻滾奔流。有個穿毛皮便鞋的貴族老先生兩腿分別跨在兩塊冰上。他就這樣去了——她現在可以看見他的樣子——嘴裡咒罵著愛爾蘭叛軍。他就在那裡沉了下去，就在她車子停的地方。

「時間離我而去，」她想著，試著集中思緒：「這就是人到中年。多麼奇怪啊！沒有什麼東西只是一件東西而已。我拿著一個手提包，然後就想起了在冰上坐在小賣船裡凍僵的老婦人。有人點了一根粉紅色的蠟燭，我就看到了一個穿俄羅斯長褲的女孩。我踏出門時——就像我現在所做的，」此時她走在牛津街的人行道上。「我嘗到了什麼？小小的香草。我聽見了山羊鈴響。我看見高山。是土耳其？印度？還是波斯？」她的眼裡噙滿淚水。

讀者看著歐蘭多現在正準備進到汽車裡，眼睛裡滿是淚水，望見波斯的山脈，或許，會覺得她距離此時此刻未免有點太過遙遠。不錯，我們的確無法否認，最懂得生活藝術的人，往往是名不見經傳的人，他會設法使六十或七十個不同的時間協調一致，在每一個正常人體結構裡同時運作，所以當時鐘敲響第十一響時，其他一切的時間也都同時共鳴，所以現在並不會猛烈地中斷，也不會在過去完全被遺忘。關於這些人，我們只能持平地說，他們不多不少真正活足了墓碑上所寫的六十八歲或七十二歲。至於其他人呢，我們知道他們當中有些人雖然在我們之中走來走去，但其實他們已經死了；有些雖然看上去是活著，其實他們還沒有生出來；有些人雖然自稱三十六歲，但他們已經活了好幾百年。不管《全國傳記辭典》怎麼說，一個人生命的真正長度其實是很有爭議的。因為這件事很複雜——時間的計算方式；只要一與藝術接觸就會很快地把時間的計算搞得一團混亂；或許是歐蘭多對詩的熱愛，以至於她弄丟了購物清單，沒有買沙丁魚、浴鹽或靴子，就打道回府了。現在，正當她的手放在汽車車門上，此時此刻再次擊中了她的腦袋。她被重重地攻擊了十一次。

「去他的！」她大叫著，聽見時鐘敲響，這對神經系統是很大的衝擊——由於這刺激過大，所以關於她的情況，我們暫時沒有什麼要說的，只除了她微微地皺著眉頭，熟練地換檔，然後像先前一樣喊著，「走路看路啊！」「你不知道自己在想什麼嗎？」「你那時候為什麼不說？」她的汽車飛馳，東搖西擺，硬擠硬塞，滑行，因為她是箇中好手，行經攝政街，行經乾草市場街，行經諾桑伯蘭林蔭大道，過了西敏橋，往左轉，直走，往右轉，再直走……

一九二八年十月十一日星期四，舊肯特路上非常擁擠。連人行道外面都是人。女人手裡拿著購物袋。小孩跑來跑去。布店在大拍賣。街道寬了，又窄了。遠遠的街景看過去逐漸地縮小。這裡有個市集。那裡有個葬禮。這裡有個隊伍，旗幟上面寫著「Ra Un」，那其他字母呢？肉看起來很紅。肉販站在門口。女人的鞋跟幾乎都削平了。在那門廊上寫著Amor Vin的字眼。有個女人從臥室的窗戶往外看，陷入了沉思之中，靜止不動。艾波強和艾波貝德，昂德爾特——。沒有什麼看得完全，沒有什麼能從頭讀到尾。看見了開頭——就像是兩個朋友互相要過街來跟對方碰面——卻永遠看不到結尾。經過了二十分鐘，身體和心靈變成了撕碎的紙片，從麻袋掉落出來，而且，開車飛快離開倫敦的過程，很像是把身份剁成小小的，接著就神智不清，或者死亡，所以很難說歐蘭多究竟在此時此刻是否存在。的確，我們本來大可以把她看作已經徹底解體，要不是因為這裡，在右邊有一塊綠色簾幕拉開了，有些小紙片在前面飄落得更加緩慢；然後，接著，在左邊另一塊也拉開了，我們現在可以看見個別的紙片在空中迴旋翻轉；然後綠色的簾幕不斷地往兩側拉開，所以她的心靈又重新獲得了事物可以收束起來的幻覺，她看見一間農舍，一個農家院子和四頭母牛，全都是真實大小。

當這樣的事發生時，歐蘭多鬆了一口氣，點了一根香菸，默默地吞雲吐霧一兩分鐘。然後，她猶豫地叫了一聲，好像她要找的人可能不在一樣。「歐蘭多？」因為如果有（我們隨便給個數字）七十六種不同的時間同時在心裡滴滴答答計時的話，那麼會有多少不同的人——老天保祐——在這一刻或那一刻裡同時棲身於這個心靈之中？有些人說是兩千零五十二個。所以，當一個人獨處時，他會直接大叫，歐蘭多，這或許是天底下最自然的事？（如果那就是那個人的名字的話。）來吧，來吧！我對這個特定的我煩死了。我想要另外一個。因此，我們在朋友之中可以看到驚人的改變。不過事情也並非這麼單純順利，因為一個人確實可以說，就像歐蘭多說了（她當時人在鄉下，而且想必是需要另一個自我），歐蘭多？不過她所呼喚的歐蘭多不見得會出現；我們所打造的這些自我，一個疊著一個，就像是服務生手裡拿著的盤子一樣，在其他地方有深厚的情感，有它們自己的同情，小小的規章和權利，不管你把它們叫做什麼（而且有許多是沒有名字的），所以有一個是只有下雨才會出現，另一個是有綠色窗簾的房間才出現，還有一個要等瓊斯太太不在才來，另一個則是你得給他一杯酒——等等；因為每個人都可以從自己的經驗使他不同的自我和他簽定的條件成倍地增加——有些條件可能太過離譜可笑，所以不能在書裡寫出來。

所以歐蘭多，在穀倉轉彎時，叫了一聲「歐蘭多」？她的聲音裡帶著疑問，然後等待著。歐蘭多沒有出現。

「好吧！」歐蘭多說，就像其他人處在這種情況下會有的好脾氣一樣；試著叫另一個出來。因為她有許多的自我可供召喚，要比我們僅有空間所能描述得還要多。因為在一部傳記裡，只要能記錄六、七個自我也就算是完整了，而一個人的自我也許可以多達數千個。所以我們得選擇那些我們有空間能夠描寫的自我，歐蘭多現在或許會把那個砍掉黑人頭顱的那個男孩叫出來；那個把頭顱接回去的男孩；坐在山上的男孩；見到詩人的男孩；把玫瑰水呈獻給女王的男孩；或許她會召喚那個愛上莎夏的年輕人；召喚那個朝臣；召喚那個大使；召喚那個軍人；召喚那個旅人；也許她想召喚那個變成女人的歐蘭多上前來；那個吉普賽人；那個高貴淑女；那個深居簡出的女士；那個愛上了生活的女孩；那個文學的贊助人；那個呼喚馬爾（意思是熱水澡和傍晚的爐火）或薛爾梅汀（意思是秋天樹林裡的番紅花）或邦索洛普（意思是我們每天死去的死亡）或這三個統統加在一起——這代表了我們沒有空間可以寫出來的其他事情——的女人，所有這些自我各不相同，而她可能會把其中任何一個召喚出來。

或許吧；但好像可以確定的是（因為我們現在是處在「或許」和「好像」的轄區裡），她最需要的那個自我現在對她不理不睬，因為聽著她說話，她改變自我的速度就像她開車一樣快——她只要一轉彎就會召喚一個新的——不知道是什麼原因，最上面的那個自覺的、有權力去欲望的自我，只想成為一個自我。這就是某些人所說的真實的自我，他們說，這就是我們所有自我濃縮而成的一個自我；這個隊長自我負責指揮和上鎖，這是關鍵自我，整合管控所有的自我。聽著歐蘭多邊開車邊說話的讀者可以就此推斷（如果這番言詞聽起來漫無邊際、不相連貫、瑣碎無聊，有時不知所云，那是讀者自己的問題，誰叫你去偷聽一個淑女自言自語呢；我們只不過是把她說的話記錄下來，加上括弧註明我們認為當時是那個自我在說話，不過關於這一點我們可能會搞錯）。

「然後呢？究竟是誰呢？」她說道，「三十六歲；在汽車裡；一個女人。對呀，可是還有其他上百萬個別的呢。是個勢利鬼？大廳裡的嘉德勳章？那些豹子？列祖列宗？以他們為傲？沒錯！貪婪、奢華、惡毒？我是嗎？（這時一個新的自我加入了。）就算我是我也不在乎。說真話？我想是吧。慷慨？喔，那個不算吧（這時一個新的自我加入了。）早上躺在鋪著細麻布床單的床上聽著鴿子叫；銀盤；酒；女僕；男傭。被寵壞了？或許吧。不事生產卻擁有這麼多。所以呢，我的書（這裡她提到了五十部古典派的書名；我們認為，這代表了她撕毀的早期浪漫派風格的作品）。草草成篇、率爾操觚、浪漫過頭。但是（這時另一個自我加入了），但是笨手笨腳、傻里傻氣的。簡直不可能再蠢了。還有——還有——（這時她遲疑著斟酌用字，如果我們建議用「愛情」這個詞，也許不對，但她的確是又笑又臉紅的，然後喊著——）綠寶石蛤蟆！哈利大公！天花板的綠頭蠅！（這時另一個自我加入了。）但是妮爾、凱特、莎夏？（她的情緒低落下來：眼淚不由自主地流下來，她其實有好一陣子沒有哭了。）樹木，她說。（這時另一個自我加入了。）我愛樹，（她正經過一處樹叢）長在那兒上千年了。還有穀倉（她經過路邊一個破爛不堪的穀倉）。還有牧羊犬（這時正有一隻穿過馬路。她小心地避開牠。）還有夜晚。但是，人（這時另一個自我加入了）。人？（她疑惑地重複了一次）我不知道。愛嘮叨、壞心腸、老說謊。（這是她轉進老家的商業街，人很多，因為今天是市集日，農夫、牧羊人和籃子裡裝著母雞的老婦人。）我喜歡農人。我了解作物。但是（這時另一個自我加入，跳過她心智的頂層，像是燈塔所發出的強光。）名聲！（她笑了。）名聲！出了七版。得了一個獎。晚報上的照片（這裡她說的是〈橡樹〉和她得到的柏德特．庫特紀念獎；這裡我們一定得逮住機會表示，傳記作者是多麼地錯亂不安，這整本書的終結高潮、這本書的最後結論，我們竟然是匆匆忙忙地以這麼漫不經心的一笑帶過；但是，實情是，當我們寫的是一個女人，一切都會變得格格不入——無論是高潮或是結論；總之就是不像書寫男性那樣恰如其份。名聲！她重複著。詩人——冒牌貨；兩者都像每天早上郵差送來郵件一樣規律來到。吃晚餐，會面；

會面，吃晚餐；名聲——名聲！（這時她車速減慢，穿過市集上擁擠的人群。但是沒有人注意到她。魚店裡一隻灰海豚所吸引的注意力，遠遠超過一個得到文學獎的女士，如果她願意的話，她大可以贏得三頂冠冕，一個疊一個戴在頭頂上。）現在她的車速很慢，像是在哼著老歌一樣地哼唱著：「我要用我的金幣去買會開花的樹，會開花的樹，會開花的樹，在這些會開花的樹間散步，告訴我兒子什麼是名聲。」所以她哼著，現在這些字眼卻這裡那裡地下墜，像是沉重珠子所串起來的粗獷項鍊。「在這些會開花的樹間散步，」她唱著，用力地強調那些字眼，「看著月亮緩緩升起，大貨車離開……」這時她突然停下來，很專心地盯著汽車罩，陷入了沉思。

「他坐在翠琪特的桌子旁邊，」她想著，「戴著一個髒髒的環形縐領…是老貝克先生來量木材嗎？還是莎——比亞？（因為當我們要提到我們十分尊敬的人名時，我們從不說出全名。）她盯了前方十分鐘，車子幾乎一動也不動。

「見鬼了！」她叫著，突然踩下油門。「見鬼了！從我小時候就開始了。野雁飛過來了。經過窗前飛向大海。我跳起來（她把方向盤抓得更緊），手伸長想去抓牠。可是牠飛得太快了。我看見了，這裡——那裡——那裡——英國，波斯，義大利。它總是飛快奔向大海而我總是把文字丟向它像是網子一樣（這時她把手猛地揮起來），網子收束起來，就像是我看過在甲板上收網進來，裡面只有海草；有時會有一吋銀子——四個字——沉在網底。但從來沒有捕過生活在珊瑚叢裡的大魚。」這時她低下頭，陷入深深的沉思。

就在這個時候，她已經不再召喚「歐蘭多」，專心地想著其他的事情，結果她原來一直召喚的歐蘭多自己出現了；這可以從現在發生在她身上的變化得到證實（她穿過了宅邸外門，開進了庭院。）

她整個人黯淡下來，變得沉靜，好像是加進了什麼襯底，使得表面變得圓潤堅實，原本淺的變得有深度，近的變遙遠了；所有東西都被盛裝起來，像是水盛裝在井壁裡。她現在黯淡了、沉靜了，加上了這個歐蘭多，不管這樣的稱呼對不對，變成了單一的自我，真正的自我。而她沉默不語。因為有可能人們大聲說話時，自我（也許有兩千多個）意識到分裂，於是試著溝通，一旦溝通上了，這些自我又沉默了。

她熟練而迅速地把車開上榆樹和橡樹之間的彎曲車道，穿過林園草地，這片下坡相當和緩，如果是水的話，就會讓沙灘布滿平緩的綠潮。這裡種了山毛櫸和橡樹，莊嚴高聳。鹿群在其中穿梭，有一隻白的像雪，另一隻的頭歪一邊，因為牠的角被什麼金屬網線纏住了。這一切，樹啊、鹿啊，還有草地，她無比滿足地看著，彷彿她的心靈變成了液體，流經這些事物，把它們完完整整地包起來。下一分鐘她到了庭院，好幾百年來她常來到這裡，有時騎馬，有時乘著六匹馬拉的馬車，前面或後面有男人開道或護衛；這兒有羽毛招展，火炬閃耀，現在飄下落葉同一批開花的樹曾經搖曳著花朵。現在她獨自一人。秋葉落下。門房為她打開庭院大門。「早，詹姆斯，」她說，「車上有東西。麻煩幫忙拿進來。」我們得承認，這些字眼本身沒有美感、趣味或重要性，但現在因為意義而變得飽滿十足，就像是成熟的堅果從樹上掉下來，證明了平凡事物縐縮的表皮一旦充塞意義之後，就能驚人地滿足我們的感官。現在她的一舉一動的確就是如此，雖然這些舉止再平常不過，但是，看著歐蘭多在不到三分鐘就換下裙子，穿上一條斜紋馬褲和皮夾克，有如洛波可娃夫人展現她的最高藝術技巧，那動作之美真是令人目眩神迷。然後她大步走進餐廳，她的老朋友德萊登、波普、史威夫特和艾迪森起初溫文儒雅地看著她，想著誰應該說這就是那位得獎詩人！但是想到事關兩百個金幣的獎金，他們就點著頭表示贊許了。兩百個金幣可不是能夠等閒視之的小數目呢。她切了一片麵包和火腿，夾在一起吃了起來，在屋裡大步地走來走去，連想都不想，在一秒鐘就擺脫了有人陪伴的習慣。她來回大步地走了五、六次之後，把一杯西班牙紅酒一飲而盡，又倒了一杯拿在手上，大步地走向長長的走廊，穿過十幾個起居室，就這麼開始在屋子裡閒蕩起來，緊跟著的是願意跟隨她的那些獵鹿犬和西班牙獵犬。

這也是她每天的例行公事。如果她回到家沒有巡視一番的話，就好像回到家沒有和祖母親吻問候一樣。她想像著她走進房裡，房間會變得明亮；開始騷動、睜開眼睛，彷彿她不在的時候，它們都在打瞌睡。她也幻想著，她看著這些房間不下成千上百次，但從來沒有兩次是一樣的，彷彿是它們在這漫長的歲月裡積累了無數的心情，會隨著冬天和夏天、好天氣和壞天氣、她的運氣和訪客的個性而有所變化。它們總是對陌生人很有禮貌，但有些疲累厭倦；對她呢，則是完全敞開心房、隨意自在。要不然呢？他們互相了解認識已經有將近四百年之久了。彼此可沒有什麼好隱藏的。她明白它們的喜怒哀樂。她知道它們每個部份的年紀，還有它們的小祕密——一個隱蔽的抽屜、一個暗藏的櫃子，或許還有它們的缺陷，比方說哪個部份是補過的，哪個是後來加的。它們也清楚她所有的心情和變化。她對它們毫無隱瞞；不管是男孩身或女人家，她總來到這些房間，哭泣跳舞、憂心或開懷。就在這個窗戶的座位，她寫下她最早的詩篇；在那個禮拜堂，她結了婚。她跪在長廊道的窗台，啜飲著她的西班牙紅酒，認真地想著，她將來也會葬在這裡。雖然她簡直無法想像，當他們把她放下去和祖先們躺在一起的那一天，家族紋章的豹飾會在地板上映現出黃色的小池。她不相信長生不朽，但忍不住覺得，她死後靈魂會永遠地在護壁板的紅色和沙發的綠色之間來回穿梭。因為這個房間——現在她踱步來到大使臥房——像是幾世紀以來躺在海底的一只貝殼閃閃發亮，讓海水給加了一層層的沉積硬殼，點綴了上百萬種色澤；散發出玫瑰色和黃色、綠色和沙子的顏色。就像是貝殼一樣脆弱、多彩而空虛。再也不會有任何大使睡在這間房裡。唉，但是她知道這座宅邸的心臟在那裡跳動著。她輕輕地打開門，站在門檻上，這樣一來（她幻想著）房間就看不見她，她注視著掛氈在永恆的微風中起起落落，但那風永遠也移動不了掛氈。在那掛氈上獵人仍騎著馬，女神達芙妮仍舊逸飛。心臟依舊跳動著，她想著，無論多麼微弱，無論如何羞怯畏縮，這巨大建築脆弱而不屈不撓的心臟啊。

現在，她把那群狗叫到身邊，走過地板是用整棵橡樹橫鋸截開鋪設而成的廊道。一排排靠牆並列的椅子上天鵝絨的坐墊已經褪色，這些座椅的扶手曾經為伊莉莎白、詹姆斯、可能也有莎士比亞而伸出，也為西塞爾伸出，但他從來沒來過。看到這些令她憂傷。她鬆開圍在這些座椅前的繩子。坐在女王的位子上；打開放在貝蒂夫人桌上的一部手稿；用手指翻動陳年的玫瑰花瓣；用詹姆斯國王的銀梳子梳她的短髮；在他的床上跳來跳去（可是就算路易絲換了新床單，今後再也不會有國王睡在這裡了），把臉頰貼在破舊的銀色床罩上。然而到處都還掛著防蠹蟲的小袋薰衣草，還有標示「請勿觸摸」的字條，這些是她自己放的，現在看來倒像是在斥責她似的。這房子現在已經不完全是她的了，她嘆了口氣。它現在屬於時間；屬於歷史；不再是活著的人所能觸摸和控制的了。再也不會有啤酒灑在這裡，她想著（她現在在曾經作為老尼克·格林臥房的那個房間裡），或是在地毯上燒了洞。再也不會有兩百個僕人手端著熱鍋子，捧著要在大壁爐加柴火的大木頭，在走廊上跑來跑去、吆喝喧嚷了。再也不會有人在屋外的工作坊釀酒、做蠟燭、打造馬鞍和雕鑿石頭了。鋤頭和木槌現在都安靜無聲了。椅子和床鋪都空無一人；大大的金杯銀杯都鎖在玻璃櫃裡。沉默的巨大羽翼在空蕩蕩的房子裡上下拍動。

於是她在畫廊盡頭，坐在伊莉莎白女王的硬扶手椅上，她的狗趴在身邊。畫廊延伸得很遠，最遠處燈光幾乎照不到。就好像是深深潛入過去的一條隧道。她很努力地往盡頭看，可以看見人們在談天說笑；那些她所認識的偉大的人；德萊登、史威夫特、波普；政治人物進行正式會談；戀人在窗邊座椅上打情罵俏；人們在長桌上吃吃喝喝；燃燒柴火冒出的煙在他們頭頂上盤旋，讓他們一個個在咳嗽打噴嚏。更遠一些，她看到成雙成對的漂亮舞者正準備要跳四對舞。悠揚渺遠但莊嚴堂皇的音樂開始奏起。風琴琴音轟轟響起。有個靈柩被抬進了小教堂。一列婚禮的隊伍從裡面走出來。全副武裝的男人戴著頭盔要上戰場。他們從佛洛登和波提耶帶回旗幟作為戰利品，掛在牆上。於是長長的廊道塞得滿滿的，再費力看得更遠些，她覺得隱約可以看見在盡頭處，略過伊莉莎白時期、都鐸時期那些人，有某個更老、更遠、更暗、穿著修士連帽服的人影，簡樸的、嚴肅的，一位修道士，雙手合十地走著，手上還拿著一本書，口中唸唸有辭——

像是雷鳴一般，馬廄的鐘敲了四下。從來沒有一次地震如此徹底地摧毀了整個城鎮。畫廊和裡面所有東西全都化為灰燼。她的臉原本在凝視時顯得暗沉肅穆，現在彷彿被砲火的轟炸而照亮。同樣的這道光也讓她四周一切顯得異常清晰。她看見兩隻蒼蠅打著轉兒，而且注意到牠們身上的藍色光澤；她看到腳邊的木頭有個樹結，她的狗耳朵抽動了一下。同時，她聽到花園裡一根樹枝嘎吱作響，一隻羊在林園裡咳嗽，一隻雨燕尖聲飛過窗前。她的身體顫抖刺痛，彷彿是突然一絲不掛地站在冰天雪地裡。然而，她非常地鎮靜，她在倫敦聽到鐘敲十響時可沒做到這一點（因為她現在是個完整的自我，所以很可能呈現出更大的表面來承受時間的震動）。她站起來，但是不慌不忙地，叫她的狗，然後堅定而充滿警覺地走下樓梯，來到花園。這裡植物的影子很神奇地份外醒目清楚。她注意到花圃裡的土壤顆粒分明，彷彿是眼前有一副顯微鏡似的。她看得見每棵樹樹枝的交織錯落。每根草都看得一清二楚，葉脈花瓣一目了然。她看見園丁史達柏斯沿著小徑走過來，他綁腿上的每顆扣子也都清晰可辨；她看見貝蒂和王子，兩匹拉車的馬，她以前從來沒有那麼清楚地看見她前額有顆白色星星，還有王子尾巴垂下來的三根長毛。來到外面的四方院子，宅邸的灰色舊牆看起來像是一張被刮傷的新照片；她聽見擴音器大聲地朝陽台播放一首舞曲，是人們在維也納紅色天鵝絨裝潢的歌劇院裡正在聆聽的曲子。一方面受到此時此刻的提振加持，但一方面她也覺得有種莫名其妙的恐懼，就好像是萬一時間的深淵裂開，有一秒鐘的縫隙，就會有某種不知名的危險跑進來。這種壓力如此殘酷又如此劇烈，讓人很難長久忍受而不會覺得忐忑不安。她不由得走得比她希望得還要快，好像是她的腳帶著她移動，穿過了花園，來到了林園。在這裡她費了好大的勁，強迫她自己在木工坊前停下來，然後一動不動地盯著喬．史達柏斯在做手拉車的車輪。她站著、眼睛死盯著他的手，一刻鐘的鐘聲響起。就像是彗星猛衝穿過她的身體，那溫度高得無法用手去接。她清楚地看到喬的右手姆指指甲掉了，原本應該是指甲的地方只有一塊凸起的粉紅色，令她覺得噁心。這景象實在令人太不舒服，她有一瞬間差點要昏倒，但就在那片刻的眼前一黑，她的眼睛眨了眨，於是從此時此刻的壓力解脫出來。她眨眼時所見到的陰影有些奇怪，有某種（任何人現在就可以看著天空自己測試看看）永遠不會出現在現在的東西——所以才教人害怕，一種無以名狀的特質——某種你顫慄地用一個名稱刺穿身體，稱之為美，因為它沒有身體，好像是個影子，沒有實質存在或自己的特質，但卻有能力去改變任何它所依附的東西。當她在木工坊暈眩眨眼的那一刻，這個影子此時悄悄溜出來，附著在她曾經接收的無數景象上，把它們組合成可以忍受的、可以了解的事物。她的頭腦開始像大海一樣翻攪。是了，她想著，大大地吁了一口氣，一面從木工坊前轉身爬上山坡，我能夠

歐蘭多的近影

再開始活下去了。我現在正在蛇形湖畔，她想著，那艘小船正攀上一千個死亡的白色拱頂。我開始了解了……

那些都是她說的話，非常清楚明白，但是我們無法掩蓋的事實是，她現在是一個對眼前的真實情況漠不關心的見證人，很可能會把綿羊誤當成是母牛，或是把一個名叫史密斯的老人當成是名叫瓊斯的，而且兩人根本一點關係也沒有。因為那個沒有指甲的大姆指所造成的暈眩的影子，現在更加深沉了，在她的腦子後面（這是距離視覺最遠的部份），是個池子，裡面的事物都棲息在黑暗之中，如此深沉，以至於我們幾乎不知道那究竟是什麼。現在她往下看進這個池子或深海裡，所有東西都反射出來——而且，真的，有人說我們最強烈的激情，還有藝術和宗教，都是當這個看得見的世界一時變得朦朧模糊時，我們在頭腦後面這個黑暗的凹洼裡所見的倒影而已。她現在看著那裡，長久地、深沉地、徹底地，而她原本走上山的羊齒小徑馬上變了，它不完全是條小徑，有一部分是蛇形湖；原本的山楂樹叢有一部分變成了拿著名片盒和鑲金枴杖的淑女紳士；綿羊有一部分變成了梅菲爾的高樓大屋；所有事物都有一部份變成別的東西，她的頭腦好像變成了森林，這裡和那裡伸展出許多林間空地；事物一會兒靠近、一會兒拉遠，一會兒混在一起、一會兒又分開，在光和影間不斷地切換重疊構成最奇特的同盟與組合。要不是獵鹿犬卡努特在追一隻兔子，提醒她現在一定是四點半了——其實是差二十三分就六點了——她根本就忘記時間了。

羊齒小徑蜿蜒曲折地來到愈來愈高的地方，到了屹立山頂的那棵橡樹。這棵樹比起她大約一五八八年剛見到時，長得更高大、更壯實，樹結更多了，但仍然是在巔峰狀態。小小的飾邊葉片仍然濃密地在枝椏上揮舞著。她縱身往樹下一倒，感覺到橡樹的骨頭在她的身體下面像一根根肋骨從脊柱伸展開來似的。她喜歡想著自己正騎在世界的脊梁上。她喜歡讓自己貼附在堅硬的東西上。她撲倒在樹下時，有一本小小方方、紅布裝訂的書從她皮夾克胸前的口袋掉出來——那是她的詩集〈橡樹〉。「我應該要帶把泥鏟來的，」她想著。這橡樹根部只有淺淺的泥土，所以恐怕無法依照原來設想的把詩集埋在這兒；更何況狗也會把它挖出來。這類象徵性的慶祝活動向來沒有什麼好運氣，她想。也許還不如不要慶祝呢。她已經準備好一篇短短的演說，在她埋下詩集時發表的。（這本是第一版，上面有詩人和畫家的簽名。）「我把詩集作為獻禮埋在此地，」她原本要說，「回報這大地所給予我的一切，」但是，天啊！人們一旦開始大聲說時，那些字眼聽起來就變得很蠢！她想到老格林前幾天站上講台，把她比作米爾頓（除了他眼盲以外），然後把兩百金幣的支票交給她。她當時就想到了山坡上這棵橡樹，她納悶著，那個和這一切有什麼關係？讚美和名聲和詩有什麼關係？印了七版（這本書至少已出了七版）和它的價值有什麼關係？寫詩難道不是椿祕密交易，一個聲音應和一個聲音？所以這些喋喋不休、讚美責難、和欣賞你的人見面、和不欣賞你的人見面，都是與詩的本質——一個聲音應和一個聲音——最矛盾牴觸的。這麼多年來她對樹林、對農場和站在門口的肩併肩的棕色馬群，對鐵匠鋪、對廚房、對田野，如此辛勞地孕育出麥子、蘿蔔、草和花園裡盛開的鳶尾花及貝母花，她柔聲輕唱的那首古老的歌，有什麼會比這結結巴巴說出來的應答更祕密、更緩慢，像是情人的交流。

於是她就把她的書隨便放在地上，沒有去埋它，望著前面開闊的視野，這個傍晚有陽光照耀、陰影加深，只見眼前千變萬化如海底世界。榆樹林間有個村莊裡的教堂塔樓高聳；林園裡有一幢灰色圓頂的莊園宅邸；某間玻璃房上有一束灼亮的閃光；有一座農場堆著黃色的玉米。田野裡到處都有黑色的樹叢標記著；越過這些田野是延伸蔓延的林地，有條河流閃閃發光，然後又是山巒綿延。在遠方的史諾頓山的峭壁浮現在白雲之間；她看到遙遠的蘇格蘭山巒迭起，環繞著赫布里底群島的驚濤駭浪。她傾聽海上傳來的槍砲聲。不——只是風吹。今天沒有戰事。德萊克已經不在了，納爾遜也不在了。「而那裡，」她想著，讓她一直遠望的目光收回來，重新俯瞰在她底下的土地，「曾經是我的土地：在那片丘陵之間的城堡原來是我的；還有幾乎一直延伸到海邊的荒原也曾是我的。」此時這景致（一定是逐漸黯淡的光線所玩的把戲）突然搖動起來，堆疊起來，讓所有這些房舍、城堡、樹林累贅統統從帳篷形狀的邊緣滑落。土耳其光禿禿的山峰出現在眼前。此時正是烈日當空的中午。她直直地望著那烤焦的山坡。山羊啃嚙著她腳下多沙的草皮。一隻老鷹在她頭頂上翱翔。吉普賽人洛斯敦粗啞的嗓音在她耳邊響起，「和這個相比，你的古老家族和身份、你的財產又算得了什麼？有四百個房間、所有盤子都有銀蓋子、有女傭打掃，要幹什麼？」

就在此刻某座教堂的鐘在山谷裡迴響。像帳篷一樣的景致塌陷傾倒。「現在」又再一次地灑落在她頭上，不過此時光線漸漸黯淡，比先前柔和許多，眼前景象變得模模糊糊、碩大籠統，只見朦朧的田野、點著燈的村舍、昏沉的大塊樹林，扇形的光芒沿著某條巷弄把黑暗推開。究竟敲了九下、十下、還是十一下，她不確定。夜晚降臨了——夜晚是她一天最喜歡的時光，心靈黑暗池塘所映照出來的倒影在晚上要比白天更加清晰地顯現。現在她不必昏過去，就可以看進深深的黑暗裡，看見事物在其中形成，看見心靈的池塘裡，現在出現了莎士比亞，現在出現了穿俄羅斯長褲的女孩，現在出現了蛇形湖的玩具船，然後是大西洋，在合恩角那兒捲起了滔滔巨浪。她看進黑暗深處。她看見她丈夫的橫帆雙桅船，一直爬升到浪尖上！再高一點，更高、更高、再高。一千個死亡的白色拱頂在它前面升起。啊，魯莽的，啊，可笑的男人，老是在航海，浪費力氣的，在風口浪尖上繞著合恩角！不過那船穿過了巨浪拱頂，從浪的另一頭衝出來，終於平安無事！

「狂喜！」她叫著，「狂喜！」然後風勢小了，海面恢復平靜；她看見海浪在月光下寧靜地掀著漣漪。

「馬爾瑪杜克．邦索洛普．薛爾梅汀！」她喊著，站在橡樹邊。

這美麗而閃閃發亮的名字從天際落下，彷彿是青灰色的羽毛。她看著羽毛落下，迴旋繞圈像是緩慢落下的箭矢，優美地把深沉的空氣切開。他要來了，就像每次一樣，總能在死寂的時刻到來；當海浪漣漪陣陣，秋天樹林裡有斑點的葉子緩緩落在她的腳邊；豹子寂然不動；月亮在水上；而天空和海面之間一切靜止。於是他來了。

現在一切寂靜。幾乎是午夜了。月亮緩緩地在林地上升起。月光在地面上召喚出一座幽靈城堡。這棟宅邸所有的窗戶都包覆著銀色。既沒有城牆也沒有實體。只是個幻影。一切靜寂。一切燈光通明，為的是要迎接一位死去的女王的到來。歐蘭多往下看，看到深色的羽毛在庭院裡招展，火把閃爍，黑影屈膝跪下。女王再次從御馬車跨了出來。

「女王陛下，這宅邸供您差遣，」她喊著，深深地行了個屈膝禮。「一切都沒有變。死去的勳爵，家父，將會為您帶路。」

她說這話的時候，午夜的第一聲鐘響響起。現在的冷風伴隨著微微的恐懼的氣息，拂過了她的臉龐。她焦慮地望著天空。現在天空滿布烏雲。風在她耳邊咆哮著。但是在這狂風怒吼中，她聽到了飛機的隆隆聲愈來愈近。

「這裡！薛爾，這裡！」她大叫著，把她的胸迎向月光（此時月光皎潔晶瑩），她的珍珠像是某種巨大的月蜘蛛的蛋閃閃發亮。飛機衝出雲層，在她頭頂上盤旋。她的珍珠項鍊在黑暗之中像磷火般燃燒著。

而正當薛爾梅汀——現在已經是很能幹的船長了——身強體健、神清氣爽、機警靈敏，跳到地面上的時候，一隻單飛的野鳥從他頭上飛過。

「是隻野雁！」歐蘭多叫著，「野雁……」

這時午夜的十二道鐘聲響起；午夜的第十二道鐘響，這是一九二八年十月十一日的星期四。

歐蘭多

一部穿越三百年的性別流動史詩【經典新譯・百年珍貴影像復刻版】

Orlando: A Biography

作　　者　維吉尼亞・吳爾芙（Virginia Woolf）
譯　　者　李根芳
封面設計　李佳穎
內頁排版　高巧怡
行銷企劃　蕭仰浩、江紫涓
行銷統籌　駱漢琦
業務發行　邱紹溢
營運顧問　郭其彬
責任編輯　溫芳蘭
總 編 輯　李亞南
出　　版　漫遊者文化事業股份有限公司
地　　址　台北市103大同區重慶北路二段88號2樓之6
電　　話　(02) 2715-2022
傳　　真　(02) 2715-2021
服務信箱　service@azothbooks.com
網路書店　www.azothbooks.com
臉　　書　www.facebook.com/azothbooks.read
營運統籌　大雁文化事業股份有限公司
地　　址　新北市231新店區北新路三段207-3號5樓
電　　話　(02) 8913-1005
訂單傳真　(02) 8913-1056
二版一刷　2022年3月
二版三刷(1)　2024年3月
定　　價　台幣310元
I S B N　978-986-489-592-2

國家圖書館出版品預行編目 (CIP) 資料

歐蘭多 : 一部穿越三百年的性別流動史詩/ 維吉尼亞. 吳爾芙(Virginia Woolf) 著 ; 李根芳譯. -- 二版. -- 臺北市 : 漫遊者文化事業股份有限公司, 2022.03
面 ;　公分
經典新譯. 百年珍貴影像復刻版
譯自 : Orlando : a biography
ISBN 978-986-489-592-2(平裝)
873.57　　111001568